KB123918

로크미디어가
유혹하는
재미있는 세상

악가의 무신 6

2023년 5월 15일 초판 1쇄 인쇄
2023년 5월 18일 초판 1쇄 발행

지은이 서준백
발행인 강준규

기획 이기헌 왕소현 박경무 강민구 조익현
책임편집 천기덕
마케팅지원 이원선

발행처 (주)로크미디어
출판등록 2003년 3월 24일
주소 서울시 마포구 마포대로 45 일진빌딩 6층
Tel (02)3273-5135 **Fax** (02)3273-5134
홈페이지 rokmedia.com **E-mail** rokmedia@empas.com

ⓒ 서준백, 2022

값 9,000원

ISBN 979-11-408-0647-8 (6권)
ISBN 979-11-408-0641-6 04810 (세트)

차례

남궁진

대현검룡 남궁진.

그의 등장은 흑로를 당혹스럽게 했다.

'남궁세가가 어째서 여기에…….'

그사이 남궁진의 예리한 눈이 호사량 일행을 샅샅이 훑었다.

"그대들의 소가주가 보이지 않는군. 혹여 나를 가지고 논 것인가?"

한광을 내는 그에게 호사량이 고개를 저었다.

"절대 아니오."

"제대로 설명해야 할 것이오. 아니면 그냥 넘어가지는 않을 테니……."

"안휘성은 남궁세가의 터전이오."

"그래서?"

"소가주께서 이곳 몽성에서의 일을 소가주께서 판단해 주시길 바라서 이곳에서 뵙자 하였소."

"대체 무엇을 판단한단 말이오?"

"몽성은 괴력편장의 진짜 후예를 평생 동안 핍박하고 죽이려 했으며 대외적으로는 괴력회라는 마을을 세우기 위해 괴력편장의 제자들이이라는 명분을 사용했소."

"가관이군."

"이곳에 초빙된 각지의 야장들 역시 처음엔 부푼 꿈을 꾸고 이 마을에 정착했지만 현재는 저들의 핍박에 못 이겨 노예와 같은 삶을 이어 가고 있소."

"산동악가가 이를 파악해 그들을 돕고 있다는 것이오?"

"맞아요."

이어서 태은의가 끼어들었다.

"제가 괴력편장의 딸이에요."

남궁진의 눈이 가늘어졌다.

"여사께서 말이오?"

"네."

그 순간 난데없이 남궁진이 웃기 시작했다.

"하하하! 명분을 업고 괴력회와 갈등을 빚고 있다는 말이군. 그 충돌을 본 가의 묵인 아래 하겠다는 뜻이기도 하고!"

"엄밀히 말하면 그렇소."

"영리해, 아주. 그런데 말이오."

"말씀하시오."

"착각을 하고 있는 듯하오."

"그게 무슨 말씀이신지……."

호사량의 눈에 이채가 흘렀다.

"남궁세가가 통치를 하든 패자 노릇을 하든, 나는 시답잖은 권력으로 외부의 일에 낄 생각이 없소."

"하지만……."

"내 말 아직 안 끝났소. 정의? 명예? 그딴 게 다 무슨 소용이오? 그래 봤자 남궁세가도 태양무신 유산의 각축전에 뛰어든 가문일 뿐인데. 더구나 여긴 내 외가와 연관이 있는 곳이잖소. 그냥……."

남궁진이 담담히 말을 덧붙였다.

"이익이 되는 쪽이 우리 편인 거지. 아니오?"

덩달아 호사량의 눈빛이 더욱 깊어졌다.

'예상이 어긋났어.'

천하의 남궁진이다.

적어도 높은 명예 의식을 가진 남궁세가라면, 눈앞의 이 일을 쉽게 넘어가지 않으리라 고려했다.

그래서 장 국주를 통해 몽성에서 만나기로 약속을 정한 것이다.

"소가주의 현묘한 말씀이 백번 지당하시오! 나 흑로는 창호상단의 큰 거래처요. 들었느냐? 대남궁세가가 우리와 함께한다!"

호사량 주변으로 금벽산과 서태량이 각각 궁과 방패를 들고, 호길이 비파를 고쳐 쥐었다.

남궁진이 되레 족쇄가 된 것이다.

백훈은 전보다 훨씬 심후해진 공력과 신체 저항력으로 허공에 퍼진 독을 견뎌 냈다.

그러나 쉽게 움직이지는 못했다.

이 독연 안에서 싸울 만큼 여유가 있지는 않았으니까.

'젠장, 무엇인지는 모르겠지만 지독한 독이군.'

가까스로 견뎌 내고는 있었지만 눈이 어질하고, 속이 메스꺼워지고 있었다.

점점 심각해지리라.

그 찰나.

악운이 백훈의 앞에 내려섰다.

"동요하지 마."

"뭐?"

"독은 내가 더 잘 알아."

사천당가의 비술 만독화인은 인간으로서 결코 견디기 힘든 과정을 거쳐야 했다.

천애독후 당양희는 그 모든 과정을 인내해야 했다.

결국 결과는 실패로 끝났지만.

그녀보다 더 많이 독을 공부하고 겪어 본 사람은 천휘성의 삶에서 단 한 명도 없었다.

독으로 인해 변질된 그녀의 음성은 탁했지만 다정함만큼은 소녀 같았다.

-만독화인의 대법은 실패했지만, 그건 많은 공부와 기록을 남겼어요. 도반천록공을 기반으로 한 독장에는 오랜 시간 동안 제가 공부해 온 정수와 만독화인의 과정이 깃들었어요.

-그 독장의 이름은 무엇이오?

-제 사후에 천 대협이 지어 주세요.

천휘성은 그 누구보다 고결했던 그녀와 관련된 모든 것에 '국화'를 붙였고, 그때 익힌 독공은 수많은 독으로부터 평생 그를 호신하게 했다.

지금까지도.

-첫 번째 장은 팽와(膨渦). 내부를 팽창해 닳는 모든 독을

흡수시켜요. 지닌 독기(毒氣)가 강해질수록 흡수가 닿는 범위가 넓어질 거예요.

국화독장(菊花毒掌), 팽와(膨渦)의 장(章).

동시에 악운의 손이 독연을 움켜쥐자 뻗어진 손바닥 안에서 강한 역장(力場)이 휘몰아쳤다.

콰콰콰콰!

그 역장은 삽시간에 주변에 포진한 검푸른 독연을 빨아들이기 시작했다.

쐐애애애애!

주변을 포위하고 서 있던 독야문의 후예들도 감히 다가서지 못하고 기현상에 눈을 부릅떴다.

독연은 파리 떼처럼 악운에게 몰려들었다.

독을 흡수하는 악운의 전신이 파란 핏줄로 불거졌다.

"사, 살았어!"

"도망쳐!"

아직 독연의 범위에 들어가지 않아 목숨을 건진 야장들이 그 틈에 눈치를 보며 도망쳤다.

'소가주!'

백훈은 황급히 그에게 다가가고 싶었지만 그럴 수 없었다.

괜히 그를 건드렸다가 오히려 일을 그르칠 듯싶었다.

독야문 일당도 더 이상 지켜만 보지 않았다.

"놈의 사술을 막아라!"

백훈은 서둘러 악운 앞을 가로막았다.

'그럼 내가 할 일은 단 하나.'

독연을 모두 흡수할 때까지 버텨 주는 것.

백훈은 검은 침을 뱉어 내고는 피부에 스며든 독을 지닌 공력으로 빠르게 밀어냈다.

츠츠츠!

체외로 빠져나가는 독연이 검은 기류가 되어 아지랑이처럼 흘러나온 찰나.

번쩍!

백훈의 검이 뽑혀 나왔다.

검역(劍域)을 장악한 그의 검이 격렬하게 좌우를 베었다.

촤하하학!

검에서 흘러나온 검사는 단숨에 세 명의 쇄혼독장을 무력화시키고 독야문 제자들을 베어 나갔다.

검이 닿지 않은 곳에는…….

쐐액!

어느새 펄럭이는 소매 안에서 뻗어 나간 유엽비도가 추혼무이룡을 일으켰다.

"컥!"

"크흡!"

눈 깜짝할 새 일렬의 제자들이 추풍낙엽처럼 쓰러진 찰나.

그 빈자리로 독야문의 문주가 쇄도했다.

흑풍장(黑風掌).

"꺄하하!"

손과 팔목에 이르는 피부가 모조리 검게 변한 문주가 기괴한 웃음소리를 내며 처음으로 백훈을 물러나게 했다.

'극독이다.'

분명 피했건만 여파로 인해 소매가 순식간에 새카맣게 부식됐다.

"조 장로와 본 문의 문도들이 네놈들 때문에 죽었다지? 모조리 녹여 주마."

"그래 봤자 팽당한 혈교 앞잡이들이지. 서로 어디 사는지도 모른 채 숨어 살던 쥐새끼들 주제에!"

백훈이 물러났던 만큼 다시 도약하며 검을 뻗었다.

강렬한 검기가 검 끝에 실려 물결처럼 독장을 갈라 냈다.

반보만 더 나아가면 놈의 보법을 따라잡을 수 있건만……!

'독기(毒氣)가 강해!'

좌우로 가른 독기가 피부에 닿기 전에 다시 물러나야 했다.

어쩔 수 없이 나아가지 못하고 일 보 물러난 순간!

쐐액!

빠른 무언가가 옆을 스쳐 지나갔다.

백훈은 본능적으로 알았다.

'소가주?'

그리고 고개를 돌린 그때.

어느새 독야문 문주가 악운과 쌍장을 맞대고 있었다.

콰콰콰콰!

악운의 전진은 거침이 없었다.

악운은 한 걸음씩 내디디며 밀려드는 독장을 쳐 냈다.

퍼퍼퍼퍼펑!

사방을 가득 메운 장영(掌影)이 충돌하기까지 그야말로 찰나에 불과했다.

먼저 비명을 지른 쪽은 독야문의 문주였다.

"크아악!"

기세등등하던 그녀의 눈에는 경악이 가득했다.

빠르게 잔발을 치며 물러난 그녀를 보며 독야문 제자들이 동요했다.

'어찌 망혼어(亡魂魚)의 독을 견딘단 말이냐!'

망혼어(亡魂魚)는 전염독 중에 있어서도 상급 극독에 속하는 지독한 독이었다.

흡수된 순간 피부에는 수포가 생기며 장기는 즉시 녹아내린다.

그녀의 절학인 흑풍장은 그 망혼어의 독을 사시사철 흡수하고 내공에 녹아들게 해야 사용할 수 있는 독장이었다.

그러나 그게 문제가 아니었다.

"으으으……."

그녀는 덜덜 떨리는 두 손을 내려다봤다.

오히려 그녀의 살이 부패되어 가고 있었다.

오랜 시간 망혼어를 통해 견딘 살과 뼈다.

그녀는 보고도 믿을 수가 없었다.

"대체, 이 독은……?"

모든 독연을 흡수한 악운이 녹광을 빛내며 걸어왔다.

"그렇게 스멀스멀 부패할 것이다."

독야문의 문주 은길은 처음으로 두려움에 떨었다.

"산동악가 따위가 어찌 이만한 독을……!"

"몸이 녹아내릴 때 비로소 알게 되겠지."

동시에 악운의 쌍장에서 흡수할 때 보였던 소용돌이가 다시 한 번 악운의 몸을 거쳐 휘몰아쳤다.

콰콰콰콰!

그건 겨우 망혼어의 독 따위를 삼킨 그녀가 감당할 수 있는 폭풍이 아니었다.

온몸으로 독풍(毒風)을 마주한 그녀가 비명 지를 새도 없이 녹아내렸다.

　─어쩌면 이 모든 건 새로운 과정의 만독화인(萬毒化人)을 만드는 길일지도 몰라요.

문주가 흐릿해져 가는 의식 속에서 마지막으로 한 가지 단어를 떠올렸다.

'독인.'

……이라는 단어를.

이미 악운은 녹아내린 그녀를 지나치며 다른 독야문의 제자들을 향해 움직이고 있었다.

꿀꺽.

모든 걸 지켜봤던 백훈은 어느새 넋을 잃은 채 검을 늘어트리고 있었다.

'뭐야, 방금.'

무슨 일이 일어났는지 똑똑히 봤다.

"독?"

그건 분명 독장이었다.

'내 실력과 비슷했어.'

방금 그 여자는 몸놀림과 독장에서 느껴지는 위력으로 보아선 결코 실력이 낮지 않았다.

그런데 그런 여자의 독장을 분쇄한 것도 모자라 통째로 녹여 버렸다.

무공의 고하 덕분이라기보다는 그저…….

"압도……했어."

반사적으로 그 말이 튀어나올 만큼 악운의 실력은 위압적
이었다.

백훈은 눈앞에서 먼지처럼 녹아내리는 독야문의 제자들을
보며 손을 내려다봤다.

모든 피가 증발되고 살은 부패됐다.

순식간에 수십 명의 독야문의 무리가 부패되어 옷가지와
뼈만 남았다.

'내가…… 떨고 있어.'

악운을 보면서 경외심을 느끼기는 했지만 이건 전혀 낯선
감정이었다.

그래서일까?

악운이 방갓을 고쳐 쓰며 다가선 순간.

저벅.

백훈은 흠칫하며 한 걸음 물러났다.

그 모습을 본 악운이 담담히 말했다.

"두려워하는군."

"됐어. 무슨 소리를……."

"괜찮아. 당연해. 내가 봤을 때에도 이건 잔혹하지."

악운은 자기 손을 내려다봤다.

'이 정도였나?'

흠원의 독, 청후단 등을 흡수하면서 본격적인 독공을 익힌
순간에도 악운은 도반천록공의 위력을 쉽게 가늠하지 못했다.

천휘성의 삶에서도 도반천록공과 국화독장은 일정 수준에 다다랐을 뿐 이 정도 위력을 내지 못했으니까.

독 저항력을 높이는 데에만 도움을 주었을 뿐이다.

'그때와는 많은 것이 달라.'

지금은 각 파의 무공이 공존 및 공생하며 서로를 끌어 주 듯 성장했다.

그래서 그녀가 남긴 도반천록공과 국화독장은 과거 천휘 성이 가지 못했던 독인의 경지를 열어젖힌 것이다.

어쩌면 독공이 성장할수록 점점 만독화인의 경지에 이르 러 갈 게 분명해 보인다.

악운도 내심 경악했다.

그러나 부정할 수는 없었다.

"이게 나야. 하지만 후회 안 해. 저들 때문에 야장들이 죽 었어."

악운은 구하기도 전에 중독되어 죽어 쓰러진 야장들을 물 끄러미 바라봤다.

굳이 죽지 않았어도 될 이들이다.

결국 백훈이 고개를 끄덕였다.

"그래. 맞아. 당혹스러웠던 건 사실이야. 네 말대로 두려 움도 느꼈지. 산동악가의 소가주가 이렇게 강한 독공을 펼치 는 걸 두 눈으로 보고도 어떻게 믿느냐고."

"그래서?"

"잠깐은 그랬지만 이젠 궁금해지는군. 대체 그 빌어먹을 섬에서 무슨 일이 있었던 거야? 이것도 태양무신 그자가 남긴 유산이나, 뭐…… 그런 거야?"

"비슷해."

백훈이 골을 짚으며 말했다.

"일단 가자. 이놈들, 애초부터 제대로 마음먹고 우리를 기다렸어. 다른 일행 역시 곤란한 상황일 거야."

악운이 스쳐 가듯 지나치려는 백훈에게 마지막으로 물었다.

"이대로 대화를 끝내도 괜찮겠어?"

백훈이 어깨를 스치기 직전 멈춰 섰다.

"네가 나를 악가에 받아 줄 때 편견이 있었어?"

"아니."

"그럼, 네가 독공을 익혔다고 해서 그 사실이 달라지진 않겠네. 이봐, 소가주. 나는 산동악가 악가뇌혼대의 대주이고, 내 임무는……."

악운이 말없이 백훈과 마주 봤다.

"널 지키는 거야."

그제야 악운의 입가에 빙긋 미소가 스쳤다.

"누가 누굴 지켜?"

백훈의 얼굴이 와락 일그러졌다.

"문사 놈한테는 내가 겁먹고 지켜만 봤다고 말하지 마라. 자존심 구겨지니까."

"생각 좀 해 보고."

변수가 있기는 했지만 계획대로라면 지금쯤 남궁세가의 소가주가 도착했으리라.

그는 과연 제안을 받아들일까?

아직은 그 어떤 것도 확신할 수 없었다.

그때였다.

백훈이 구한 후 도망친 줄 알았었던 야장이 두 사람을 향해 소리치며 엎드렸다.

"대협, 큰 은혜를 입었나이다!"

백훈이 울부짖는 야장을 잠시 물끄러미 보다가 다시 악운을 쳐다봤다.

"다시 느꼈지만 나와 상관없이 네 선택은 옳았어."

"알아."

두 번째 얻은 기회니까.

❧

쾅!

남궁진의 애검 소왕(小王)이 검기를 내뿜으며 일(一)자로 그어졌다.

서 있는 자리에서 정확히 대지를 반으로 나눈 검격에 흑로를 비롯한 괴력회의 모든 무사들이 진격을 멈췄다.

'대체 왜?'

충돌하기 직전이라 생각했던 호사량조차 남궁진의 돌발 행동에 눈을 빛냈다.

남궁진이 선봉에 서서 괴력회의 진격을 막아선 것이다.

호길이 깜짝 놀라 서태량에게 소곤거렸다.

"서 대협, 어떻게 되는 걸까요?"

"모르겠다, 나도. 갑자기 왜 저러는 거지?"

"이름값을 하는 거지. 명성만큼 의중도 모르겠군."

금벽산의 말에 서태량과 호길이 동조하듯 고개를 주억거렸다.

그러는 사이 흑로가 앞서서 말했다.

"소가주, 본 회는 창호상단과 큰 거래를 앞두고 있사오니 이쯤에서 길을 비켜 주시는 것이 어떻소이까? 잠시만 물러나 주신다면 서둘러 이 일을 단속하고 극진히 모시겠소."

흑로의 눈빛이 가라앉았다.

드디어 오랜 세월 목에 걸린 가시 같던 태은희를 정리할 기회가 왔다.

중간에 끼어든 산동악가?

부딪치고 싶지는 않았지만 여긴 괴력회의 영역이다.

침입한 건 그들이다.

산동악가의 보복은 남궁세가라는 우산 아래로 들어가면 될 일이다.

약귀의 뫼

그런데…….

'대체 무슨 생각을 하는 것이냐.'

뜻대로 움직여 줄 줄 알았던 남궁진이 탐탁지 않은 표정으로 앞을 가로막고 있었다.

"외부 일에 개입한다고는 안 했으나…… 이익이 되는 쪽이 내 편이라고 한 말은 못 들었소?"

"이익? 본 회야말로 창호상단과 배후에 있는 남궁세가에 큰 이익을 안겨다 줄 수 있는 쪽이오!"

"오해하는군. 내가 말한 이익은 세가를 뜻한 것이 아니오."

"그게 무슨……."

"나를 위한 이익을 말하는 것이지."

"대체 그게 무엇이오?"

흑로가 애써 담담한 척 감정을 누르며 물었다.

"산동악가 소가주의 소문을 확인해 볼 참이오. 명성이 허명인지, 아니면 진짜배기인지. 그러려면 그쪽에서 물러나 줘야 할 듯하오. 선약은 내 쪽부터이지 않소? 그런데 대체 소가주는 어디 있는 것이오?"

지켜보던 호사량의 눈에 이채가 흘렀다.

이제야 남궁진의 속을 알겠다.

'뭐 저리 단순한 자가 다 있나?'

알고 보니 남궁진의 개입은 남궁세가의 뜻이 아니었던 모양이다.

그는 그저 악운의 실력을 보기 위해 만남을 허락했을 뿐
이다.

그러니 제 목적을 위해 잠시 동안 이 싸움을 중재하려는
것이다.

호사량이 악운과 백훈이 도착하기 전까지 이를 적극 활용
하기로 했다.

"좋소. 그럼 우리 역시 은원은 잠시 접어 두고 잠깐은 물
러나겠소."

그러나 흑로는 그 말에 이의를 제기했다.

"흥, 물러나겠다면 태은희 그년의 목을 내놓고 가시오. 그
럼 순순히 물러나 주지. 솔직히 산동악가와 우린 이리 갈등
을 겪을 필요가 없잖소?"

호길이 황급히 소리쳤다.

"그럴 순 없습니다!"

호사량이 사태를 지켜보기 위해 호길을 제지했다.

"호 소협은 잠시 물러나 계시오."

"하지만……."

주먹을 움켜쥔 호길의 어깨를 서태량이 툭툭 두드리며 진
정시켰다.

"부각주 말씀대로 해."

이윽고 남궁진이 턱을 쓰다듬으며 말했다.

"내가 보기엔 합리적인 듯하오. 여긴 괴력회의 영역이오.

게다가 누가 봐도 산동악가에서 침입했고, 형세도 불리해 보였소. 솔직히 나를 이용하여 한발 물러나려는 것이 아니오?"

호사량이 쉽게 말을 잇지 못했다.

"그건……"

그러자 흑로는 이때다 싶었는지 한마디 거들었다.

"말은 바로 합시다. 저쪽이 양보한 만큼 이쪽도 양보해야 하는 게 공평한 거 아니오?"

호사량이 반문했다.

"받아들일 수 없다면?"

남궁진이 별일 아닌 것처럼 덧붙였다.

"중립인 내가 나서야겠지. 힘으로라도 저 여인을 저쪽에 넘겨야겠소."

남궁진의 확실한 입장 표명에 흑로의 입가에 회심의 미소가 지어졌다.

"공명정대하신 말씀이오. 쓸데없는 반항은 그만하고 산동악가 측은 어서 태은희 저년을 넘기시오!"

흑로의 외침에 호사량이 입술을 앙다물었다.

"호 대협, 이쯤 하면 됐어요."

태은희가 호사량을 보며 웃었다.

"무슨 말씀이십니까."

"더는 나를 위해 애쓰지 말아요. 산동악가는 최선을 다했습니다. 충분히 인정받은 삶, 이만하면 충분해요."

태은희가 차분한 눈을 들어 남궁진을 응시했다.

"소가주."

"말씀하시오."

"저들이 원하는 대로 내 목을 넘길 테니, 우리 일행의 안전을 약조해 주세요. 남궁세가만이 아닌 소가주 스스로의 명예를 걸고."

"약속하오. 충분히, 공평하니까."

태은희가 고개를 끄덕인 후 걸음을 옮긴 그때.

저벅.

호사량이 그녀의 앞을 가로막았다.

"안 됩니다."

"다른 방법이 없어요. 소가주와 백 대협도 소식이 없는걸요."

"그래도 아닌 건 아닌 겁니다."

"이러다 모두 죽어요."

"상관없습니다. 여사께서는 그만큼 중요한 분이오. 소가주는 누누이 말했소. 머지않아 가문에 돌아가 철명각의 각주가 되실 분이라고."

"하지만……."

"설사 그렇지 않더라도!"

호사량이 뜨거워진 눈빛으로 남궁진을 돌아봤다.

"우리는 가솔이고, 책임자는 소가주입니다. 소가주가 그 어떤 결정도 내리지 않은 이상 우리는 단 하나의 선택지만 존재합니다. 뭣들 하시오!"

제일 먼저 금벽산이 그녀의 옆에 서서 궁을 당겼다.

"나 금벽산, 여기 있소."

"그 누구도 여사님을 데려갈 수 없을 겁니다."

서태량이 시호도를 쥐며 반대편에 섰다.

동시에 호길도 목청을 가다듬었다.

"저도 같은 생각이에요. 제가 이대로 물러나면 돌아가신 사부께서도 용서치 않으실 거예요. 반드시 지켜 드릴게요."

지켜보는 남궁진이 한숨을 쉬었다.

"다들 피곤하게들 구는군. 꼭 이렇게까지 해야 하겠소?"

호사량이 검을 뽑으며 남궁진을 겨눴다.

"기꺼이."

남궁진의 눈빛이 방금 전보다 진지해졌다.

'상황을 이해 못 할 만큼 멍청한 건가, 아니면 나를 얕보는 것인가? 그 둘도 아니면……'

남궁진은 소왕을 고쳐 쥐며 빙글 돌렸다.

"각오(覺悟)라……. 재미있군."

동시에 남궁진이 잔영을 일으키면서 땅을 박찼다.

흑로도 재빨리 수하들을 제지했다.

"아무도 나서지 마라. 어차피 태은희의 목숨만 취하면 그만이다. 알겠느냐!"

남궁진은 안휘성을 흔드는 고수.

산동악가의 잡졸들 따위가 그의 의지를 거스를 수는 없으리라.

"여사께서는 어서 도망치시오!"

제일 먼저 금벽산이 대응했다.

당겨진 활시위에 해룡진공이 흘러 들어가며 비격탄금공(飛擊彈錦功)이 시작됐다.

이백 번 이상의 시(矢)를 쏠 수 있는 탄탄한 체력과 내공이 순식간에 다섯 발의 화살을 연달아 쏘아 보냈다.

슈슈슈슉!

남궁진이 미끄러지듯 다섯 발의 화살을 피해 낸 찰나.

등 뒤에서 본능적인 위화감이 느껴졌다.

남궁진이 반사적으로 고개를 뒤로 젖히는 순간 살아 있는 것처럼 선회한 화살이 그의 코앞을 스쳐 지나갔다.

'화살이 나를 따라온다고?'

놀라운 궁술이라는 생각이 들기도 전에 서태량과 호사량이 쇄도했다.

촤라라락!

남궁진이 양쪽으로 검을 휘두르며 날아온 박도와 검을 쳐냈다.

채채채챙!

호사량의 검이 칠성보에 실려 증속했다.

이젠 과거와 다르다.

모든 호흡이 검에 실려 형태를 이룬다.

악운에 의해 공고히 다진 탄탄한 기초가 호사량의 검기를 더욱 날카롭게 했다.

칠현풍원검(七絃風遠劍). 풍형검로(風形劍路).

회회반천의 초식이 남궁진의 검을 방어하고, 이어진 풍형 검로의 검초가 남궁진의 눈을 희롱했다.

콰콰콰콰!

삽시간에 남궁진과 호사량의 검이 부딪치며 수십의 검영 이 사방에 흩날렸다.

하지만.

번쩍!

강렬한 뇌광이 일더니 남궁진의 검격이 호사량의 초식을 그대로 무력화시켰다.

호사량의 눈동자가 크게 흔들렸다.

'엄청난 패력이다!'

모든 초식이 막힌 것도 모자라 엄청난 패력에 튕겨 나간 것이다.

"크읍!"

차력미기를 기반으로 한 초식들조차 그의 패력에는 의미

가 없었다.

강한 인력조차 잘라 내는 강력한 검격이 순식간에 호사량
을 몰아붙였다.

"부각주!"

끼어든 서태량이 남궁진의 움직임을 방해했다.

천익백강도(千翼百姜刀).

남궁진이 대답 대신 그의 방패 위로 검을 내리찍었다.

쾅! 쾅!

벼락처럼 떨어진 그의 패력에 들고 있던 방패가 종잇조각
처럼 일부가 뜯겨 나갔다.

박도와 방패를 바꿔 가며 막아 내던 서태량이 결국 방패를
던지고 시호도를 휘둘렀다.

힘 대 힘의 충돌.

퍼퍼퍼퍼펑!

남궁진이 펼쳐 낸 섬전십삼검뢰가 삽시간에 서태량의 도
영을 갈라 내고, 그의 도신을 강하게 후려쳤다.

"커헙!"

힘을 이겨 내지 못한 서태량이 볼썽사납게 옆으로 날아갔
다.

쾅당탕!

남궁진이 다시 호사량을 쳐다본 그때.

띠링.

청아한 비파 연주가 울려 퍼졌다.

"음공?"

남궁진이 눈살을 찌푸린 찰나.

금벽산의 뒤에 서 있던 호길이 월호야(月湖夜)의 연주를 시작했다.

"떠난 사람은 말이 없고, 호수는 소리 없이 고요하니."

이어서 청아한 목소리가 보태지자.

"흐아압!"

호길의 마음이 담긴 월호야의 음파(音波)가 하얗게 질렸던 호사량의 활력을 자극하고 조급해졌던 마음을 다스리게 했다.

하지만 남궁진의 일갈이 단숨에 음파를 내리눌렀다.

"갈!"

기를 실은 그의 포효가 음파를 무력시킨 찰나.

서태량과 호사량이 이를 악물고 쇄도했다.

"음(音)은 영혼의 잠재력을 깨우는 자극제라더니, 오랜만에 제대로 된 악공을 보는군. 하나 잔재주는 여기까지요."

동시에 남궁진의 눈에 뇌광이 서렸다.

번쩍!

소왕에서 푸른 뇌전 같은 검기가 사방을 메우며 지금까지와는 비교도 안 되는 속도로 뻗어졌다.

천뢰기(天雷氣).

닿는 모든 것을 멸한다는 남궁세가의 비전 기공이 그의 검을 감싼 이 순간.

구구구구.

공기가 제왕의 검에 동요했다.

제왕검형(帝王劍形) 검식(劍式). 오뢰압검(五雷壓劍).

날아온 화살은 내려치는 검격에 일제히 부러져 튕겨지고, 수도 없이 내려친 연격을 버티지 못한 서태량이 각혈을 토해 내며 날아갔다.

쿠아아앙!

호사량도 몰아친 극한의 패력을 이기지 못하고 손아귀에서 검을 놓쳐야 했다.

촤학! 퍼엉!

빠져나간 검이 빙글빙글 회전하여 바닥에 추락했다.

남궁진은 멈추지 않고 다음 검을 뻗었다.

쐐애액!

그 순간 인영 하나가 그의 앞을 가로막았다.

"안 돼!"

그 목소리 때문이었을까?

남궁진의 검이 호사량의 앞을 가로막은 태은희의 목 바로 앞에서 멈췄다.

"……쿨럭!"

동시에 호사량이 참았던 피를 토해 내며, 오른쪽 팔을 타고 떨어지는 핏물을 인지했다.

검을 쥐었던 팔은 성한 데를 찾아보기 힘들 만큼 살점이 깊게 패여 있었다.

"이제 그만해 줘요, 소가주."

"비키시오. 내가 먼저 시작한 싸움이 아니었소."

"하지만 소가주에게는 이 무의미한 싸움을 끝낼 수 있는 능력이 있어요."

남궁진이 그녀의 어깨 너머에 선 호사량을 응시했다.

"저자가 승복한다면……."

동시에 그녀가 지켜보고 있던 흑로를 불렀다.

"흑로!"

"그래, 날 불렀느냐."

"내가 목숨을 끊겠다! 그러면 이 모든 것을 멈추겠느냐!"

"당연한 이야기를 하는구나."

호사량이 사력을 다해 소리쳤다.

"안 된다 하지 않았습니까!"

"내가 할 수 있는 마지막 최선이에요."

애써 웃어 보인 태은희는 더는 주저하지 않았다.

이 모든 싸움은 오로지……

'나 때문.'

그녀의 눈에 먼저 간 가가의 모습이 아른거렸다.

이렇게 빨리 그를 만날 줄은 몰랐는데…….

스릉!

순식간에 검을 뽑아낸 그녀가 검을 역수로 취하자 검 끝은 정확히 가슴을 향했다.

"안 돼!"

일행 모두가 일제히 외치며 얼굴을 일그러트린 그때.

콱!

그림자 하나가 그녀의 검날을 대신 붙잡았다.

남궁진은 눈을 부릅떴다.

'못 느꼈다.'

갑자기 나타난 괴인이 그녀의 검을 맨손으로 붙잡은 것도 놀라웠으나 그보다 믿기 힘든 건 그 기척을 가늠조차 못했다는 사실이었다.

"누구……?"

막, 그 입을 열려던 찰나.

"누가…….."

그녀의 검을 쥔 악운이 등지고 있던 남궁진을 담담하면서도 차가운 눈빛으로 돌아보았다.

"내 가솔을 해하는가?"

청염이 번지는 악운의 두 눈을 마주한 찰나.

남궁진은 너무나 오랜만에 멈칫하며 한 걸음 물러났다.

그조차도 너무 놀라 반사적으로 읊조렸다.

"이…… 내가?"

동시에 장내에 도착한 백훈이 호사량 대신 그의 손에서 날아갔던 검을 도로 주워 왔다.

"문사 놈, 칠칠맞게 누가 검을 흘리고 다니래?"

"빌어먹을……!"

"자존심 상하면 네 검부터 다시 잡아. 아직 싸움은 안 끝났고."

백훈이 싸늘한 미소를 지으며 남궁진과 마주 선 악운의 등을 쳐다봤다.

"소가주도 평소답지 않게 잔뜩 열 받았거든."

"큭, 그래? 그렇단 말이지? 그럼……."

이어서 호사량이 낮게 웃으며 흑로를 노려봤다.

"너네는 다 뒈졌다."

❧

두근.

이런 감정을 느껴 본 적이 있었던가?

남궁진은 악운을 마주한 순간 그가 보인 기세에 온몸의 솜털이 쭈뼛 곤두 서는 긴장감을 느껴야만 했다.

'소문대로라 이건가?'

산동에서 오랜 세월 내로라하는 뛰어난 영웅들이 그의 창 앞에 쓰러졌다.

휘경문, 동진검가, 황보세가.

그 세 세력을 단숨에 무너트린 산동악가의 중심에 서 있는 사내.

남궁진이 히죽 웃었다.

"그래. 이 정도는 되어야지. 어디 한번……."

잠깐 멈칫하긴 했지만 남궁진은 검을 고쳐 쥐었다.

"놀아 봅시다."

남궁진이 짓쳐들었다.

콰쾅!

천뢰기에 휩싸인 제왕검형이 악운의 전신을 찢어발겼다.

그것을 본 흑로가 재빨리 소리쳤다.

"모두 쳐라! 남궁세가의 소가주를 도와 산동악가의 악귀들을 제거해라!"

남궁진에 의해 멈춰 있던 괴력회 무리가 일제히 땅을 박찼다.

둘째 구광이 가장 앞장섰다.

"죽여! 한 놈이라도 더 베는 자, 큰 상금을 내릴 것이다!"

괴력회가 영입한 식객들이 앞 다투어 달렸다.

호사량이 검을 고쳐 쥐며 소리쳤다.

"남궁진은 소가주에게 맡겨 두고, 우린 저들을 막는다! 악가뇌혼대는 악가혼평진을 펼쳐서 여사님을 지켜! 호 소협은……."

호사량의 눈이 호길과 부딪쳤다.

"쉬지 말고 연주하시오. 효과 하나는 끝내주더군."

"예!"

백훈이 호사량을 스쳐 가듯 물었다.

"어이, 문사 너도 후방으로 빠져 있지그래?"

"네놈만 공을 세우게 놔둘 수야 있나?"

"입만 살아서는……."

피식 웃음 지은 백훈은, 한 손에 사슬과 다른 손에 검을 고쳐 쥐었다.

그 순간 몰려든 적들이 산동악가 가솔들을 파도처럼 뒤덮었다.

'말도 안 돼.'

남궁진은 사방에서 난전이 벌어지든지 말든지 관심도 없었다.

모든 검격은 오로지 악운에게 향해 있었다.

조금의 방심도 없었다.

그런데…….

악운은 창 한 번 휘두르지 않고 검역을 관통하듯 움직였다.

제왕검형의 파훼법이라도 알지 않는 이상 불가능했다.

제왕검형(帝王劍形) 검식(劍式), 오뢰압검(五雷壓劍).

제왕검형(帝王劍形) 검식(劍式), 육뢰산파검(六雷散破劍).

남궁진의 검초가 닿는 모든 땅이 벼락이 내리치는 돌풍 한 가운데이기라도 한 양 처참하게 파괴됐다.

콰콰콰콰!

반경 안에 든 땅이 전부 헤집어졌다.

그때였다.

콰짓!

단 한 번의 발광(發光)이 뿜어진 찰나.

붉은 창이 찬란한 강기로 덧씌워진 채 남궁진의 검역을 단번에 갈랐다.

"크윽!"

남궁진이 일으킨 모든 검사(劍絲)가 잘려 나가고, 그의 검역이 삽시간에 밀려 났다.

퍼퍼퍼퍼펑!

부딪친 기류가 비산하고 악운의 창이 전진했다.

남궁진은 그 진격을 막기 위해 그의 창을 걷어 냈다.

채채채채챙!

일방적인 남궁진의 공세.

하지만 악운의 창은 모든 검로를 꿰뚫으며 오히려 반격을 가했다.

타타타타탁!

남궁진이 날듯이 빠르게 뒤로 물러났지만 악운을 떨쳐 내기는커녕 그럴수록 악운의 창이 가까워졌다.

'빌어먹을!'

남궁진은 피하는 것을 포기하고 내려치는 창에 반사적으로 검을 들었다.

쿠앙!

"커흡!"

고작 한 번의 창을 받아냈을 뿐인데 쥐고 있는 검에서 수만 근의 무게가 느껴졌다.

'또 온다!'

견뎌 냈지만 그다음이 문제였다.

콰직! 쿵!

두 번째 일격에 한쪽 무릎이 크게 흔들리며 휘청거렸다.

쾅! 쾅! 쾅!

악운의 창이 연달아 그의 검을 내리찍었다.

어느새 남궁진은 두 무릎을 바닥에 꿇은 채 가까스로 악운의 창을 견뎌 내고 있었다.

몸이 으스러질 듯했다.

악운이 맞닿은 검 앞에서 처음으로 입을 열었다.

"고작, 이따위 실력으로 내 가솔을 베려 했다고?"

"끄으윽!"

남궁진은 모든 전력을 검을 지탱하는 데 쓰느라 그 어떤 대답도 하지 못했다.

"……우습군."

그 순간 악운의 창이 강력한 인력을 일으키며 남궁진의 검을 옆으로 날려 버리더니, 창대로 그의 어깨를 내리찍어 버렸다.

콰앙!

뼈가 부서지는 소리와 동시에 연달아 악운의 창대가 남궁진의 반대편 어깨와 가슴을 두드렸다.

순식간에 전신을 가격당한 남궁진이 제대로 비명을 지를 새도 없이 바닥을 나뒹굴었다.

쿠당탕탕!

찰나간 남궁진은 의식이 끊겼다 다시 돌아온 것을 느끼며 흐릿한 눈으로 악운의 발끝을 응시했다.

다시 일어나려고 했지만 온몸에 아무 힘도 들어가지 않았다.

잠깐 머물렀던 악운의 발끝이 반대편으로 돌아설 때쯤 그의 한마디가 들려왔다.

"손 속에 사정을 뒀다."

남궁진은 몸을 부들부들 떨며 악운을 향해 힘겹게 소리를 냈다.

"아, 아직…… 아, 안……끝……났……."

"끝났어. 가볍기 짝이 없는 검으로 다시는 내 가솔을 건드리지 마라. 오늘 여기 있는 자들 중엔 너 빼고 모두 죽는다.

네가 살아남는 이유는 단 하나, 네놈의 가문이 잘나서였음을 잊지 마라."

악운은 그 말을 끝으로 괴력회 무인들에게로 신형을 날렸다.

남궁진은 희미해져 가는 눈으로 악운의 잔영을 보며 온몸을 파르르 떨었다.

눈가에서 뜨거운 눈물이 맺혔다.

이토록 처절한 패배는 아버지 이후로 처음이었다.

인정하고 싶지 않았지만 현실은 냉혹했다.

하필 아버지가 했던 말이 치욕이란 상처 위에 소금처럼 따갑게 덧입혀졌다.

　

－호승심이라면 괜찮다. 하지만 네 검에 담긴 건 분노다. 무엇에 분노해 있는 것이냐? 유산 쟁탈전에 참여해 네 자부심을 상처 입힌 가문에 대한 분노더냐? 아니면 아비에 대한 분노더냐? 하지만 아들아, 분노가 검에 담기면 널 편협하게 만든다. 그런 검은 상대에게 한없이 가볍게 느껴질 게다. 그것만은 알아 둬라.

　

"으아아아아!"

남궁진은 안간힘을 다해 소리쳤다.

그러지 않고서는 이 답답한 마음을 해소할 수 없을 듯했다.

그토록 빚지고 싶지 않았던 가문의 후광에 또 한 번 기댄 것이다.

산동악가가 만남을 청한 이유와는 상관없이, 그저 악운의 명성을 시험해 보기 위해 찾은 발걸음이 쓰디쓴 상처로 남은 순간이었다.

난전 속에 누군가 소리쳤다.

"남궁세가의 소, 소가주가 쓰러졌다!"

"젠장!"

남궁진이 쓰러지자 분위기가 완전히 뒤집혔다.

호길은 그 한가운데 고요히 호흡을 다스리며 눈을 반개했다.

"후우……!"

사방에서는 비명이 울려 퍼지고, 병장기 부딪치는 소리가 가득했다.

너무 많은 인파가 몰려 한 치 앞도 보이지 않는다.

예전 같으면 동요하며 긴장했을 것이다.

하지만 이젠 다르다.

일행과 함께하며 그동안 많이 고민했다.

도움이 될 길이 무엇일까 하고.

내공을 탄처럼 쏘아 보내는 탄현법(彈絃法)은 엄청난 내공 소모를 가져오기에 한두 번이 최선.

게다가 상대를 해할 수 있는 악보는 독보적이지 않다.

그래서 '바람의 노래'를 창안했다.

"한 줄기 미풍이 창가에 머물렀을 때 창이 열리고, 그대가 보이네."

바람의 노래는 두 가지의 곡을 조합했다.

월호야(月湖夜)의 사기 증진.

슬픔을 자극시키고 패배감을 짙게 하는 효효심.

그 두 가지는 상반된 음을 파생시켜 일정 범위에 퍼진다.

아군에게는 사기증진을 통한 일시적 활력을, 적군에게는 마음을 흔들어 내공이 역류되게 하는 효과를!

내공이 강한 자들은 이겨 내겠지만, 지금과 같이 난전이라면······.

"크윽, 귀, 귀가!"

서태량의 방패가 놓치지 않고 비틀거리는 적의 안면을 내리찍었다.

"좋아, 힘이 넘친다! 일당천도 문제없겠어!"

금벽산이 허리께에 매단 화살통에서 살을 빼 들어 다시 시위에 매겼다.

"이놈아, 방패나 제대로 들어!"

금벽산도 한결 가벼워진 몸놀림으로 시위를 당겼다.

한 번의 시위에 세 발씩 쏘아지는 화살임에도 백발백중이었다.

쐐애애액! 쐐애애액!

심지어 금벽산은 한 번 더 활시위를 당겨 멀리 있는 곳을 향해 쏘았다.

"크악!"

후방의 무사가 벌러덩 뒤로 넘어가며 쓰러졌다.

사거리가 길고 절정의 고수와도 비등하게 싸울 수 있는 금벽산의 화살은 사신이 따로 없었다.

게다가 적들 중엔 방패는 보통 군문 출신이 다루는 병기.

쐐액, 쐐액, 쐐액!

쳐 내기도 전에 목을 관통하는 화살에 적들은 전혀 대응하지 못했다.

"죽여 주마!"

더는 안 되겠던지 단정도 허진이 괴력회의 식객들을 이끌고 신형을 날렸다.

펑! 펑!

자신에게 날아오던 두 발의 화살을 단숨에 쳐 내자 괴력회의 사기가 올랐다.

허진은 그에 그치지 않고 금벽산을 보호하는 서태량에게 돌진했다.

타타타탁!

하지만 서태량은 도와 방패를 오히려 날개를 웅크리듯 움츠렸다.

마치 진형을 유지하는 듯했다.

'맞서지 않는다?'

의아하게 느낀 찰나 어디선가 사슬 긁히는 소리가 들렸다.

그 순간.

쇄애액! 번쩍!

빛무리와 함께 사슬 달린 유엽비도가 날아왔다.

허진은 반사적으로 바닥으로 몸을 굴렸다.

비굴하기 그지없다는 나려타곤이었지만 이렇게 하지 않으면 피하지 못할 듯싶었으니까.

쿠당탕!

달리던 속도 그대로 구른 찰나.

날아온 유엽비도가 그의 뒤에 있던 사파 고수를 꿰뚫었다.

"커헉!"

'오극도'란 별호의 고수가 피하지도 못하고 바닥에 쓰러졌다.

'악운을 그림자처럼 따라다닌다는 도평검객인가!'

허진은 일이 꼬이는 것을 느꼈다.

'독야문의 후예라는 자들을 믿었건만!'

그런데 이건 꼬여도 단단히 꼬인 게 틀림없었다.

허진의 눈에 주변의 전장이 들어왔다.

악운을 제외하고 고작 다섯 명이다.

그 작은 숫자를 여기 모인 수백 명이 감당하지 못하고 있었다.

"백 대주와 간격을 벌리지 않게 유지하시오!"

때마침 호사량이 소리쳤다.

그 외침에 맞춰 악가뇌혼대는 난전 속에서도 자기 대열을 자로 잰 듯 완벽히 유지했다.

여러 전투와 서로를 잘 알기에 가능한 진형 유지였다.

"크악!"

"커헉!"

오랜 시간 괴력회가 키워 온 서검당, 남창당, 북도당, 동패당은 그들에 비해 오합지졸이었다.

선봉이었던 서검당이 무너지자 창을 든 남창당이 제대로 창을 찌를 공간을 확보하지 못하고 맥없이 쓰러졌다.

도를 쓰는 북도당과 낭아봉을 쓰는 동패당도 난전 속에 산개되어 제대로 결집하지 못했다.

그 틈에 서태량의 자리를 대신 메우며 이동한 백훈.

"뭘 꼬나봐?"

백훈이 사나운 웃음을 보임과 동시에 그의 검이 춤을 췄다.

"이대로 끝날 것 같으냐!"

허진은 황급히 자리에서 일어나 백훈에게 쇄도했다.

"어."

순식간에 거리를 좁힌 백훈이 허진의 검을 쳐 내며 씩 웃었다.

"소가주가 왔거든."

동시에 허진이 두 눈을 부릅떴다.

한 번도 느껴 본 적 없는 스산한 공포감이 느껴졌다.

츠츠츠츠!

다가온 줄도 몰랐던 기척이 어깨 뒤에서 느껴진 것이다.

"안…… 돼!"

위험을 느끼고 돌아본 그때.

서걱!

악운의 손에서 뻗힌 주작이 허진이 뭘 할 새도 없이 그의 가슴을 가르고 위로 치솟았다.

"커헙!"

허진의 죽음에 흩어진 괴력회의 식객들의 얼굴이 하얗게 질렸다.

눈앞에서 남궁진을 쓰러트린 절대 고수.

무공의 고하야 뻔했다.

그들 중 소조검객이란 별호의 고수가 겁을 먹고 소리쳤다.

"소가주, 당신의 편에 서서 싸우겠소!"

그러자 몇몇 고수들이 동조했다.

"나, 나 역시 그러겠소!"

악운은 순식간에 편을 정한 그들을 보며 아무런 대답도 하지 않았다.

　그저 그들을 향해 걸음을 옮기며 주작을 분리할 뿐.

　철컥.

　양손에 든 단창과 함께 악운이 마저 말을 이었다.

　"방금 전에 백 형에게 못 들었나?"

　악운의 눈에 은은한 청염이 휘돌기 시작했다.

　남궁세가의 선택에 따라 괴력회의 처우를 맡기려 했었다.

　오랜 세월 태은희를 괴롭힌 자들을 처형하고, 명분을 바로 잡을 수 있도록 남궁진에게 선택권을 주려 했다.

　적어도 그들에게는 남는 장사였다.

　손도 안 대고 명분에 따라 괴력회의 것을 삼키고 안휘성에 정파의 기치를 세울 수 있었으니까.

　그런데 결과가 이것이다.

　"잔뜩 열·받았다고."

　순식간에 잔영을 일으키며 사라졌던 악운이 소조검객의 검을 쳐 내고 그의 목에 단창을 박아 넣었다.

　콰악!

　남궁세가가 괴력회를 저버린 이상.

　악운의 머릿속에 계획은 단 하나밖에 없었다.

　괴력회의 완벽한 파멸.

　그러니…….

　"용서를 빌지 마라."

악운의 신형이 돌풍이 되어 괴력회를 가로지르기 시작했다.

❧

태은희는 호사량의 지휘에 따라 악가뇌혼대의 진열을 방해하지 않았다.

선불리 진입했다가는 오히려 자로 잰 듯 돌아가는 악가혼평대에 방해가 된다는 걸 알고 있었기 때문이다.

그래서 호길의 곁을 호위하며 모든 전황을 여유 있게 볼 수 있었다.

'모두가 나를 위해…….'

중년의 나이가 되던 동안 이토록 사력을 다해 곁을 지켜주던 이는 오로지 사랑했던 가가 말고는 없었다.

오랜 세월 목말랐던 인정과 격려를 받은 것도 모자라 너무 큰 빚을 얻었다.

문득 쫓겨 다니며 죽고 싶었던 과거들이 머릿속을 스쳤다.

하지만 이젠…….

'정말, 살고 싶어.'

태은희는 방금 전 자결하려던 순간, 그 어떤 때보다 살고 싶다는 감정이 강하게 치솟는 걸 느꼈다.

검을 강하게 쥐었다.

그리고 거침없이 달려가는 악운을 뜨거운 눈으로 응시했다.

소가주가 준 건, 그저 야장으로서의 인정과 격려뿐만이 아니었다.

무얼 지켜야 하는지를 깨닫게 했다.

"나의 산동악가."

그녀가 마음속의 말을 나직이 읊조렸다.

오랜 세월 쌓여 왔던 악연이 끊어져 가고 있었다.

'이럴 수가……!'

흑로는 절망감을 느꼈다.

소수에 불과한 산동악가 가솔들로 인해 쌓여 왔던 모든 것이 무너지고 있었던 것이다.

그 중심에 악운의 창이 있었다.

악운과 그 뒤를 따르는 가솔들은 거침없이 돌진해 왔다.

수백의 병장기로도 그들을 거스르지 못했다.

쩌적! 쿠아앙!

악운의 창은 마치 절세의 신병과도 같았다.

강기를 덧씌운 그의 창에 닿을 때마다 괴력회에서 만든 병기들이 모조리 잘려 나갔다.

호황대력기와 홍염공이 깃든 찬란한 강기가 그녀가 제작한 신창과 결합하여 무엇이든 벨 수 있는 신창(神槍)에 이른 것이다.

쩌적! 쩌적!

달려가는 악운의 이동로에 따라 수십 개의 목이 눈 깜작할 새 위로 튀어 올랐다.

"도, 도망쳐!"

서검당을 비롯한 네 개 당이 흩어지며 와해됐다.

기세가 오른 호사량이 일갈을 터트렸다.

"한 놈도 놓치지 말고 베어라!"

흑로는 주변을 둘러봤다.

돈을 들여 고용했던 믿고 있던 식객들마저 싸늘한 시신이 됐다.

남은 수하들의 눈에서도 한 줄기 공포가 옮겨 붙고 있었다.

흑로를 지키는 자들은 네 개의 당을 이끄는 흑도당(黑導黨).

그들은 괴력회의 정예들만 골라 키운 자들이었다.

돈을 들여 직접 제작한 검을 들게 하고 손수 무공을 가르쳤다.

그런 자들조차 압도된 것이다.

흑로는 참을 수 없는 분노를 느끼며 흑도당 무사의 목을 낚아채 그대로 검을 휘둘렀다.

촤학!

갑작스러운 동료 무사의 죽음에 흑도당의 무사들이 눈을 부릅떴다.

"여기서 겁이나 집어먹으라고 네놈들에게 그리 거금을 들인 줄 아느냐! 조금이라도 머뭇대는 즉시 목을 칠 것이다!"

서슬 퍼런 흑로의 기세에 짓눌린 흑도당의 무사들이 다시 난전에 합세하려던 찰나.

"크아악!"

사방에서 사형제들의 비명이 들렸다.

철정봉, 곽중, 항곡심.

세 명의 사형제들이 산동악가 가솔들에 의해 무참히 베이고 있었다.

그 순간.

쾅악!

그의 앞에 벽처럼 포진하고 있던 흑도당의 무사들이 종잇장처럼 날아가거나 통째로 베여 나갔다.

와르르 무너진 흑도당의 대열.

그 대열 앞으로 산동악가의 가솔들이 빠른 속도로 산개하며 그들을 베어 나갔다.

그 한가운데.

악운의 붉은 창이 섬뜩한 날을 보이며 나타났다.

꿀꺽!

마른침을 삼킨 흑로는 온몸이 덜덜 떨리고 있음을 느꼈다.

악운의 눈을 마주하자 형용할 수 없는 두려움이 온몸의 솜털을 곤두서게 한 것이다.

"안 된다, 이놈!"

피투성이가 된 구광이 악운의 등 뒤로 뛰어들었다.

악운은 보지도 않고 창을 분리하여 빙글 휘둘렀다.

"허업!"

일 창에 구광의 검이 잘려 나가고, 악운이 빈틈에 창을 찔렀다.

구광은 눈을 부릅뜬 채 그 자리에서 즉사했다.

"커헉!"

사제의 죽음에 흑로가 핏발 선 눈으로 소리쳤다.

"대체 우리가 산동악가에 무슨 피해를 주었다고, 오래토록 노력해 온 우리 사형제의 사업을 이토록 처참하게 무너트린단 말이냐!"

악운은 구광의 몸에서 창을 뽑아내며, 다시 주작을 결합했다.

"이유?"

걸음을 내디딘 악운의 잔영이 전광석화처럼 흑로의 다리를 베었다.

"크아악!"

창이 스쳐 간 자리에 살점이 떨어지고 뼈가 드러났다.

쐐액!

흑로가 반사적으로 검을 휘둘러 봤지만, 악운은 이미 그의 등을 점하고 창으로 어깨를 내려찍었다.

"으아아아아!"

비명을 내지르는 흑로의 눈에는 선명한 두려움이 실렸다.

"대답은 이미 했어."

악운의 창이 하단을 쓸어 그를 넘어뜨렸다.

볼썽사납게 나뒹군 흑로가 몸을 파르르 떨었다.

사형제들이 모두 죽은 지금, 더 이상 기댈 곳은 없었다.

"사, 살려 다오! 내가 다 잘못했다! 은희에게 빌겠다, 죽이려 해서 미안하다고!"

악운은 흑로의 말을 전혀 듣지 않았다.

그저 창을 휘두를 뿐이었다.

"알면 됐다."

댕강.

그의 창은 조금의 주저도 없이 흑로의 목을 베어 버렸다.

툭, 쿵!

전신이 피로 물든 악운은 싸늘한 주검이 된 흑로를 내려다봤다.

뒤따라온 백훈이 물었다.

"도주하려는 자들까지 모두 정리했어."

수백의 주검이 그들 앞에 펼쳐졌다.

아주 잠깐 동안 천휘성의 삶이 겹쳐졌다.

천휘성이 끊임없이 견뎠던 전장.

하지만 악운은 담담히 창을 회수하고 시선을 돌렸다.

태은희가 보인다.

멀찍이 서 있는 그녀는 차오른 눈물을 닦아 내며 애써 웃어 주고 있었다.

가솔인 그녀의 미래를 지켰으면 그걸로 됐다.

그게 천휘성과는 다른 삶을 택한 이유니까.

❧

"이런……."

대영당의 당주 종명은 뒤늦게 도착한 장내의 상황을 보며 표정이 딱딱하게 굳어졌다.

괴력회로 보이는 일당의 주검이 문제가 아니었다.

"소가주!"

저 멀리 흙투성이가 되어 널브러져 있는 남궁진이 보였다.

간밤에 꿈자리가 뒤숭숭하더니.

'결국 사달이 났구나!'

본래 종명은 장 국주로부터 들었던 명분을 통해 괴력회를 창호상단에 종속하게 할 작정이었다.

이를 통해 얻을 수 있는 건 소가주의 '명성'.

이 일만 잡음 없이 처리해도 소가주 외가의 세가 강화되고, 소가주가 가문의 일을 신경 쓰지 않는다는 가문의 여론을 조금이나마 잠잠하게 할 수 있다고 생각했다.

그런데 함께 이동하기로 했던 소가주가 간밤에 난데없이 떠나 버렸고 결국 지금의 상황이 됐다.

남궁진의 그 빌어먹을 호승심이 발동된 게 분명했다.

혹시라도 크게 다치거나 목숨이 경각에 달했다면 그야말로 경을 칠 일이었다.

"뭣들 하느냐! 당장 소가주부터 챙기지 않고!"

그가 데려온 대영당의 무사들이 일제히 푸른 견폐를 휘날리며 남궁진에게 달려갔다.

"감히…… 이게, 무슨 짓이오!"

종명 역시 악운 일행에게 빠르게 다가갔다.

팽팽한 긴장감이 돌았다.

당장 남궁세가와 산동악가 사이의 문파대전이 벌어져도 이상하지 않을 상황.

악운이 물었다.

"귀하는 누구십니까?"

"나, 종명이란 사람이올시다."

호사량이 지친 기색으로 나섰다.

"아, 한령검(寒靈劍) 종 대인이시군요. 명성은 익히 들었습니다."

"나를 아신다니 일이 쉽겠구려. 난 남궁세가 대영당 당주로서 작금의 이 사태에 대해 자세히 들어야겠소. 누가 말씀해 보시겠소?"

"제가 말씀드리지요."

호사량은 이어서 방금 전 있었던 일에 대해 소상히 설명했다.

남궁진이 쓰러진 부분에서는 종명의 귀가 빨개졌다.

"이런……!"

호사량의 자초지종이 끝난 후.

그의 노한 시선이 악운에게 잠시 머물렀다.

"나이의 한계를 넘은 지고한 경지라고 들었소. 그럼 소가주의 뜻을, 무인으로서의 호승심 정도로만 생각하고 대했으면 됐잖소! 저리 사람을 두들겨 패면……."

호사량이 헛웃음을 흘렸다.

"이해가 안 되는군요. 남궁 소가주의 검은 정말 강했습니다. 자칫 본 가의 가솔들도 죽거나 크게 다칠 뻔했지요. 저희가 그것을 그저 두고만 봐야 했다는 말입니까?"

종명이 으름장을 놨다.

"문파대전이라도 하자는 게요?"

산동악가는 이제 막 재건된 가문.

혈교대란에서도 가문의 기틀을 유지하고 태양무신의 유산 쟁탈전에서도 꽤나 많은 지분을 가져온 남궁세가와는 비교도 안 되는 미약한 명성이었다.

그래서일까?

악운을 마주한 종명은 자신감이 넘쳤다.

"가주님의 뜻입니까?"

"뭐요?"

"정녕 문파대전이 남궁세가 가주님의 뜻이냐 이 말입니다."

삽시간에 달라진 악운의 기세는 종명과 맞닿은 권역을 완벽히 장악했다.

종명은 몸이 땅 밑으로 꺼질 듯한 기괴한 두려움에 사로잡혔다.

'얘기는 들었지만…… 정말, 이…… 정도였나?'

온몸을 짓누르는 완벽한 압도에 종명은 무기력감마저 느꼈다.

검을 뽑는 순간 목이 떨어지리라.

긴장감에 온몸이 땀으로 흠뻑 젖은 그때.

"소가주께서는 괜찮으십니다!"

뒤쪽에서 들려온 가솔의 음성에 악운이 기세를 거둬들였다.

'후우……!'

종명은 내심 안도했다.

"서둘러 가까운 의방을 찾아 의원에게 상세를 보이거라!"

"예!"

그것을 본 호사량이 나섰다.

"그러실 거 없습니다."

"무슨 말씀이시오?"

"웬만한 명의보다 뛰어난 의원을 압니다. 이대로는 서로의 감정만 상할 테니 우선 남궁 소가주부터 치료한 후에 다시 말씀을 나누시지요. 어떠십니까?"

종명은 조용히 고개를 끄덕였다.

현실적으로 판단해도 방금 전 악운의 기세를 감당할 수 있는 자는 장내에 없었다.

"그럼 의원은 어디 있소?"

"보고 계십니다."

호사량이 슬쩍 옆으로 비켜서서 악운을 바라봤다.

"날 놀리는 것이오?"

믿지 않는 종명에게 백훈이 어깨에 짊어지고 있던 봇짐에서 침통을 꺼냈다.

"소가주, 여기 있소."

"정말이라는…… 말이오?"

경악한 종명에게 악운이 침통을 받아 들며 말했다.

"남궁세가 소가주는 이걸로 제게 두 번 빚진 겁니다. 그리 아십시오."

호사량이 피식 웃으며 한마디를 보탰다.

"그렇답니다."

⟡

풀벌레 소리가 귓가를 맴돌았다.

희미했지만 천천히 또렷해지는 소리와 무뎌졌던 감각들이 다시 예민하게 느껴졌다.

옅은 혈향과 뒤섞인 약재 냄새가 코를 찌른다.

"물······."

"드디어 깨셨군. 여기 있소."

미리 기다리고 있던 종명이 미리 준비해 두었던 그릇에 물을 담아 그의 입에 흘려 주었다.

꿀꺽, 꿀꺽.

남궁진은 목울대를 몇 번 움직여 물을 마시자 정신이 드는지 훨씬 또렷해진 눈을 굴렸다.

"죽을 것 같군."

"첫 마디가 그것이오? 보통은 속을 썩게 하여 송구하다는 얘기가 먼저 아니겠소? 아니면 여긴 어디냐고 묻는다든지."

"송구하오. 내 검은?"

"보시다시피 방 안에 기대 뒀소."

"그럼, 됐소."

"궁금한 건 없소?"

"뻔하지. 내가 패배해서 쥐 죽은 듯 쓰러져 있으니 종 당주께서 날 거둬서 의방에 데려온 것 아니오?"

"차라리 그랬으면 나았을 거요."

"다른 게 또 있소?"

"산동악가의 악운이 소가주에게 침을 놓았소. 일견 봐도 웬만한 명의 뺨치는 실력이더군. 대체 약관도 되지 않은 나이에 어찌⋯⋯."

남궁진의 얼굴이 일그러졌다.

"빌어먹을⋯⋯! 그자는 지금 어디 있소?"

"장 국주를 불러 나와 몇 가지 증서를 작성한 후 떠났소. 괴력회의 처우를 어찌할 것이냐에 대해서였지. 괴력회에 붙잡혀 있던 무명의 야장들은 가족과 함께 산동악가로 향했고, 괴력회의 재산은 우리가 떠안기로 했소. 장 국주도 그 틈에 껴서 이 할 정도의 이권을 챙기기로 했지."

종명이 수염을 쓸어내리며 계속 말을 이었다.

"외부에는 소가주가 이번 일을 공명정대하게 처리하여 산동악가의 가솔을 구했다고 알려질 거요. 그 결과로 괴력회의 재산도 외가인 창호상단의 일부 흘러가겠지. 여러모로 남는 장사였소. 소가주의 일은 산동악가가 침묵해 주기로 약조했으니, 외부로 새어 나가진 않을 거요."

한참을 듣던 남궁진이 무겁게 입을 열었다.

"⋯⋯명성 따윈 관심 없소."

"이보오, 소가주. 제발 정신 좀 차리시오. 벌써 혼기가 훌쩍 넘어 서른 중반이오. 가문의 입지도 고려하고 다음 대 가주로서의 소양도⋯⋯!"

"종 숙부."

순간 종명의 눈이 가늘어졌다.

"왜 그리 친근하게 부르시오, 불안하게?"

"악운, 그 머리에 피도 안 마른 놈이 나더러 뭐라 했는지 아시오?"

"뭐라 했소?"

"내 검이 가볍다고 했소. 깃털처럼 말이오."

남궁진은 사력을 다해 몸을 일으켜서는 말릴 새도 없이 빠르게 옷을 갈아입기 시작했다.

"그 몸으로 어딜 가려고?"

"그자를 쫓아갈 것이오."

"가서 뭘 어쩔 셈이오?"

대강 옷을 입고 있던 남궁진이 순간 움직임을 멈췄다.

글쎄…… 어차피 또 싸운다고 한들 이길 것 같지는 않다.

그래도 남궁진은 마저 의복을 고쳐 입었다.

"물어봐야지, 어떻게 가벼워 보였냐고."

"그러고 나서?"

"지금은 그것 말고 다른 생각은 관심 없소. 가주님께는 알아서 말씀 전해 주시오."

어딘가에 홀린 듯한 남궁진의 모습에 종명은 주워 들은 악운 일행의 목적지를 순순히 털어놓았다.

"강서성으로 간다고 했소. 포양 비무대회에 참석한다고."

어느새 방갓까지 뒤집어 쓴 남궁진은 문 밖으로 나서기 직전 종명을 돌아보았다.

"고맙소."

그렇게 사라지는 남궁진의 뒷모습을 바라보며 종명은 희미한 미소를 머금었다.

"저런 눈은 오랜만에 보는군. 임자 만났구먼. 몇 대만 더 패주라고 할 걸 그랬나? 껄껄!"

묘하게 속이 후련한 종명이었다.

❧

안휘성은 한 달 남짓의 시간 동안 수많은 일로 북적였다.

산동악가의 옥룡불굴과 손잡은 명망 있는 안휘성의 고수들이 호원무관과 백황문의 악행을 벌하고 악효문의 억울함을 풀어 주었다는 소식이었다.

그러나 그중에서도 가장 뜨거웠던 소문은 대현검룡이 괴력편장의 명성을 등에 업고, 거짓과 협잡을 일삼아 온 괴력회를 벌했다는 소식이었다.

그 과정에서 괴력회 회주 흑로를 비롯한 사형제들이 오랜 세월 괴력편장의 딸 태은희를 죽이고자 했으며, 그 사형제라는 자들이 실은 호명채 출신의 도적 떼라는 배경도 밝혀졌다.

그 소문은 삽시간에 각지에 퍼졌고, 금세 안휘성과 인접한 강서성에도 대현검룡의 명성이 드높아졌다.

강서성 여강.

목적지인 옥화산을 얼마 남기지 않은 위치였다.

"드디어 객잔에 머무는군. 휴우!"

탁자 앞에 자리를 잡고 앉은 백훈이 까끌해진 수염을 쓸어 내렸다.

노숙으로 인해 온몸이 지저분했다.

"오늘 식사는 비싼 요리로 시켜도 될 것 같소. 먹고 죽읍시다."

금벽산도 잔뜩 기대하는 눈치를 보였다.

오는 길에 몇 차례 여비를 빼앗으려는 도적 떼를 만난 덕분(?)에 되레 그들의 주머니가 두둑해진 것이다.

악운이 고개를 끄덕였다.

"그러시지요."

"그나저나 일행 중 한 사람이 빠져서 그런지 기분이 괜히 허합니다."

서태량의 얘기에 옆에 앉은 호길이 고개를 끄덕였다.

"그러게요. 늘 함께 다니던 사모께서 동평으로 떠나시니 조금 허전한 듯해요."

"그럴 테지."

호사량이 동조했다.

호길과 서태량의 말처럼 태은희는 강서성으로 출발하기 전에 동평으로 떠났다.

당연히 일행은 부친의 뜻에 따라 야장으로서 살겠다는 그녀의 각오를 존중했다.

그리고 악운과 호사량은 각각 이번 일에 대한 의견서를 비롯해, 철명루의 수장 자리에 그녀를 천거하는 서찰을 썼다.

이로써 철명루는 현 시대 최고의 야장 중 한 사람을 얻은 것이다.

"정말 계속 우리와 동행해도 괜찮겠느냐?"

여로 동안 호길과 한결 편한 관계가 된 호사량이 물었다.

사실 이 질문은 강서성으로 떠나기 전부터 호길에게 내내 묻던 질문이었다.

앞으로 강서성에는 어떤 위험이 도사릴지 몰랐다.

호길에게 위험할 수 있었던 것이다.

하지만 호길은 동행을 자처했다.

"예. 제가 모르던 세상을 들여다보고 싶어졌습니다. 앞으로의 위협은 극복할 수 있도록 수련할게요."

무기력하게 살아오던 호길은 악운을 만난 뒤로 전혀 다른 사람이 된 것이다.

악운도 그 모습이 기특하여 웃음 지었다.

"부각주께서 가르쳐 보는 건 어떠십니까?"

"내가 말이오?"

"예."

"나는 음공에 대해서는 아는 바가 많지 않소만."

"얼마 전에 장기에 패배하셨다면서요?"

"그거야……."

잠시 눈살을 찌푸린 호사량은 호길과의 대국을 떠올렸다.

호길의 장기 실력은 상상을 초월했다.

처음 보는 공격적인 수였다.

뒤를 생각하지 않는 동귀어진의 수의 연속.

하지만 항상 패배하려고 하면 마지막 활로를 통해 판을 역전했다.

솔직히 천재였다.

"설마 음공이 아니라 다른 걸 가르쳐 보라고 하는 것이오?"

"예. 제가 보기에 호 소협의 음공은 결코 얕은 수준이 아닙니다. 절정 고수조차 호 소협의 음공에 크게 흔들리죠. 차차 안에 쌓인 내공과 음공의 깊이가 늘어난다면 그 위력이 더해질 겁니다."

"해서?"

"음공의 깊이는 그저 음공만 지켜본다고 해서 깊어지는 게 아니지요. 일전에 무공에 대해 조언해 드렸던 것, 기억나시지요?"

호사량의 눈에 이채가 흘렀다.

잊을 리가 있나.

―창의 수발이 자유로우려면 호흡에 집중하라. 창은 당겨 진 화살과 같고, 나는 활이어야 한다. 화살은 적중할 때까 지 내 호흡의 영향을 받는다. 창도 그래야 한다. 그럼 검은?

그 조언을 듣고 얼마 지나지 않아 그토록 염원했던 '검기' 에 이르렀다.

악운은 다양한 경험과 공부가 익히고 있는 무공의 다음 경 지를 열 수 있다는 점을 언급한 것이다.

'과연……!'

새삼 느끼지만 악운이 화경에 오른 건 어쩌면 당연한 수순 이었을지도 모르겠다.

가끔씩 내뱉는 말에 현기(玄氣)마저 느낄 정도이니.

"그러겠소. 뭘 가르쳐야 할지는 되새겨 봐야겠지만 내가 그간 스승님과 어머니께 배워 온 것들을 집약해 가르치겠소."

"정말이십니까?"

"같은 배를 탄 가솔인 네게 무얼 못 가르치겠느냐? 거창하 게 스승과 제자의 연은 원치 않는다. 그저 형이 일러 주는 것 이라 생각하고 배우면 돼. 알겠느냐?"

감격한 호길을 보며 일행 모두가 흐뭇한 미소를 지은 찰 나, 백훈이 한마디 더 보탰다.

"가르치기는 뭘 가르쳐? 장기도 백날 지는 주제에."

"몇 수도 안 돼서 궁을 내주는 네놈과 어딜 비교해?"

"진 건 똑같구먼, 무슨 핑계가 그리 많아?"

또다시 투덕대는 두 사람을 보면서 호길이 어색한 웃음을 흘렸다.

"저 때문에 싸우지들 마세요……."

두 사람이 동시에 대답했다.

"비리비리한 문사 놈, 내 발치에나 닿을 것 같으냐?"

"이깟 놈과 싸울 가치도 없다!"

서태량이 어깨를 으쓱였다.

"그럼 대체 싸우는 게 아니고 뭔데?"

"낸들 아나?"

금벽산이 혀를 쯧쯧 찼다.

악운은 조용히 미소만 지었다.

'머지않았군.'

이제 얼마 지나지 않으면 구용의 근거지인 옥화산이 나올 터였다.

과연 그들은 어떤 의도일까.

무엇이 됐던 가문을 그대로 두고 보고 있지만은 않으리라.

옥화산(玉化山).

대총문(大摠門)이라는 정파의 거두가 자리 잡고 있는 이곳은 이미 인산인해였다.

관병들이 세운 요새 위에 세워진 도시였다.

이 도시는 특이하게도 품(品)자 형태로 구획이 나뉘었다.

한때 서쪽에서부터 짓쳐들어온 혈교에 끊임없이 후퇴하며 도망쳐 온 관병들이 마지막 배수진으로 택한 지역이었기 때문이다.

옥화산과 이어진 남쪽의 옥화로(玉化路)를 중심으로 동쪽의 입평로(立平路), 서쪽의 전출로(戰出路)라 이름 붙었던 관도명이 세월이 흘러 도시의 구획명이 된 것이다.

외지인들은 이를 통틀어 옥화관(玉化官)이라 불렀다.

༺ঐ༻

여강을 지난 악운 일행은 강서성 중심지 중 하나인 옥화관에 진입했다.

본격적으로 도시 내로 진입하는 관문을 통과한 일행은 바글바글한 인파를 보며 주변을 둘러봤다.

관문 주변엔 곧바로 저잣거리가 펼쳐졌다.

"대인, 이것 하나만 있으면 사시사철 비를 안 맞습니다! 하나만 사 가십시오!"

죽립 수십 개를 어깨에 메고 판매하는 봇짐 상인부터 시작해 도자기, 흑돼지, 황소, 쌀 등을 판매하는 점포도 늘어서 있었다.

"우와, 저자 규모가 정말 크네요!"

무림출도가 처음인 호길의 감탄에 호사량이 덧붙였다.

"그래. 과연 곡창지대라 불리는 강서성답구나."

악운도 동의했다. 전란 중 혈교가 유독 탐냈던 성들 중 하나가 바로 이 강서성이다.

'천휘성의 삶에서도 이곳은 반드시 사수해야 하는 지역이었지.'

장강 중하류 부근에 위치한 강서성.

이곳이 상대적으로 강서성이 피해를 덜 입은 건 혈교가 자리 잡은 신강과 멀리 떨어져 있는 것에 더해, 곡창지대를 사수하고자 했던 수많은 사람들의 노력 덕분이었다.

그래서일까?

재건 역시 빠르게 진행된 듯싶었다.

주변을 둘러봐도 옥화관은 풍류로 유명한 도시에 못지않게 화려한 전각으로 가득했다.

금벽산도 한마디 보탰다.

"대총문은 나라가 망하며 졸지에 설 자리를 잃은 관인 출신들이 제법 많이 영입됐소. 내가 아는 자들 몇몇도 대총문에 머무르고 있다고 소문으로 들어 본 적 있소."

"그럼 지나가다 우연히 형님을 알아보는 이들도 있겠군요?"

"그럴 수도?"

서태량의 물음에 금벽산이 어깨를 으쓱였다.

"그나저나 대총문은 어디에 있어?"

이어진 백훈의 물음에 사전 정보를 입수해 놓은 호사량이 대답했다.

"모든 구획을 잇는 옥화로 중심부에 있다고 들었다."

그 말이 끝나기 무섭게 그들이 걷는 주변 분위기가 싸늘해졌다.

시끌벅적하던 사람들이 황급히 좌우로 갈라지며 짜증 가득한 목소리가 악운 일행의 앞쪽에서 들려왔다.

"썩 꺼져라! 문주께서 이동하신다!"

동시에 보이기 시작하는 일단의 무리.

악운이 일행에게 말했다.

"잡음 일어나지 않게 일단은 지켜보자."

일행이 고개를 끄덕이며 옆으로 자리를 비켜섰다.

이윽고 익숙한 기치와 무복을 입은 자들이 나타났다.

백훈이 그들을 단번에 알아봤다.

"항산파야."

얼마 전 연진승 장로와 일대제자가 주축으로 있던 복룡검수(伏龍劍手)를 잃었음에도 적어도 강서성 내에서는 여전히 위세가 대단해 보였다.

느리게 이동하는 고급 마차에 문주가 타고 있는 듯 보였다.

대열은 끊이지 않았다.

그저 비무대회에 초빙된 축하 사절단인데도 백 명은 넘는 정예 고수들이 참석한 것이다.

금벽산이 나직이 중얼거렸다.

"누가 보면 문파대전이라도 하는 줄 알겠군."

서태량이 고개를 갸웃거렸다.

"설마 우리 때문은 아니겠지요?"

호사량이 눈살을 찌푸린 채 말했다.

"그럴지도 모를 일이오. 강호의 일은 아무도 예측할 수 없지. 소가주는 어떻게 생각하시오?"

"저도 부각주 예상대로 대총문 문주 구용이 저를 부른 것과 크게 무관할 것 같지는 않습니다. 항산파도 우리 가문에게 원한이 있는 곳이니까요. 우선 곧장 대총문으로 진입하지 않는 게 낫겠습니다."

백훈이 악운의 의중을 눈치채고 말했다.

"그럼 우선 주변 동태부터 살펴보는 게 어때."

"좋은 생각이야. 인근 객잔에서 잠시 머무는 게 좋겠어."

"그러자고."

백훈을 필두로 악가뇌혼대가 앞장서서 이동했다.

❦

포양 비무대회로 인해 객잔은 점소이들이 쉴 틈도 없이 외지인들로 바글거렸다.

객잔들 중 하나인 화서객잔도 마찬가지였다.

오 년마다 치러지는 포양 비무대회는, 대총문을 비롯해 강서성 내의 강서삼강(江西三强)으로 불리는 문파들이 번갈아 가며 주최자를 도맡았다.

강서삼강이라는 와룡검문, 항산파, 대총문.

하지만 이 중 가장 성세가 드높은 건 단연 대총문이었다.

한 사내는 들려오는 수많은 이야기를 들으며 쓰게 미소 지었다.

미청년의 왼쪽 눈에는 기다란 검상이 있었으나, 아름답기까지 한 용모를 가리지는 못했다.

도톰하고 붉은 입술과 섬세하게 빚은 듯한 턱 선은 마치 미인의 것과 같았다.

"다들, 대총문 문주의 명성을 칭송하느라 바쁘군요."

"어련하겠소. 혈교대란이 끝나고, 끊임없이 세를 확장해 온 곳인데."

"형제와 같은 제 아버지를 죽이고서 말이지요."

노인이 인상을 찌푸리며 경계했다.

"소주(少主), 듣는 귀가 너무 많소."

"오랜 세월 지난 일을 되새기며 오늘만을 기다렸습니다. 이제야 수련을 마치고 옥화관에 도착하니 감회가 새로워 그립니다."

청년이 나직이 읊조리며 술잔을 마저 들이켜는데 객잔 안에서 소란이 일었다.

"꺄아악!"

한 여인이 검을 찬 무리에게 둘러싸여 머리채가 붙잡혔다.

여인의 부친으로 보이는 자가 지팡이를 더듬거리며 딸을 끌어안았다.

맹인인 듯했다.

"이보게! 이게 무슨 짓인가!"

"오호, 네가 이년의 아비인가 보구나. 이년이 어젯밤에 귀빈과 하룻밤을 보낸다고 약조했다가 도망친 탓에 우리 기루가 얼마나 곤욕을 치렀는지 아느냐?"

맹인인 중년인은 깜짝 놀라 딸을 붙잡고 물었다.

"기루? 그게 무슨 말이냐? 은아! 네가 대체 기루에 왜 나가!"

"흑! 죄송해요, 아버지! 하지만 오라버니가 남긴 빚을 갚으려면……!"

"안 돼! 안 된다! 이놈들!"

앞을 가로막은 중년인에게 기루에 속한 무사들이 얼굴을 일그러뜨렸다.

"안 되긴 뭐가 안 돼! 이년이 빌려다 쓴 돈은 어쩌고?"

"돌려드릴게요! 당장 돌려드릴게요!"

그녀는 빌린 돈 주머니를 덜덜 떨며 내놓았다.

앳된 얼굴로 미루어 보건대 스물도 채 되지 않은 여인으로 보였다.

"이 바닥이 들어올 땐 맘대로 들어와도 나갈 땐 손가락 하나 자르고 가야 되는 바닥이야. 그럼 처음부터 생각을 잘했어야지. 뭣들 하고 있어? 끌고 가!"

그 순간.

쐐액!

맹인인 중년인이 들고 있던 지팡이를 휘둘러 무사의 발을 걸었다.

콰당!

순식간에 바닥에 처박힌 무사를 본 다른 무사들이 눈을 동그랗게 떴다.

"뭐, 뭐야!"

당혹스러운 것도 잠시 무사들이 일제히 얼굴을 일그러트리며 병장기를 뽑아 들었다.

"얘야, 아비 뒤로 오거라."

맹인은 차분하게 딸을 등 뒤에 두며 지팡이 안에 있던 검을 뽑았다.

점점 흥미로워지는 상황에 지켜보던 청년의 눈에 이채가 흘렀다.

"소주, 나설 것이오?"

"예. 그럴까 해요."

"쓸데없이 소란을 일으켜 봐야 우리 손해요."

"모두가 그렇게 우리를 외면했잖아요."

"그건······."

"저는 비겁하게 살기 싫어요."

청년이 노인의 충고를 듣고도 일어나려던 그때였다.

땅딸막하지만 단단한 체구의 한 사내가 파락호의 등 뒤에서 나타났다.

"어이! 그 빚, 내가 갚지."

다름 아닌 그는 금벽산이었다.

감춰진 의미

기루의 무사들을 통솔하는 사내가 대표로 말했다.

"이 맹인과 아는 자라도 되시오?"

"그것까지 설명할 필요는 없을 텐데. 아닌가?"

금벽산이 방갓을 고쳐 쓰며 말했다.

"그럼 적어도 금자 두 냥을 내줘야겠소."

"무슨·말씀이세요! 제가 빌린 돈은 은자 열 냥이 전부인데······!"

"네년이 기루에 피해 입힌 건 생각 안 하느냐? 네년이 본래 모실 분은 다름 아닌 성하칠검(星河七劍), 배 대협이었단 말이다!"

성하칠검(星河七劍) 배호.

강서성 내에서 활동하는 강서 칠대 고수 중 한 명으로, 성하당(星河黨)이라는 무리를 세워 낭인처럼 떠돌아다니는 자였다.

　"하면 이렇게 하지. 그대들 체면을 봐서라도 금자 한 냥을 내주겠네. 그리고 이 일은 깨끗이 잊는 것일세. 어떤가?"

　금벽산을 마주 보고 있던 사내가 잠깐 놀란 표정을 짓다가 이내 씨익 웃었다.

　'금자 한 냥을 내놓을 정도라면 조금만 털어도 더 나올 돈이 있다는 소리 아닌가.'

　사내는 금벽산에 메고 있는 궁(弓)에 머물렀다.

　회색 천에 둘둘 말린 것으로 보아 귀한 물건인 게 분명했다.

　어느 정도 생각을 정리한 사내가 말했다.

　"좋아. 순순히 내놓는다면 물러나리다."

　"여기 있네."

　금벽산이 주머니 안에서 금자 한 냥을 꺼내 건네자 기루의 무사들은 쓰러졌던 자들까지 부축하여 빠르게 사라졌다.

　그제야 부녀가 입을 열었다.

　"감사합니다. 정말 감사합니다!"

　"아니다. 괜찮다."

　"은인, 정말 고맙소. 이 은혜를 어찌……?"

　"석호 형님, 내 목소리를 그새 까먹으셨소?"

　"응?"

갑작스런 금벽산의 얘기에 맹인의 눈이 휘둥그레졌다.

그러고 보니 어딘가 낯익은 목소리였다.

아주 오래 전 들어 왔던 벗의 음성과 똑 닮아 있었던 것이다.

"나 벽산이오, 금벽산!"

"아아! 벽산이더냐!"

맹인은 깜짝 놀라 지팡이도 내팽개치고 금벽산의 얼굴에 손을 갖다 댔다.

잠깐 동안 금벽산의 얼굴을 만져 보던 맹인이 눈물 맺힌 눈을 들었다.

"이게 얼마 만이냐, 얼마 만이야!"

"그러게 말이오. 내, 형님이 이 인근에 살고 있을 줄은 알았지만 이리 마주칠 줄은 꿈에도 생각지 못했다오!"

금벽산이 처음 군문에 들어왔을 때 그를 이끌어 준 사수를 오랜 세월이 지나 만나게 된 것이다.

"어찌 된 게냐?"

"여차저차 사정이 많았소. 우선 자리를 옮겨서 대화를 나눕시다. 따님이 참으로 곱게 잘 컸소."

"암, 날 빼닮았지."

"오랜만에 재회하였는데 이러실 거요?"

"껄껄! 이놈아, 농담이다, 농담!"

다시 웃음을 되찾은 사수를 보며 금벽산은 비로소 환하게 웃을 수 있었다.

"우선 자리를 옮깁시다."

"오냐. 그러자꾸나. 은아, 가자."

"네. 아버지."

조금이 진정이 된 듯한 부녀가 손을 잡고, 금벽산을 따라 이동했다.

이를 지켜보던 미청년이 다시 자리에 앉으며 웃음 지었다.

"잘됐네요."

"마음 놓았다니 다행이오. 하지만 소주……."

미청년과 동행하고 있는 노인이 눈살을 찌푸렸다.

"무슨 말씀 하시려는지 알아요. 당분간은 자중하겠습니다."

"제 명에 못 살겠소."

"송구합니다."

"쯧, 하나도 안 송구하면서……."

미청년이 말없이 빙긋 웃었다.

금벽산은 부녀를 이끌고 다른 객잔으로 향하려 했다.

그런데 걸음을 옮길수록 인파 사이로 묘한 시선 같은 게 느껴졌다.

"이쪽으로."

금벽산은 일부러 외진 골목 쪽을 지나쳤다.

인파가 많이 몰리는 골목이 아닌데도 뒤쪽에서 따라붙는 기척은 여전했다.

"형님은 계속 가시오. 말씀해 주신 곳에서 다시 뵙겠소."

"괜찮겠느냐."

"나 금벽산이오. 별걱정을 다 하시오. 은아, 아버지를 모시고 집으로 돌아가 있거라."

"하지만……."

"어서 가거라."

괜찮다며 미소 지어 준 금벽산은 갈라지는 골목에서 두 사람과 헤어져서 왔던 길을 되돌아갔다.

그 순간.

부녀를 보냈던 방향에서 또 다른 기척이 느껴졌다.

'설마!'

금벽산이 깜짝 놀라 부녀를 뒤쫓아 가려던 그때, 익숙한 무리가 나타났다.

"하아……."

다행히 정보 수집을 위해 흩어졌던 백훈과 서태량이었다.

"여기서 뭐 하고 있어?"

건들거리며 다가온 백훈에게 금벽산이 피식 웃었다.

"웬일이오? 각자 정보를 수집한 후에 약조한 객잔에서 다시 보기로 했잖소?"

"누가 금 형을 따라붙고 있던데. 그보다 갑자기 함께 가던 이들은 누구야?"

백훈의 질문이 이어지기 무섭게 골목 뒤쪽에서 열댓 명의 무리들이 나타났다.

그중 선두에 있던 자는 금벽산에게 금 한 냥을 받고 물러났던 기루의 무사였다.

"쯧……!"

금벽산은 혀를 찼다.

보나 마나 왜 따라왔는지 눈에 선했기 때문이다.

"어려운 일에 처한 옛 동료가 있어서 금자를 주어 해결했소. 그랬더니 저들은 내가 돈이 많은 자라고 생각했나 보오."

백훈이 금벽산을 위아래로 훑었다.

"누가 봐도 아닌데."

"이런……!"

욕지거리를 내뱉기 직전 서태량이 나섰다.

"소제가 상대하지요."

어느새 시호도를 든 서태량이 당당히 걸음을 옮겨 흉흉한 인상의 사내들에게 다가갔다.

그러고는 그들이 입을 떼기 전에 입을 열었다.

"셋 센다. 가진 거 다 내놓고 꺼져라. 안 그럼 다 뒈진다."

"뭐야? 누가 할 말을 하고 있는 거냐!"

금벽산을 미행해 온 무사들이 헛웃음을 흘렸다.

애초에 금자 한 냥을 받았던 무사가 길길이 날뛰었다.

"뭣들 해, 당장 치지 않고! 저놈들의 주머니를 털면 금자 열 냥은 족히 갈취할 수 있을 게다!"

"크흐흐!"

금자 열 냥이라는 말에 힘을 얻은 십수 명의 무사들이 일제히 땅을 박찼다.

"흐아암……."

백훈이 난전이 된 상황은 안중에도 없다는 듯 금벽산을 보며 하품을 했다.

"저놈들 털어서 나온 건 셋이서 나누는 거야."

"내가 데려온 놈들인데?"

"싸우는 건 서 형이잖아."

"그럼 대주는 왜 받소?"

"눈감아 주잖아. 문사 놈이 알면 뭐라 하겠어? 은밀히 주변 조사나 하라니까 쓸데없는 분란이나 만들고 다닌다며 뭐라 하지 않겠어?"

"하긴."

금벽산이 고개를 끄덕인 순간.

두 사람의 뒤쪽에서 음습한 기운이 느껴졌다.

"이미 왔다."

어느새 호사량이 골목 안쪽으로 걸어오고 있었다.

"대주, 이제 어쩔 거요?"

금벽산의 반문에 백훈이 멋쩍게 콧잔등을 긁었다.

"낸들 아나."

서태량이 십수 명을 정리하는 시간은 그야말로 찰나였다.

순식간에 서태량의 검집에 팔다리는 물론 턱과 이가 부러진 자들이 신음을 흘리며 바닥에 널브러졌다.

단전이 깨진 자들은 그 자리에서 혼절했다.

금벽산은 금자 한 냥을 받아 갔던 사내와 눈을 맞추며 쪼그려 앉았다.

"이건 내가 가져간다."

"예. 대인……. 사, 살려만 주십시오."

"불만 있으면 대총문을 찾아와. 구 대인이 우리를 초빙했으니."

"대, 대총문……!"

대총문이란 얘기를 들은 사내가 덜덜 떨었다.

복수할 생각마저 접은 표정이었다.

"약속한 대로 너희 밑천은 우리가 가져간다. 이의 있나?"

"어, 없습니다."

"착하군."

금벽산이 사내의 볼을 툭툭 친 후 자리에서 일어났다.

"슬슬 가자."

"예, 형님."

서태량은 쓰러진 자들의 상의까지 벗겨서 챙긴 병장기들을 한데 묶어 들었다.

호사량의 시선이 따갑기는 했지만 어찌 됐건 정당한 노동(?)의 산물은 챙겨야 하지 않겠나.

꿀

골목 밖으로 빠져나온 일행은 당연하게도 호사량의 잔소리를 들어야 했다.

"다들 제정신이오? 경거망동하지 말고 적당한 선에서 주변 동태나 살피라고 했더니……! 쓸데없는 작자들과 싸움판을 벌이고 있소? 하!"

백훈이 인상을 구겼다.

"잔소리 좀 그만해. 우리가 싸우고 싶어서 싸웠냐? 돈에 환장해서 덤벼든 쪽은 쟤들이라니까? 나름 대총문과 친하다고 둘러대기도 했잖아. 그럼 됐지, 뭘……!"

호사량과 동행하고 있던 호길이 슬쩍 끼어들었다.

"대주님, 어떻게 된 겁니까?"

"자세한 건 나도 몰라. 금 형에게 물어봐."

기다렸다는 듯 금벽산이 호사량에게 말했다.

"부각주, 다 내 불찰이오."

"평소에는 신중하던 분이 갑자기 왜 그런 행동을 하신 것이오?"

"자세한 얘기는 방에 돌아가서 하겠소."

"그러시오."

일행들은 애초에 다시 소집하기로 약조했던 객잔 삼 층 방으로 향했다.

문을 열고 들어가자 방 안엔 악운이 미리 도착해 있었다.

"무슨 일이 있었나 봅니다. 시비라도 있었습니까?"

"귀신이네, 귀신이야."

백훈이 그리 운을 떼며 악운 옆에 앉자 일행도 하나둘 원형 탁자 주변에 앉았다.

그제야 금벽산이 오늘 있었던 일을 설명했다.

"……그래서 별수 없었소."

얘기를 들은 호사량은 짧게 한숨을 쉬었다.

신중하지 못했던 건 사실이나 금벽산을 탓할 일도 아니었다.

누구라도 그랬으리라.

악운도 크게 개의치 않고 물었다.

"그래서 그 두 분에게는 별 탈이 없습니까?"

금벽산이 고개를 끄덕였다.

"그럴 것이오. 무사히 귀가시켰으니……."

"잘됐군요. 그럼 이참에 제대로 된 회포나 푸시지요. 전우를 오랜만에 만났으니 얼마나 기쁘셨겠습니까?"

"그래도 되겠소?"

"인근 사람들을 통해 누구나 알고 있는 주변 정보를 수집하는 건 반나절만으로도 충분합니다. 잠깐 회의를 한 후에 저녁에 함께 길을 나서시지요."

호사량의 눈에 이채가 흘렀다.

금벽산 혼자만 보내도 될 일을 동행하겠다는 의중이 궁금했던 것이다.

"동행하는 이유가 따로 있으시오?"

호사량의 반문에 악운이 고개를 끄덕였다.

"있습니다."

백훈이 궁금했는지 못 참고 물었다.

"뭔데?"

악운이 자리에서 일어나며 금벽산에게 물었다.

"같은 군문 출신끼리는 형제처럼 지낸다지요? 종종 친목을 위해 전우회(戰友會)도 세우고요."

"그런 경우들이 왕왕 있긴 하오. 갑자기 그건 왜……?"

"벗이라는 그분께서 이 주변에 터를 잡고 오래 머무셨다면 당연히 평소에 알고 지내는 군문 출신이 많을 것 아닙니까."

호사량의 입가에 미소가 짙어졌다.

"정보 입수의 연장선상이로군. 맞소?"

악운이 빙긋 웃었다.

"겸사겸사 대총문에 대해 더 알아볼 수 있는 기회가 될 수도 있을 듯해서요."

"석호 형님, 나 금벽산이오."

금벽산이 모옥 울타리 안으로 들어갔다.

쿵!

뒤따라온 서태량도 구입해 온 흑돼지 한 마리를 모옥 한편에 내려놓았다.

곧이어 방 안에서 석호와 그의 딸인 석은이 모습을 드러냈다.

"별 탈 없었더냐!"

황급히 뛰쳐나온 석호가 지팡이도 없이 금벽산과 손을 맞잡았다.

"예, 별 탈 없었습니다."

"그럼 됐다. 다행이구나, 참으로 다행이야. 그보다 네 옆에 있는 분들은 누구시더냐."

"제 일행입니다. 그리고 여기 계신 분은 제가 모시는 주군입니다."

"주군?"

석호의 반문에 악운이 천천히 방갓을 벗었다.

"처음 뵙겠습니다. 산동악가의 소가주, 악운이라 합니다."

석은은 깜짝 놀라 그 자리에 얼어붙었다.

"소, 소가주님요?"

"껄껄, 은이가 놀랐나 보구나. 그래, 이 금 숙부가 모시는 소가주님이시다. 한데 왜 이리 얼굴이 홍시처럼 붉어지는 게야?"

석은이 황급히 고개를 숙였다.

"아, 아니에요……."

덩달아 석호 역시 놀라워했다.

"귀한 분께서 어찌 이런 누추한 곳에……."

"그저 몇 가지 말씀을 좀 여쭙고자 찾아온 것입니다. 그리고 이건 우의장이 준비하신 약소한 선물입니다."

악운은 품에서 금자 주머니를 내놓았다.

그건 악운이 지니고 있던 일부 금자와 오늘 충돌한 무사들의 기부(?)가 합쳐진 금액이었다.

금벽산의 얘기를 들은 악운의 결정이었다.

"약소하지만 생활에 도움이 되었으면 좋겠습니다. 흑돼지 또한 저희 일행이 대인과 함께 먹기 위해 사 온 것이니, 너무 부담 갖지 마시지요."

석호는 주머니 안에 손을 넣어 미세한 감촉을 통해 많은 양의 금자를 느낄 수 있었다.

"어찌 이, 이리 많은 금자를……."

"본 가에서는 우의장의 역량에 많은 부분을 기대고 있습니다. 그런 가솔의 벗이 위태롭다고 하는데 가문 차원에서 두고만 볼 수는 없지요."

석호의 눈빛이 세차게 흔들렸다.

"벽산아……!"

금벽산도 코가 시큰해졌다.

사실 소가주의 결정은 금벽산도 예상치 못한 부분이었다.

그래서 더욱 마음이 울컥했다.

"그냥 받으시오. 형님, 우리 소가주가 외양만큼 마음씨도 멋있는 사람이오. 내가 괜히 여생을 바치기로 마음먹었을까?"

모두가 웃음 지었다.

그건 비단 금벽산의 마음뿐만이 아니었으니까.

"오랜만에 잔치다!"

서태량이 호탕하게 웃었다.

악운은 가져온 흑돼지를 손수 요리했다.

"와……!"

요리 하는 내내 부엌에서 보조 일만 도왔던 석은은 악운의 솜씨에 깜짝 놀라 혀만 내둘렀다.

순식간에 악운의 손에서 십여 가지의 요리가 탄생했다.

그것도 격식을 차리는 자리에서나 먹을 고급 요리로 말이다.

감탄한 사람은 그녀만이 아니었다.

음식 맛을 본 모두가 감탄했다.

악운이 만든 요리에 일행이 챙겨 온 술까지 더해지자, 어색했던 자리는 금방 화기애애한 분위기로 변했다.

금벽산과 석호도 과거 군문에 있었던 지난 일들을 추억하며 웃고 떠들었다.

"원사께서 하사하신 명주(名酒)를 내가 얼마나 아꼈는데, 그걸 이 형님이 술에 취해서 홀랑 마셔 버렸다니까."

"껄껄! 나 아니라니까, 이놈아!"

"증인이 몇 명이었는데, 아직도 잡아떼시오?"

옥신각신하는 두 사람을 보며 석은은 환하게 웃음 지었다.

아버지의 활기찬 모습은 정말 오랜만이었다.

금벽산이 술을 한 잔 들이켠 후 물었다.

"그나저나 하나 물어봐도 되오?"

"네 녀석이 말린다고 안 물어볼 놈이냐?"

"하하! 그것도 그렇소!"

웃음을 터트린 금벽산은 낮에 있었던 일을 꺼냈다.

"대체 형님께 무슨 일이 있었던 거요?"

"내게 큰아들이 있는 건 너도 알지?"

"예전에 들은 바 있소."

"내 아들은 책방을 운영하며 과거 유적이나 고서(古書) 수집에 열을 올렸지. 하지만 문제 하나가 생겼다."

석호의 눈가에 슬픔이 서렸다.

일행들도 자연히 대화를 멈추고 석호의 말을 경청했다.

"혈교에 후퇴하자 그들이 노획한 물자를 수송하던 한 수송대가 황궁의 유산 일부를 옥화산에 숨겨 놨다는 기록을 찾은 게야. 그때부터 그 기록을 증명하기 위해 사방을 헤집고 다니더구나."

금벽산이 깊은 한숨을 쉬었다.

"그럼, 그 빚이 다……?"

"염왕채를 빌려다 추적에 필요한 자금에 보탠 게야. 은이가 기루에 간 것도 염왕채에서 소개했던 게지. 몸을 팔아 받은 삯을 가져오라면서……."

은이가 눈물을 보였다.

"각오했는데…… 너무 무서워서…… 기루에서 도망쳐 버렸어요."

은이는 아직 열여덟의 앳된 여인이었다.

그녀는 순간 그날의 기억이 되살아났는지 손끝이 파르르 떨렸다.

금벽산의 눈에 안쓰러움이 서렸다.

"빚을 갚으려고 몸을 파는 건 최악의 선택이야. 다신 그러지 말거라. 알겠니?"

"네, 숙부님."

금벽산은 제때 석호를 만날 수 있어 안도했다.

이제 소가주가 건넨 돈으로 석호는 빚을 갚고 다시 편안한 노후를 보낼 수 있으리라.

"그래서, 아들은 어디 간 게요?"

석호가 술을 마저 들이켜고는 깊은 한숨을 토해 냈다.

"사라졌다."

"실종됐다고?"

금벽산의 반문에 석은이 고개를 끄덕였다.

"네. 오라버니는 이 목걸이만 남기고 떠났어요……."

석은은 얼핏 보기엔 값싸 보이는 녹슨 동 목걸이를 매만졌다.

일행들의 시선이 잠깐 목걸이에 머무른 그때.

악운이 입을 열었다.

"석 소저, 실례가 안 된다면 잠깐 그 목걸이를 살펴봐도 되겠습니까?"

"아, 네. 물론이에요."

그녀가 목걸이를 풀어 악운의 손바닥 위에 올려놨다.

악운은 잠시 목걸이를 매만지며 묘한 눈빛을 보였다.

지켜보는 백훈의 눈이 가늘어졌다.

"어이, 문사."

호사량이 무미건조한 눈빛으로 대답했다.

"왜."

"소가주가 저런 눈을 보일 때마다 항상 예상치도 못한 게
튀어나오지 않았나? 유 선생도 큰코다쳤잖아."

"그래, 그랬지."

호사량은 총경리가 악운에게 되레 된통 당하며 울며 겨자
먹기로 절세의 신병을 내놔야 했던 기억을 떠올렸다.

'설마……?'

악운이 가진 공부와 깊이라면 그냥 넘어갈 일이 아닐지도
모르겠다.

묘한 긴장감 속에 목걸이를 살피던 악운이 그녀에게 넌지
시 물었다.

"이 목걸이를 넘기던 날, 오라버니가 따로 석 소저에게 남
긴 말은 없었습니까?"

"네?"

악운이 어리둥절한 그녀에게 의미심장하게 말했다.

"그날 일을 한 번 떠올려 주세요."

금벽산이 고개를 갸웃거렸다.

"소가주, 갑자기 무엇 때문에 그러는 것이오?"

"왠지 석연찮은 부분이 있어 직접 확인해 볼 참입니다. 석
소저의 기억이 중요한 열쇠가 될 것 같아서요."

곰곰이 생각하던 석은이 입술을 깨물며 말했다.

"인상 깊은 말을 하지는 않았던 거 같아요. 그저…… 아!"

그녀가 잊었던 뭔가를 떠올린 듯 눈을 번쩍 떴다.

"두 필의 명마가 생겨서, 그 말들을 팔면 그간의 빚을 다 갚을 수 있을 거라고 하면서 떠났어요. 그동안 목걸이를 오라버니처럼 여기라고……."

"두 필의 명마라……."

악운의 눈에 이채가 흘렀다.

이제 확실히 알겠다.

"호 소협, 장기에서 두 필의 말이 호응하며 상대를 괴롭히는 전법(戰法)이 원앙마 포진이 맞소?"

"예. 그 안에서도 종류가 여러 가지이지만, 보통은 원앙마 포진으로 묶어 부릅니다. 한데 갑자기 그것은 어째서 물어보시는 건지요?"

"여기 목걸이 위에 난 결은 조금의 흠결도 없이 일정하게 새겨져 있소. 희미하나 가로 열 줄, 세로 아홉 줄의 직선이 이어져 있지. 내 생각이 맞다면 석 소저의 오라버니가 남긴 말은 그냥 남긴 말이 아니오."

호길이 눈을 번쩍 떴다.

"가로 열 줄에 세로 아홉 줄이라면 장기판과 같……. 아니, 설마 두 필의 말이란 게……?"

"두 개의 마(馬)가 원앙처럼 금슬 좋게 움직인다 하여 이름 붙은 원앙마 포진을 가리키는 것이겠지. 석 소저와 목걸이가 한 쌍인 것처럼."

악운의 시선이 다시 석은에게로 향했다.

"석 소저 실례가 안 된다면 오라버니가 아끼는 장기판이
있소?"

"있어요!"

그녀가 황급히 방 안으로 뛰어가 갈색 목재로 만든 장기판
과 판에 놓는 장기 말 주머니를 가져왔다.

"고맙소."

악운이 빠르게 장기판을 펼치고는 호길을 쳐다봤다.

"호 소협, 아는 선 안에서의 모든 원앙마 포진을 둬 보시
오. 어서."

"아, 네!"

호길은 악운이 시키는 대로 장기판 위에 원앙마 포진에 속
한 모든 전법(戰法)을 두기 시작했다.

자원앙, 진병원앙…….

얼마쯤 흘렀을까?

또 한 번 전법이 바뀌었을 때쯤.

철컥!

장기판 안에서 나무 장판이 삐걱거리는 소리가 났다.

동시에 장기판을 덮고 있는 판이 들썩였다.

장기를 놓는 나무판만 덮개처럼 열 수 있게 분리된 것이
다.

호길이 판을 천천히 들어 올리자 안에 숨겨져 있던 끈적한 문서가 보였다.

지켜보던 호사량이 반사적으로 중얼거렸다.

"납서(蠟書)라……."

납서(蠟書).

관에서는 비밀문서를 보관할 때 종종 밀랍을 둘러 문서의 질을 유지했다.

석은의 오라버니 역시도 이 방법을 사용한 듯했다.

"소가주, 대체 무슨 일이 일어나고 있는 게요?"

석호의 물음에 석은이 울먹이며 대답했다.

"아버지…… 오라버니가 우리에게 뭔가를 남겼나 봐요……. 흑!"

"대체 무엇을……."

당황해하는 석호를 금벽산이 다독였다.

"형님, 소가주가 무언가 알아낸 듯싶으니 잠깐 기다려 보시오."

석호는 제자리에 털썩 주저앉았고 호사량이 그동안 밀랍에 감싸인 비밀문서를 조심스럽게 해체했다.

얼마 지나지 않아 문서가 드러나고 호사량의 눈이 빠르게 문서를 읽어 갔다.

"시(詩)군요. 만강(滿江)이란 꽤 유명한 시인데 굳이 그 시를 밀랍 안에 감춰 둘 이유가 뭐가 있었을까……."

잠시 흥분됐던 장내가 삽시간에 고요해졌다.

그저 시가 쓰인 문서를 밀랍에 보관한다?

모두가 이해되지 않는 눈치였지만 딱히 해결할 방법이 없는 건 마찬가지였다.

그때 호사량이 건넨 시를 읽어 본 악운이 다시 입을 열었다.

"자험(字驗)일 수도 있습니다."

"시 안에 각종 정보를 새겨 넣는 암호 말이오?"

"예."

"시의 글자는 총 사십 자. 사십 자의 각 글자마다 해당하는 뜻이 각기 다를 것입니다. 석 대인, 혹여 아드님이 따로 만든 자험이 있으십니까?"

"있소! 장난삼아 어릴 적 만들어 준 것이지."

"그럼 제가 불러 드리는 시의 글자에 담긴 다른 의미들을 하나씩 말씀해 주십시오."

"그리리다!"

악운이 부르는 시의 사십 자는 석호가 불러 주는 단어에 따라 하나의 문장이 되어 가기 시작했다.

그리고 마침내.

호사량이 나지막이 읊조렸다.

"옥화산 평은소(平恩沼)에 황군들이 숨겨 놓은 유산이 있다. 대총문에서 나를 찾아왔다. 은밀하게 문파로 데려가 유산의 위치를 독식할 작정이다. 위치는 이미 찾았지만 숨긴다. 찾고 나면 날 죽일 것이다."

갑작스런 비사를 알게 된 석호는 휘청이며 주저앉았다.

"이 녀석이…… 기어코……!"

악운이 담담히 말했다.

"거짓이 아니라면 석 대인의 아드님은 대총문의 손에 잡혀 있을 겁니다."

석은이 왈칵 눈물을 쏟았다.

"어떡해……. 소가주님, 제발 저희 오라버니를 구해 주세요! 네?"

오열하는 부녀를 보며 일행도 심란한 표정들을 지었다.

침묵하던 호사량이 먼저 입을 열었다.

"소가주."

"예, 부각주님."

"우리 본래 계획은 석 대인을 돕고 석 대인과 연이 닿은 군문 출신 전우들에게 대총문과 관련된 또 다른 정보들이 없는지 수집하는 것이었소. 하지만 이건 예상보다 일이 복잡해지오. 더구나 우리에게는 해야 할 일이 있지 않소?"

석균평과 연관된 또 다른 배후를 캐내는 일.

그건 분명 중요했다.

오죽하면 위험할 것을 대비해 인근 지역인 남창에 유 대주와 악가상천대를 대비했을까.

"압니다. 그래서 저도 일단은 계획대로 대총문으로 향할 생각입니다."

"그냥 간다고?"

백훈이 인상을 찌푸렸다.

평소 악운의 결정과는 상반된 결정이었기에 조금 의아했던 것이다.

호길이 조심스럽게 운을 뗐다.

"석 대인을 도와드릴 방법은 없을까요?"

악운이 고개를 저었다.

"아직은 없소."

"소가주, 다른 방법이 정말 없겠소?"

금벽산은 하얗게 질린 석호를 부축하며 물었다.

대답은 서태량에게서 나왔다.

"형님, 소가주께서 세상의 모든 일을 해결해 줄 수 없는 노릇입니다. 이 일은 이쯤에서 마무리 지으시지요."

그때 호사량이 가라앉은 분위기와는 상반된 희미한 미소를 머금었다.

"다들 소가주를 아직도 모르시오?"

백훈이 눈썹을 꿈틀거렸다.

"무슨 소리야? 알아듣게 얘기해."

"소가주가 '아직'이라고 했지 않으냐."

모두의 눈에 이채가 흘렀다.

'아직'이란 말을 곱씹어 보면.

일정 시기가 오면 방법이 생길지도 모른다는 뜻이었다.

다시 말해 악운에게는 계획이 있다는 이야기.

모두의 시선을 한 몸에 받은 악운이 나직이 입을 뗐다.

"부각주 말씀이 맞습니다. 저는 애초에 목적했던 일과 이번 일을 연결시킬 겁니다. 그러려면 석 대인과 연이 닿은 분들의 도움이 필요할 것 같습니다."

"내 도움…… 말이오?"

"많은 전우 분들이 이곳에 머물고 계신다면 옥화관 곳곳에서 다양한 일을 하고 있지 않겠습니까?"

"그렇소. 하지만 대총문 안의 깊숙한 사정은 아무도 모를 게요. 군문 출신 경력을 내세워 영입되기는 했지만, 대부분이 나처럼 큰 부상을 입어 은퇴한 이들이오. 몸이 불편하니 온갖 멸시와 무시가 따라온다는군. 다들 허드렛일만 하고 있지."

호사량이 고개를 갸웃거렸다.

"듣자 하니 대총문의 수뇌부 중에는 군문의 만호 출신이 두 명이나 있다 하던데, 아닙니까?"

석호가 고개를 저었다.

"그들은 우리 같은 병졸들과는 관련이 없는 자들이오. 위험한 전장은 기피하며 몸을 사리던 귀족 출신 관료들이니……."

같은 군문 출신인 금벽산이 인상을 구겼다.

귀족 출신 관료들은 대부분 후방에 있거나 몸을 사렸다.

썩 좋지 않은 기억들이 많았다.

악운이 다시 말했다.

"높은 지위가 필요한 건 아닙니다. 그저 몇 가지 부탁드릴
게 있습니다."

"그게 내 아들을 구해 내는 것과 관련이 있소?"

걱정 가득한 눈으로 묻는 석호.

악운은 그의 마음을 헤아리며 말했다.

"예, 있습니다. 반드시 아드님을 무사히 돌려보낼 테니 믿
어 주시지요."

"소가주를 못 믿는다는 이야기는 아니었소. 오히려 감사
할 뿐이오. 달리 방법도 없는 우리에게 도움을 주고 있지 않
소? 뜻대로 하셔도 좋소."

"감사합니다. 백 형."

"어."

"대총문에는 부각주와 둘이서만 갈게."

"그럼 우리는?"

"따라붙은 미행이 없는 걸로 봐서 석 대인은 대총문의 감
시 대상에 없는 것 같지만, 구융과 본격적으로 갈등을 빚으
면 위험해질 수도 있어."

"알았어."

그때 호사량의 눈빛이 날카로워졌다.

"손님이 왔군."

그의 말대로 대화를 나누는 그들에게로 그림자 하나가 접근했다.

꽃

다음 날, 인파가 가득한 대로(大路)에 도착한 악운은 대총문의 정문부터 이어진 줄을 응시했다.

모두 비무 대회에 참여하기 위해 모인 것이다.

악운과 호사량은 대회에 참여하고자 온 것이 아니기에 줄을 지나쳐 검문대 앞으로 향했다.

"멈추시오. 신분을 밝혀 주시오."

얼마 지나지 않아 대총문의 무사들이 앞을 가로막았다.

스륵.

악운과 호사량이 동시에 얼굴을 가리고 있던 방갓을 벗었다.

그 순간.

"와아……!"

무슨 일인가 싶어 지켜보던 사람들이 탄성을 냈다.

옥석을 빚은 거 같은 용모에 감탄한 것이다.

"옥룡불굴 아니야?"

"산동악가의 그 신성(新星)?"

호사량이 슬쩍 옆으로 떨어졌다.

"왜 그러십니까?"

"몰라서 묻소?"

호사량은 차마 입 밖으로 '비교되니까.'라는 말을 내뱉지
못하고 괜히 헛기침만 했다.

그제야 무사들이 악운에게 물었다.

"산동악가의 소가주님 되십니까?"

"그렇소. 내 신분 패와 초빙을 받았다는 초빙서요. 이쪽은
나와 동행한 본 가의 부각주이시고."

악운이 건넨 문서들을 확인한 무사들이 일제히 좌우로 길
을 열었다.

그중 한 무사가 말했다.

"문주님께서 소가주가 도착하시고 나면 곧장 대정전(大靜
殿)으로 안내하라 하셨습니다. 자, 이쪽으로……."

대정전(大靜殿).

대총문 문주가 회의를 여는 구중심처였다.

호사량의 눈에 이채가 흘렀다.

'직접 마주하고 싶은 것인가.'

구용은 악운의 명성을 직접 확인해 보고 싶어 하는 게 분
명했다.

천하사패 중 한 사람과 마주하게 된 것이다.

끼이이익!

호랑이 굴과도 같은 대총문의 대문이 열리기 시작했다.

❧

총성팔인(總成八人).

당금 대총문을 떠받치고 있는 여덟 명의 고수들.

이 중 일첨과 정웅은 군문 출신이었는데, 한때 각 요지를 방어했던 만호부(萬護府)의 만호로 활동했던 고수들이었다.

나머지는 반백의 중년인들로 이중 강서 칠대 고수가 두 명이나 있었다.

"어서 오시게, 소가주."

구융은 푸른 비단 장포를 입고 단상에 앉아 있었고, 총성팔인이 네 명씩 좌우로 자리를 잡고 있었다.

"강호의 명성이 드높으신 문주님을 뵙게 되어 영광입니다."

악운이 담담한 표정으로 포권지례를 했다.

차분한 분위기 속에 구융과의 대화가 이어졌다.

구융은 건장한 체격에 호방했다.

"껄껄! 별말씀을……. 나야말로 최근에 강호를 뒤흔들고 있는 옥룡불굴을 마주하니 기쁘군."

"포양 비무 대회는 강서성 내에서 가장 격이 높은 행사라 알고 있습니다. 불러 주셔서 감사할 따름입니다."

구웅은 악운을 기특한 눈으로 바라보고 있었지만 내심은 달랐다.

'과연 산동이군이라 불리던 자들과 자웅을 겨룬 자라 이건가? 어린 나이임에도 초조함 따위는 찾아보려야 찾아볼 수가 없군.'

차분한 모습을 보이는 자들은 대개 중대사를 결정해 본 경험이 많은 이들이었다.

구웅은 마치 강호의 노기인을 마주한 기분이었다.

'오냐. 방심하지 않으마.'

최근 회(會)에서 가장 경계 대상으로 주목한 인물이니만큼 구웅은 악운을 순순히 보낼 생각이 없었다.

"이틀 후 본격적인 비무 대회가 열리기 전에 본 문의 전각인 등평루(燈平樓)에서 귀빈들과 함께하는 전야제를 준비했네. 참석하겠는가?"

구웅의 은근한 제안에 악운은 조금의 고민도 없이 고개를 끄덕였다.

"물론입니다. 그전에 본 가의 가주님께서 이것을 전해 드리라 말씀하셨습니다. 부각주."

호사량이 양손에 화려한 꽃송이들이 새겨진 은갑(銀匣)을 들어 앞으로 나섰다.

"내가 대신 받겠소."

일첨이 자리에서 일어나 걸어온 호사량으로부터 은갑을

대신 받아 열어 보았다.

따로 암기나 독이 없다는 것을 확인한 일첨이 호사량 대신 구융에게 선물을 전했다.

"호오, 이게 다 무엇인가?"

"아버님께서 포양 비무 대회를 주최하신 문주께 드리라 한 약소한 축하 선물입니다."

"환단이로군."

"예. 본 가에서 특별하게 조제한 비력단이라는 환단을 서른 개 준비했습니다."

"비력단이라……. 나 역시 산동악가의 상급 치료 환단이 유명하다고 들었네만 이것이 그것이로군. 참으로 고맙네."

귀한 환단 서른 개와 전부 은으로 제작된 은갑까지.

산동악가의 축하 선물은 결코 모자람이 없었다.

나름 구색을 갖춰 축하 선물을 보낸 것이다.

하지만 최근 다른 성까지 준동시킬 만큼의 명성과 재력에 비해서는 조촐한 편에 속했다.

'회(會)의 투자금을 모조리 갈취한 주제에 인색하기 그지없 구나. 두고 보자, 네놈들의 미래인 저놈을 머지않아 쥐락펴 락할 수 있는 내 수족으로 만들어 보일 테니.'

구융은 더러운 기분을 숨기며 호방한 웃음을 보였다.

"귀빈들이 머무는 객당(客堂)인 상명각(爽明閣)에 머물도록 하시게. 늦은 저녁이 되면 휘하의 문도를 보내겠네. 문도를 따라 등평루에 오면 될 걸세."

"예, 알겠습니다. 한데 문주님."

"말씀하시게."

"잠시 이분들을 물려 주실 수 있으십니까? 따로 드릴 말씀
이 있습니다."

"갑자기 말인가?"

"예."

악운의 얘기에 총성팔인 중 입술이 얇은 일첨이 말했다.

"안 됩니다, 문주님. 소가주 말고도 다른 귀빈들이 문주님
과의 대담을 기다리고 있습니다. 중요한 일이 아니라면 굳이
그러시지 않는 것이 시간상으로도 효율적이라 봅니다."

"그렇다는군."

구융이 간접적으로 거절을 표한 그때 악운이 다시 입을 열
었다.

"중요한 일이 될 수도 있습니다."

잠시 고심하던 구융이 결국 고개를 끄덕였다.

"다들 물러가 있게."

악운이 호사량을 힐끗 쳐다봤다.

"부각주도 잠시 물러나 계시지요."

"그러겠소."

총성팔인도 물리는 마당에 호사량이라고 남아 있을 수는
없었다.

악운은 불만스러운 총성팔인의 시선을 느끼며 장내가 조용해지기를 기다렸다.

쿵.

이윽고 문이 닫히고 고요함이 내려앉았다.

"이제, 얘기해 보지."

"석균평을 얼마나 믿으십니까?"

단도직입적인 악운의 질문에 구용은 순간적으로 의자를 잡은 손에 힘을 주게 됐다.

'역시나 그랬던가.'

석균평이 제법 입이 무겁다고 생각했건만 그게 아니었던 것이다.

물론 이미 백치가 된 놈을 욕해 봐야 아무 소용없었다.

"무슨 말을 하는지 모르겠군."

"석균평은 대자사의 머물던 독야문을 통해 화홍단을 제작하여 각종 판매처를 계획하였습니다. 대자사와 충돌한 저는 우연히 그 사실을 접하게 됐지요."

"그래서?"

"석 공자에게 투자하셨다는 걸 압니다. 엄밀히 말하면 화홍단이겠지요."

"증거가 있는가?"

"없지요. 하지만 증거는 따로 필요하지 않았습니다. 본 가는 대자사에 숨겨져 있던 재력을 얻은 것으로 만족합니다."

"으하하!"

구융이 악운의 자극에 쩌렁쩌렁하게 웃음을 터트렸다.

일부러 자극을 하는 모양새인 게 분명했다.

'과연, 제법이구나.'

구융은 다시 평정심을 회복하며 말했다.

"그럼 만족한 것에서 그쳐야지. 어찌하여 실없는 소리를 독대까지 청하며 하고 있는 겐가?"

"원하는 것이 생겼습니다."

"원하는 것?"

"예."

"그게 무엇인가?"

"조만간 소문이 돌 겁니다. 제가 황실 수송대가 숨겨 놓은 보물의 위치를 알고 있다는 소문 말이지요."

이것이 악운이 석호에게 부탁한 일 중 하나였다.

구융의 눈동자에 은은한 살광이 스쳤다.

그는 딱히 부정하지 않았다.

아무도 모르는 진실을 안다는 것만 봐도 부정해 봐야 얻을 만한 게 없어 보였으니까.

"어디서 알게 된 게지? 석봉 그자의 가족들이 뭔가를 알고 있었던 건가? 그럴 리 없을 터인데?"

구융이 눈을 가늘게 떴다.

석봉의 가족을 군이 볼모로 잡아 놓지 않은 건 석봉이 제

가족보다 옥화산의 보물에 더 미쳐 있음을 확인했기 때문이었다.

그런데 소가주가 옥화산의 보물에 대해 알고 있다는 건 당혹스러운 일이었다.

회(會)와도 공유하지 않은 일이건만!

"그 전에 붙잡고 계신 석 공자를 인계받아야겠습니다."

"그자의 신병을 내놓으면, 그대는 내게 뭘 줄 수 있지?"

"보물의 위치를 말씀드릴 겁니다. 문주님은 보물을 얻으시고 석 공자를 비롯한 그 가족들은 본 가의 품에 오는 셈이지요."

"그깟 벌레만도 못한 목숨들을 지키고자 어마어마한 가치의 보물의 위치를 내놓겠다고? 아깝지 않은가?"

"주제 파악이 확실한 것으로 해 두지요."

"그건 또 무슨 말인가?"

"이미 문주님도 그 보물이 옥화산 어딘가에 묻혀 있는 것으로 짐작하고 계시지요?"

"그래서?"

"보물을 찾기 위해 그 넓은 산을 뒤진다면 수많은 이들의 이목을 자극할 수도 있는 데다가 많은 인력과 비용이 소요되는 일이지요. 가뜩이나 대자사의 일로 큰돈을 잃은 지금 같은 사정에는……."

"당돌하군."

"계속해도 되겠습니까?"

구웅이 고개를 끄덕인 것을 본 악운이 마저 말을 이었다.

"도심이 아닌 옥화산에 대한 경계 태세는 유독 삼엄하리라 보고 있습니다. 보물의 위치를 알게 되더라도 대총문의 영역을 제집 드나들 듯 해야 한단 뜻이지요. 수송대가 숨겨 둔 보물이었으니 규모도 상당할 테고요."

"당연히 내게 들키겠지."

"그럼 그냥 두시겠습니까?"

구웅은 침묵으로 대답을 대신했다.

전력을 다해서라도 보물을 빼앗겠다는 의지가 느껴졌다.

악운의 의도는 정확히 들어맞았다.

구웅이 손가락 끝으로 팔걸이를 소리 나게 툭툭 두드리면서 고민하는 눈빛을 보인 것이다.

"그럼 위치를 주게. 당장 그자를 내주지."

"송구하지만 그건 안 되겠습니다."

"나를 믿지 못하겠다, 이건가?"

"예. 그래서 소문을 좀 흘려 뒀습니다. 조만간 제가 장보도를 들고 있다는 소문이 돌면 여기 옥화관 일대가 들끓을 겁니다. 수많은 무림인들이 호기심을 가지겠지요. 그중에는 보물을 노리는 적들도 생길 겁니다."

구웅이 노기 가득한 이글거리는 눈으로 악운을 노려봤다.

당장 검을 뽑고도 남을 태세였다.

"이놈이······!"

살의가 뒤섞인 어마어마한 기세가 장내를 뒤덮었지만 악운은 조금도 물러남이 없었다.

오히려 당당하게 눈을 들며 말했다.

"당연히 화홍단과 연관된 다른 분들도 관심을 보일 테고요. 저를 초빙하실 때 그분들 역시 부르셨을 것 아닙니까?"

구용의 눈가가 파르르 떨렸다.

쉽게 말을 이을 수가 없었다.

'놈이 회(會)에 대해 알고 있다. 석균평 이놈이 모든 것을 다 털어놓은 것인가!'

일부 정보만 흘린 것만 아니라 회에 대해 아는 모든 걸 남김없이 악운에게 알렸다면 사안은 크게 심각해질 게 분명했다.

아니 그보다 걱정이 앞서는 건 회(會)의 인물들이었다.

악운의 말대로 장보도에 관한 소문이 돈다면 그자들도 군침을 흘릴 것이다.

"어쩌자는 것이냐."

"모두가 군침을 흘리기 전에 보물을 챙겨 가시란 뜻입니다. 석 공자를 인계해 주시는 즉시 보물의 위치를 말씀드릴 테니, 편하게 보물을 독식하시는 게 어떠십니까?"

악운의 눈동자는 흔들림 없는 명경지수처럼 고요했다.

'거절할 수 없는 제안이겠지.'

악운은 이제 탐욕의 생리를 안다.

야욕을 가진 자들에게 그건 결코 포기할 수 없는 아편이다.

양귀비 열매의 즙을 받아 말린 아편은 독성도, 중독성도 강하다.

탐욕도 그렇다.

고작해야 이익을 더 많이 갖고자 모인 집단이다.

작은 균열은 그들을 분열시킨다.

'태양무신의 유산이 그랬듯이.'

악운이 확신에 찬 그 순간.

"거절하지."

구용이 예상외의 대답을 내놨다.

"네놈에게 휘둘릴 것이라면 차라리 없던 것보다 못한 그 보물을 포기하겠다. 그 대신 장보도를 가진 네놈을 어떤 방식으로든 궁지에 몰아넣어 주지."

구용이 의자에서 일어나 사나운 눈빛을 드러냈다.

"나 구용이 어찌하여 천하사패의 한 축이 되었는지 보이겠느니라. 알겠는가?"

구용이 일으킨 기의 바람으로 인해 장내에 놓여 있던 의자들이 휩쓸려 날아갔다.

콰당탕!

"나아가 네가 구하고자 들어온 석봉은 절대 장원 밖으로 데려가지 못할 것이다. 아무것도 얻지 못한다면 놈을 살려

둘 이유 또한 전무해진 것이니. 자, 이제 어찌하겠느냐, 산동악가의 소가주여."

구융의 반전에 잠시 아무 말도 하지 않던 악운의 입가에 빙긋 미소가 맺혔다.

구융의 선택은 의외였다.

하지만 쉬울 거라고 생각한 적은 단 한 번도 없다.

그들의 야욕은 강한 만큼 견고하다.

그러니 그들의 야욕보다 항상 영리해야 한다.

"그러십시오. 기대하지요."

이 순간 악운은 비로소 확신했다.

'구융은 석봉을 가까운 곳에 가둬 놨다.'

구융은 제 입으로 모든 것을 밝혔다.

장원 안에 석봉이 있다는 걸 확실하게 말해 주었으니까.

장담하건대 구융은 석봉을 죽이지 못한다.

그의 야욕이 허락하지 않으리라.

악운이 씨익 웃었다.

"칼자루를 쥔 사람은 여전히 저입니다."

구융이 떠나는 악운을 향해 외쳤다.

"현 시간부로 네 일거수일투족을 감시할 것이다."

상관없었다.

그걸 모르고 호랑이 굴에 들어온 게 아니니까.

악운은 상명각으로 안내받았다.

기감을 돋우지 않아도 건물 주변을 가득 메운 기척이 느껴졌다.

대놓고 감시하는 것이다.

악운은 소리가 새어 나가지 않게 기를 두르고 호사량과 대화를 시작했다.

"소문은 예정대로 퍼지고 있을 테고, 석 대인 가족은 지금쯤 거처를 옮겨 이동하고 있을 것이오."

"예. 그럴 겁니다."

"그나저나 정말 석 공자가 여기 갇혀 있는 걸 확신하오?"

"네. 추측이 아닙니다. 구용이 직접 그 부분에 대해서 언급했거든요."

"하긴. 그러니 개미 새끼 하나 빠져나갈 틈 없이 우릴 감시하고 있는 것일 테지."

"아마 우리가 먼저 움직여 주길 기다릴 겁니다. 그걸 명분 삼아 저를 궁지에 몰아넣고 싶을 테지요."

호사량은 조용히 고개를 끄덕였다.

"한데 과연 석균평의 배후이자 구용의 조력자들이 이 일로 균열이 나겠소이까?"

"예. 저는 확신합니다. 구용은 저라는 적을 통해 조력자들과 손잡을 거고, 보물을 나눠 갖자는 제안을 할 수도 있습니다. 그 와중에 보물의 위치를 아는 석 공자가 사라진다면요?"

호사량의 눈빛에 날카로움이 감돌았다.

"불신이 팽배해지겠지."

"예. 그러니 반드시 석 공자를 구해 내야 합니다. 삼엄한 경비 속에 석 공자가 사라지면 그들은 구용이 빼돌렸다고 의심하게 되겠지요."

"하하. 기대되는군."

"마찬가지입니다."

"슬슬 올 때가 됐는데……."

호사량이 중얼거리고 얼마 지나지 않아 시종 하나가 악운이 요청한 차와 다기(茶器)를 내오며 낮게 소곤거렸다.

"석 숙부께 얘기 들었습니다. 봉이를 찾으신다고……."

놀랍게도 그는 석호와 두터운 친분이 있는 전우의 자제였다.

악운이 석호에게 부탁한 마지막 일이 찾아온 것이다.

"편하게 말씀하십시오. 대화가 새어 나가지 않도록 주변에 기를 둘렀습니다."

악운은 이어서 시종에게 말했다.

"우선 석 대인의 아들인 석 공자가 여기 장원 내에 갇혀 있는 게 확인됐습니다. 최근 뇌옥에 시종이나 시비의 출입을 금했습니까?"

"그런 적은 없습니다. 뇌옥 안의 오물을 치우거나 음식을 나르는 건 평소와 동일했습니다."

"하면 최근 시비나 시종들의 출입을 금한 전각 중에 사람을 가둘 만한 장소가 또 어디에 있습니까?"

"곡량 창고로 쓰는 중명고(重明庫)가 확장 공사를 위해 잠시 비어 있습니다. 아무도 가지 않지만 정예 무사들이 드나드는 걸 본 적은 있습니다."

호사량의 눈이 번쩍 뜨였다.

"거기요. 틀림없소."

시종이 물었다.

"그럼 이제 어찌할까요?"

"이대로 곧장 나가 한 사람을 찾아가 주시면 됩니다."

"어떤 분을……."

악운의 미소가 짙어졌다.

이런 방식으로 그를 활용할 줄은 몰랐는데.

인생사, 참 새옹지마다.

어둠이 내려앉았다.

조금 있으면 대회 전야제(前夜祭)를 위한 행사가 등평루에서 시작될 것이었다.

"알겠네. 그만, 나가 보게."

"예, 대인."

악운에게 들은 내용을 전달한 시종은 내온 다기(茶器)를 내려놓고 밖으로 빠져나갔다.

장 국주가 창가에 기대 선 사내를 쳐다봤다.

"정말 소가주의 뜻대로 움직여 줄 참이시오?"

남궁진이 흩날린 머리카락을 양손으로 빗듯이 질끈 묶었다.

"그렇소. 빚을 졌거든."

초빙을 받아 행사나 즐길 겸 대총문에 머물렀던 장 국주는, 남궁진도 대총문에 방문했다는 소식을 듣고 동행 중이었다.

그러다가 이번에도 의도치 않게 두 세가의 일에 끼어들게 된 것이다.

"뭔가 도와드릴 건 없겠소?"

"내가 자리를 비운 것에 적당한 구실 거리만 만들어 주면 좋겠소."

"물론이외다. 염려 말고 무사히 다녀오시오."

남궁진은 미리 준비해 놓은 인피면구를 얼굴 위에 뒤집어 썼다.

문득 그날 밤 찾아갔던 악운과의 대화가 스쳐 지나갔다.

석호의 집을 찾아간 그림자는 다름 아닌 남궁진이었던 것이다.

　-빚을 두 번 지셨소. 하지만 이번 일을 돕는다면 남은
빚을 모두 탕감하는 것으로 해 두겠소. 어떻소?
　-그러지. 대신 내 검이 가벼웠다는 말에 대해 제대로 설
명해 주었으면 좋겠는데.
　-마음 아플 텐데?
　-상관없다.
　-좋소.

　남궁진은 검을 검대(劍帶)에 고정하며 창밖으로 빠르게 몸
을 날렸다.

　악운과 호사량은 갇혀 지내는 것과 다름없는 상황에서도
차분하게 각자의 시간을 보냈다.
　악운은 심법 연공을 했고, 호사량은 악운의 호법을 서며
머릿속으로 그동안의 수련과 싸움을 되새겼다.
　호사량은 그간 종종 백훈과 논검을 해 왔다.
　논검(論劍)은 말로 깨달음의 깊이나 무공을 비교하는 것이
다.

직접 몸으로 체감하는 것도 중요하지만, 머리로 이해하고 난 다음 몸으로 체감한다면 훨씬 큰 효과를 볼 수 있다.

백훈과의 여러 대화 중 한마디가 유독 기억에 남았다.

　-어이, 문사.

　-왜.

　-웬만한 일은 두세 수씩 앞서 보면서, 어째서 검을 휘두를 때면 앞만 보는 소처럼 구는 거야? 방금 논검에도 네 초식은 다음, 그다음 초식들을 펼치기 위한 사전 준비처럼만 느껴졌어.

　-그게 나쁜 건가? 이해가 안 되는데.

　-초식 연계…… 물론 중요하지. 그런데 초식이 살아 있지를 않잖아. 정형화된 틀을 깨라고. 내가 내 사부의 그림자를 끊었듯이.

'나만의 틀을 만든다.'

호흡을 검에 담는 것으로 검기가 시작됐으니.

다음은 그릇을 빚는 단계였다.

자기만의 방식으로 검초를 이해하고 확장하는 것이다.

얼마 전 남궁진과의 전투를 통해 한계는 충분히 봤다.

'아무것도 통하지 않았어.'

상대의 힘을 역으로 활용해 더 큰 힘을 내는, 차력미기를 통해 펼친 모든 검초가 차단됐다.

압도적인 패력(霸力)이었다.

'상대의 힘이 강해서 완벽히 역이용할 수 없다면 기존의 인력(引力)만으로는 부족해. 그 힘을 받아 낼 움직임이 필요해.'

질문이 꼬리에 꼬리를 물며 수많은 반문을 던졌다.

호사량은 악운의 호법을 서는 것도 잊은 채 물아일체의 공부에 빠져들고 있었다.

❧

악운은 조용히 문을 닫고 나왔다.

대충문의 무사들이 다가오는 게 보였다.

'중요한 순간을 방해할 수야 없지.'

일찍 연공을 마친 악운은 호사량이 물아일체에 들기 시작했다는 걸 눈치챘다.

깨달음은 방해를 받으면 한순간 놓치기 십상.

그래서 방 주변의 소리를 모두 차단하고, 다가오는 기척을 마중 나섰다.

"소가주, 구면이구려. 나는 화혼대(火魂隊)일 이끄는 옹종성이라고 하오."

화혼대(火魂隊).

총성팔인 중 하나인 육사검(鯵絲劍) 옹종성이 맡고 있는 최

정예 검대였다.

악운과 마주한 열댓 명의 문도들은 당장이라도 싸울 것 같은 기세를 보였다.

계속 이 인근 주변을 감시하는 것도 모자라, 대놓고 적의까지 보이고 있는 것이다.

'언질을 좀 들었나 보군.'

악운은 내심 미소 지었다.

"무슨 일이십니까?"

"등평루에 들라는 가주님의 전언이시오."

"제가 편할 때 이동했으면 좋겠습니다만."

"본 문의 행사를 축하해 주러 왔다면 응당 전야제에도 참석하는 것이 온당하지 않겠소?"

"강제입니까, 아니면 선택입니까?"

"어떻게 받아들이느냐에 따라 다른 거 같소."

그의 행동은 일부러 도발하는 모양새처럼 보였다.

'내가 먼저 일을 벌이기를 바라겠지. 명분도 손에 넣고, 눈엣가시 같은 나도 처리할 수 있으니.'

대총문에는 대총문 인물들만 있는 게 아니다.

객잔에 머물며 주변의 탐문 등을 통해 알아본 바에 따르면 석균평과 연관된 세력들을 포함해 하북팽가와 청성파의 인물들까지 참석했다. 여차하면 공적을 만들 수도 있다.

'어떤 방식으로든 이 행사에서 나를 무너트릴 계책을 계획

했을 터.'

적대적인 관계 속에 행사를 즐기자는 것부터 역설인 것이다.

하지만 악운은 고개를 끄덕였다.

"좋습니다. 가지요. 그나저나 이 주변에 가득한 감시망은 언제까지 유지할 참입니까?"

옹종성이 비릿한 미소를 흘렸다.

"더 이상의 질문은 받아들이지 않겠소. 그리 궁금하면 본문과 척지든지."

"충고 하나 하지요."

"무엇이오?"

"이 정도 규모로는 나를 감시하기 힘들 겁니다. 진짜 나를 감시하고 싶다면……."

악운의 눈에 휘돌기 시작하는 기세가 순식간에 장내를 휘감았다.

"대총문의 전력(全力)을 투입해야 할 테니."

옹종성이 조용히 마른침을 삼켰다.

"출발합시다."

그때 호사량이 옷매무새를 고치며 방에서 나왔다.

동시에 악운과 옹종성 간에 흐르던 긴장감이 깨졌다.

어느 때보다 활기찬 눈은 그의 새로운 성과를 말해 주고 있었다.

등평루.

무희들이 악공 연주의 선율을 따라 춤을 추었다.

옥화관 주변의 기루에서 고용된 기녀들도 화려한 예복을 입고 초빙된 명숙을 즐겁게 했다.

화기애애한 분위기 속에 귀빈들은 탁자들을 옮겨 다니며 친분을 쌓았다.

이런 큰 행사에서 서로 안면을 쌓아 둬야 여러 기회를 얻을 수 있었기 때문이다.

그때였다.

시끌벅적하던 장내에 묘한 긴장감이 감돌기 시작했다.

제일 먼저 악운을 발견한 인물은 항산파의 문주였다.

"드디어 왔구려."

항산파의 장문인인 가불진이 눈살을 찌푸렸다.

연진승과 복룡검수들을 잃은 데다가 산동악가에 고개까지 숙여야 했던 최근의 일은 가불진과 항산파에 있어 치욕적인 순간이었다.

"그러게 말이오. 여기가 호랑이 굴인 줄 모르고 오지는 않았을 터인데. 오만한 건지, 담력이 큰 것인지……."

가불진과 돈독해 보이는 반백의 노인은 와룡검문의 문주인 사강이었다.

하지만 가장 악운의 등장을 불편하게 여기는 사람은 당연히 그들과 함께 있던 구융이었다.

"연전연승에 도취되어 오만해진 장수야말로 가장 다루기 쉬운 부류가 아니겠소?"

"구 문주의 말씀이 맞소."

"암, 강서성의 저력을 보여 줘야겠지요."

가불진과 사강은 구융의 말에 동의했다.

이들이 괜히 포양 비무 대회를 유지해 온 게 아니었다.

강서삼강은 강서성 내에서 가장 강한 세를 유지하고 있는 구융을 중심으로 유지되고 있었던 것이다.

"그럼 실례하겠소. 손님을 불렀으면 내 직접 맞아야겠지."

구융이 귀빈을 지나 악운에게 다가갔다.

얼마 지나지 않아 두 사람은 적당한 간격을 두고 서로 마주섰다.

"내 선물은 어땠는가."

선물은 악운 일행을 옥죈 감시망을 뜻했다.

구융은 악운이 석봉을 구하지도 못하는 상황을 만들어 놓고 악운이 무기력감을 느끼길 바란 것이다.

그럼에도 악운이 담담히 말했다.

"부족했습니다."

구융이 조소하며 전음을 보냈다.

─허세 부리지 말게. 실력이 굉장하다는 건 인정하지만 수많

은 눈이 자네를 보고 있네. 자네가 이동하리라 예상되는 곳에 이미 전력을 등평루에 배치해 뒀지. 설사 그들을 피한다고 해도 다음은 나와 수많은 명숙이 자넬 기다릴 걸세. 장담하지. 자네는 아무 것도 못해. 행사나 즐기게.

득의한 웃음을 흘리는 구융의 눈에는 이미 칼자루를 쥐었다는 확신이 담겼다.

그때였다.

"큭……."

호사량이 실소를 터트렸다.

구융의 곁에 있는 총성팔인들이 일제히 호사량을 노려봤다.

"감히……!"

"되었네. 진정들 하지."

구융은 총성팔인들을 제지한 후에 이어서 물었다.

"왜 웃지?"

쏟아지는 시선 속에 호사량이 입을 열었다.

"웃기지 않습니까? 소가주가 두려워 이런 자리에까지 많은 무인들이 등평루에 모였으니 말이지요. 다른 곳에는 무사도 몇 없겠군요."

동시에 구융이 악운과 호사량 두 사람에게 전음을 시전했다.

ㅡ다른 가솔이라도 움직인 척하고 싶은가 본데, 이미 두 사람

을 제외한 다른 가솔은 옥화관을 떠난 걸 확인했네. 자네들은 더 이상 그 어떤 패도 없어. 아닌가?

악운의 담담한 눈을 마주보며 구융이 계속 전음을 이어 갔다.

─아무 패도 없음을 알고 있으니 허장성세는 그만 떨지 그러는가. 석봉을 살리고 싶나? 그럼 내 뜻대로 하는 게 좋을 게야.

구융은 삽시간에 조용해진 두 사람을 보면서 씨익 웃었다.

"술을 가져오너라."

기녀가 들고 온 선반에는 찰랑이는 술잔 하나만이 놓여 있었다.

구융이 씨익 웃었다.

"소가주, 자넬 위해 미리 준비해 둔 것이지."

악운은 말없이 술잔을 내려다보았다.

악운이 주저하는 것처럼 보이자 구융이 그를 채근했다.

"부각주가 대신 마실 텐가?"

호사량은 자리를 고수한 채 어떤 행동도 말도 하지 않았다.

그저 무언가를 기다리듯이.

구융과 그의 무리가 그것을 보고는 크게 비웃었다.

"껄껄! 산동악가의 가솔들은 그 충의가 하늘을 찌른다 하던데, 그 말이 다 거짓이었나 보군."

악운이 말없이 술잔을 들었다.

"그래, 그래야지."

구융이 잔뜩 기대에 찬 그 순간.

쪼르르.

악운이 들고 있던 술잔을 뒤집었다.

술에서 희미한 아지랑이가 피어올랐다가 사라졌다.

안에 담긴 독이 틀림없었다.

"독이라니, 이 무슨 추태십니까?"

악운의 한마디에 주변이 웅성거렸다.

동시에 총성팔인 중 한 사람인 옹정성이 빠르게 다가왔다.

"문주님……."

"고하라."

옹정성은 전음으로 고하는 듯 두 사람 사이에서는 아무 소리도 들리지 않았다.

그러나 악운은 듣지 않아도 알 수 있었다.

마주한 구융의 표정이 점점 붉어지는 것은 둘째치고.

그의 어깨 너머로 기다렸던 사내가 모습을 보였기 때문이다.

'남궁진.'

그가 나타났다는 건 단 하나를 의미했다.

석봉의 구출.

악운의 입가에 짙은 미소가 서렸다.

남궁진은 무사히 석봉을 빼내 악가뇌혼대와 접촉했을 테

고, 옥화관 밖에서 기다리고 있을 악가뇌혼대는 지금쯤 유대주에게로 향했을 것이다.

악운이 파르르 떠는 구용 앞에 한 걸음 다가갔다.

"자, 다음은 뭡니까?"

들고 있던 잔을 그의 앞에서 떨어트린 악운이 볼 것도 없이 구용에게 돌아섰다.

석봉의 구출은 시작일 뿐이다.

악공의 연주가 이어지고 있었지만…….

평화롭던 행사의 분위기는 이미 살얼음판으로 바뀌기 시작했다.

초빙받은 귀빈들은 세 부류로 나뉘었다.

행사를 즐기다 당혹스러워하는 귀빈들.

"방금 들었소? 구 문주가 술에 독을 타서 산동악가 소가주에게 건넸다는군."

"떨어진 술에서 하얀 아지랑이가 피어오르더이다. 뭔가가 들어 있기는 했던 모양이외다."

"대총문과 산동악가가 저리 적의를 나눌 만큼 사이가 안 좋던가?"

"대체 뭐가 어떻게 돌아가는 것이오?"

두 번째는 흥미로워하는 부류.

"사이가 안 좋아 보이던데 산동악가 소가주를 대총문에서 굳이 초빙한 이유가 무엇이오?"

"이러다 산동악가와 대총문 사이에서 문파대전이라도 벌어지는 거 아닌가 모르겠군. 넓게 보면 강서성과 산동성의 전쟁이 되겠어."

세 번째는 조용히 지금의 상황을 관망하는 부류였다.

그들은 마치 이런 상황을 직감하기라도 한 것처럼 그 어떤 개입이나 소란스러움도 없이 상황을 주시했다.

구융에게서 떨어져 자리에 앉은 악운은 이 모든 상황을 주시했다.

특히 관망하는 자들을 인상 깊게 눈에 담았다.

-지금부터입니다, 부각주.

악운의 전음에 호사량이 조용히 고개를 끄덕였다.

"알겠소."

악운과 남궁진은 완벽히 일을 수행해 줬다.

악운이 가진 무위와 적극적인 도발을 통해 대총문의 이목과 전력을 전부 집중시키는 동안, 남궁진은 석호와 전우회의 협력까지 받으며 편안하게 움직일 수 있게 되었다.

이제 위험을 무릅쓰고 대총문에 방문한 본래 목적이 남았다.

'석균평의 감춰진 배후.'

사실 석균평은 네 명의 명숙을 언급했다.

대총문 문주 구융.

그리고 그의 곁에 있는 와룡검문의 문주인 와린검옹(臥鱗劍翁) 사강.

세 번째로 강서삼강 중 하나인 항산파 장문인 복룡검휘(伏龍劍輝) 가불진.

마지막으로 멀리서 이 상황을 날카로운 눈빛으로 지켜보는 강서칠대고수 중 일인, 성하칠검(星河七劍) 배호.

이 네 명이었다.

하지만 그가 몰라서 언급하지 못한 배후 세력은 충분히 존재할 수 있었다.

'오늘 그자들은 전부 이곳에 모였을 것이다.'

호기심, 분노, 그 어떤 감정이든 석균평의 배후는 악운이란 존재를 직접 마주하고 싶었으리라.

악운은 이것을 노렸다.

-석 공자를 구출하고 나면 제아무리 구융이라도 분노하거나 당황할 겁니다. 그럼 저와 구융의 갈등이 불거지고 언성도 높아지겠지요.

-그리고 나서?

-그때쯤 행사 안의 굵직한 인물들을 잘 살펴보세요. 어수선해하지 않고 이 상황을 당연하게 받아들인 자들은 둘

중 하나일 겁니다.

ー크게 신경 쓰지 않을 만큼 이 일과 상관이 없거나, 혹은 이 일에 연관이 있어 이런 갈등을 예측했던 자들이겠지.

ー바로 그겁니다. 그때가 되면 부각주님의 정보가 필요합니다. 낯선 인물들의 이름이라거나 구용과의 관계 등, 제가 아직 부족한 것들을 부각주께서 알고 계시니까요.

호사량은 빠른 속도로 각 인물들의 면면을 살폈다.

여기 모인 대부분의 인물들은 데리고 온 수행원들과 긴밀히 대화를 나누거나 바빠 보였다.

하지만 차분하게 술잔을 드는 자들도 보였다.

'하북팽가, 팽원.'

하북팽가 가주의 셋째 아들이며 가주의 자식들 중 입지가 제일 약한 인물이다.

그다음은 그 근처에서 차분한 눈으로 별일 아니라는 듯이 기녀와 담소를 나누고 있는 사내.

'황정.'

청성파의 일대 제자로 장문인에게 사사했다.

장문인의 자리에 오르려면 무조건 거쳐야 한다는 청성팔검협(靑城八劍俠)의 일인이다.

그 두 명뿐만이 아니다.

강서 칠대 고수 중 유일한 여인인 화용검객(火炯劍客) 현비

또한 무관심하게 요리만 집어 들고 있었다.

하지만…….

'이건 행동을 통한 대략적인 확인 절차일 뿐, 저들 중 대총문과의 관계가 있는 자들을 선별한다면……. 답은 뻔하지.'

한참을 살피던 호사량이 무겁게 입을 열었다.

"확인이 끝난 것 같소."

"충분히 걸러 내셨습니까?"

"그렇소. 총 두 명이 추가됐소."

호사량은 악운을 향해 전음을 보냈다.

─하북팽가의 팽원이란 자와 청성파의 제자 황정이오.

─그리 확신하신 이유는요?

─팽정의 외가는 하북성 천진에 있는 원룡무관인데, 그의 외조부가 구융과는 막역한 사이로 알려져 있소. 그가 교두보 역할을 하여 팽원과 구융의 만남을 주선한 게 틀림없소. 팽원의 약한 입지를 고려한 것이겠지. 그리고 황정은……

잠깐 고심하던 호사량이 이어서 전음을 보냈다.

─청성파의 고수요. 일첨이 젊을 적 청성파의 속가제자의 위(位)를 받았다는 것을 고려했을 때, 그가 황정과 구융의 관계를 조성했을 가능성이 크오.

모든 애기를 들은 악운이 조용히 현비를 쳐다봤다.

─그럼 저 사람은?

─아닐 수도 있겠지만, 그저 남 일에 관심 없는 먹보일 게요.

호사량의 넉살에 악운은 피식 웃었다.

호사량의 추측은 충분히 근거 있는 추측이다.

때마침 구융의 시선이 느껴졌다.

와드득!

모든 보고를 들었는지 구융은 잔뜩 노한 눈동자였다.

구융의 전음이 악운의 머릿속을 울렸다.

-제법 잔재주를 부렸구나. 대체 누가 네게 조력했는지는 몰라도 네놈만큼은 쉽게 빠져나가기 힘들 게야.

악운은 노려보는 구융의 시선을 온전히 받아 내며 자리에서 일어났다.

원하던 것을 얻었으니 이제 마지막 하나만 남았다.

"산동악가의 소가주 악운이라 합니다. 우선 비무 대회의 축하를 위해 모여 계신 귀빈들께 불편함을 드려 송구하다는 말씀을 드리지요."

구융은 눈살을 찌푸렸다.

'저놈이 또 무슨 짓을……?'

그의 곁에 있는 총성팔인이 눈을 가늘게 뜨거나 위협적인 기세를 드러냈다.

"일단 지켜보겠다."

구융의 제지 속에 악운의 말이 이어졌다.

"한데 구 문주께서는 여러분께서 보는 앞에서 제게 독을 타셨습니다. 연유는 모르겠지만 참으로 애석한 일입니다.

대체 왜 그러신 것인지 귀빈들께서 보는 앞에서 말씀해 보시지요."

구융은 조금의 거리낌도 없이 대답했다.

"독을 사주한 자는 본 문에서 반드시 찾아내서 목을 베도록 하지. 술은 호의로 건넨 것이니 크게 괘념치 말게나. 뭣들 하느냐? 당장 술을 가져왔던 저 기녀를 데리고 가서 배후를 밝혀내라!"

"예!"

구융의 하명이 떨어지기 무섭게 문도들이 술을 가져왔던 기녀를 사납게 끌고 갔다.

그 순간.

장내에 있던 화려한 미모의 기녀가 아미를 찌푸렸다.

"꽤 난감한 상황인 듯한데?"

팽원은 술잔에 술을 따르는 화봉궁 궁주 여희를 힐끗 쳐다봤다.

그는 이미 기녀들이 화봉궁에서 나온 여인들이란 걸 잘 알고 있었다.

악운에게 술잔을 가져왔던 기녀는 화봉궁에 속한 궁인(宮人)이었던 것이다.

"알고 있답니다."

여희는 화사하게 웃어 주고는 천천히 자리에서 일어났다.

구융이 난감한 상황을 극복하기 위해 화봉궁의 궁인을 치운 것에는 화가 났지만, 당장은 계획대로 움직이는 것이 중요했다.

그녀의 목표는 다름 아닌…….

'악운.'

그였다.

그녀의 사뿐한 걸음이 악운에게로 향하기 시작했다.

구융은 부글부글 끓는 노기를 억누르며 행사 분위기를 위해 일부러 흥을 올렸다.

"혈맹과도 다름없는 수많은 무림의 동도들께 용서를 구하오. 내 불찰이외다. 소가주는 나 구융의 사과를 받아 주겠는가?"

분위기를 주도하는 구융에게 악운은 의외로 순순히 따라 주었다.

"물론입니다."

"소가주의 넓은 아량에 감복하는 바이네. 비무 대회가 끝날 때까지는 대총문의 모든 가솔이 소가주의 편의를 위해 움직일 것일세. 현 시간부로 한 치의 허술함도 없이 대접할 것을 약조하네."

곁에 서 있던 일첨이 소리쳤다.

"무엇하느냐! 다시 풍악을 울려라!"

기다렸다는 듯 악공들이 더 크게 연주를 시작했다.

악공들의 흥겨운 연주에 분위기가 풀어지자 장내의 귀빈들도 이내 행사를 즐기기 시작했다.

구융도 다시 상석에 앉았다.

밤이 깊어 가고 있었다.

수습되는 장내를 보던 호사량이 입을 열었다.

"이만 일어나도 되겠소. 우리가 얻을 건 다 얻었으니."

이미 이곳에서 얻을 수 있는 건 모두 얻었다.

악운도 동감하는 바였다.

이제, 남은 건 저들의 움직임을 살피는 것뿐이었다.

"그만 일어나시지요."

"좋소."

악운이 호사량을 따라서 일어나려던 그때였다.

"호호, 이리 빨리 가시나요?"

화려한 예복을 입은 여인이 매혹적인 미소를 보이며 악운의 앞으로 다가왔다.

옷깃 틈 사이로 보이는 매끈한 피부는 두말할 것 없었고, 도톰한 콧등에 깊은 인중은 정숙함을 느끼게 했다.

하지만 날선 눈매와 흑요석을 닮은 동공에는 청초함과 색기가 공존했다.

호사량이 악운 대신 물었다.

"누구시오?"

"오늘의 행사를 위해 고용된 기녀랍니다. 예옥이라 합니다."

은은한 분내가 가진 향기는 순식간에 호사량의 코를 자극했다.

"하하, 처음 뵙겠소. 호사량이라 하오. 이쪽은 말씀을 안 드려도 될 테지요!"

호사량이 어느 때보다 환한 웃음을 터트리며 그녀에게 예의를 갖췄다.

호사량은 인사를 건네고도 기분이 묘했다.

마치 운명의 여인이라도 만난 양 마음의 벽이 허물어지는 기분이 든 것이다.

경계심이 순식간에 사라졌다.

호사량은 평소의 무표정함을 벗어던진 채 그녀를 향해 히죽 웃음을 지었다.

그녀의 향이 코에 점점 짙게 전해졌다.

"가락지가 참으로 잘 어울리시오."

"호호, 그런가요? 한번 자세히 보시겠어요?"

그녀가 양손을 교차하듯 화려한 옥과 금으로 된 반지를 보였다.

"오오, 이리 아름다울 수가 있나!"

"뛰어난 아름다움을 얻을 수 없으니 부족함을 가리려는 것일 뿐이랍니다."

"무슨 말씀이시오? 예 소저는 내 평생 본 그 어떤 여인보다 아름다우시오."

어느새 호사량은 그녀의 손을 허락도 없이 꽉 붙들고 있었다.

"아파요, 호 대인……."

"아아, 미안하오."

"괜찮답니다."

그녀는 미소 지으며 호사량의 손을 빠져나와 그의 팔을 매만지듯 스쳐 지나갔다.

"제가 호 대인께 소개시켜 드릴 아이들이 있어요. 이리 오렴."

그녀의 부름에 대 여섯 명의 기녀로 보이는 여인들이 호사량과 악운의 주변에 자리했다.

호사량이 다른 기녀들에게 눈을 빼앗긴 사이 예옥의 걸음이 악운에게로 향했다.

"소녀, 소가주를 모셔도 될까요?"

어느새 악운의 팔에 팔짱을 낀 그녀가 자연스레 악운을 본래 자리에 다시 앉혔다.

또르르.

기품 있게 술을 따른 그녀가 공손하게 악운에게 술을 올렸다.

"소가주께서 오신다고 하여 얼마나 기뻤는지 모른답니다."

악운은 말없이 그녀가 건넨 술잔을 받아 한 입에 들이켰다.

예옥…… 아니, 정체를 숨긴 화봉궁 궁주 여희는 넙죽 넙죽 술을 받아먹는 악운을 보며 내심 흡족한 미소를 지었다.

'사내놈들이란……. 쯧쯧!'

머지않아 이 두 놈은 침을 흘리며 무릎 꿇을 것이다.

그녀가 희미한 미소를 흘리며 안주를 젓가락으로 집어 악운의 입에 가져다 댄 그때.

"문주께서 시키더이까?"

술잔을 내려놓은 악운이 그 어느 때보다 또렷한 눈동자로 그녀를 쳐다봤다.

"물론이지요. 심기가 불편하실 소가주를 성심을 다해 기쁘게 해드리라고 따로 말씀하셨답니다."

"요즘 기녀들은 양귀비와 금계(金桂)가 섞인 향기를 풍기고 다니오? 향만으로 이지를 흔들 텐데."

여희는 내심을 숨긴 채 침착히 대답했다.

"그게 무슨 말씀이신지요? 소녀는 소가주께서 무슨 말씀을 하시는지 도통……."

"미염공(美艶功)은 향기에 기를 실어 상대의 감각과 이지를 무디게 하는 것을 기본으로 하지. 그 후에 미혼술을 펼치는 것이고."

미혼술은 일종의 최면이다.

옷깃이나 손을 만지거나 혹은 기보(奇寶)를 매만진다든가 하는 몇 가지 동작이나 말로 원하는 행동을 이끈다.

여희가 눈물을 글썽였다.

"소가주께서는 소녀의 진심을 어찌하여 그리 왜곡하시나요. 소녀는 그저…… 소가주를 뵙고 싶은 마음에……."

"다음은 뭐지? 최음공(催淫功)을 통해 그대에게 절절 매는 욕망의 노예로 만드나?"

악운의 눈빛이 북풍한설보다 차가워졌다.

─미혼술은 너희만 펼칠 수 있는 게 아냐.

여희는 순간 눈을 부릅떴다.

'설마! 순순히 내 움직임에 따라 준 이유가……!'

악운의 의도를 눈치챈 그녀가 황급히 자리에서 벗어나기 위해 일어나려 하던 그때.

"마셔."

악운의 지시가 떨어지자마자 그녀는 어느새 자신의 입에 술잔을 갖다 대고 있었다.

이미 일어나야겠다는 생각 따위는 머릿속에서 지워진 지 오래였다.

원룡회

상대의 이지를 흔드는 미혼술은 그저 내공이 많다고 해서 이겨 낼 수는 없는 술법.

구융은 방심한다면 화경의 고수조차 흔들어 놓을 수 있을 거라고 생각했을 것이다.

하지만 악운은 달랐다.

처음 그녀에게서 풍기는 미묘한 향을 맡자마자 향을 완벽히 구분해 내고 냄새를 차단했다.

감별력(鑑別力)을 지닌 악운에게 있어 이건 그리 어려운 일이 아니었다.

더구나 향이 익숙했다.

오래 전 무수히 맡아 본 양귀비의 향(香)이 뒤섞여 있었기 때문이다.

과거, 혈교는 천휘성을 갖가지 방법으로 괴롭혔다.

그중에 가장 많이 시도한 것이 미염공과 결합된 미혼술이다.

누구보다 잘 아는 향인 것이다.

덜덜…….

술잔을 든 여희의 행동은 이미 그녀의 의지를 벗어나고 있었다.

"내려놔."

악운의 한마디에 술잔을 다시 내려놓은 여희의 눈가가 파르르 떨렸다.

'대체 어느 틈에 내게 미혼술을 건 것이지?'

당혹스러워하는 여희를 보며 악운은 호사량을 둘러싼 기녀들을 힐끗 쳐다봤다.

"뭘 해야 할지는 정확히 알고 있겠지."

여희는 말없이 마른침을 삼켰다.

악운 말대로 지금 해야 할 일은 단 하나였다.

"모두…… 그의 곁에서 물러나라."

기녀들…… 아니, 화봉궁의 궁인들은 여희의 하명에도 쉽게 자리를 뜨지 못했다.

화봉궁의 궁주가 고작 약관도 되지 않은 악운에게 옴짝달싹 못한 상황은 쉽게 이해되지 않는 상황이었던 것이다.

"어서!"

그녀의 새된 음성을 들은 후에야 호사량 주변의 궁녀들이 자리를 떠나 이동했다.

"어디들 가시오?"

호사량이 뭐에 홀린 듯 궁녀들을 따라가려던 그때.

악운이 자리에서 일어나 가볍게 호사량의 몸을 두드렸다.

타타타탁!

영혼과 연결된 상단전을 자극하는 타혈법으로 최면을 깨우는 동시에 후각을 잠시 동안 마비시켜 향(香)을 맡지 못하게 했다.

오감이 무뎌지고 정신이 맑아지면 미혼술은 깨지고 만다.

"쿨럭."

눈을 번쩍 뜬 호사량이 한차례 검은 각혈을 토해 냈다.

미염공과 미혼술의 사기(邪氣)가 빠져나간 것이다.

"어……떻게 된 것이오? 마치 뜬구름을 밟는 거 같이 점점 내 몸이 이성과 멀어지는 느낌이었는데."

"미염공과 미혼술이 결합한 색공(色功)입니다."

"그럼 방금 그 기녀들이……?"

"예."

악운은 이 와중에 곳곳에서 자신을 바라보는 시선들을 느꼈다.

놀란 귀빈들도 있었고 그렇지 않은 자들도 있었다.

하지만.

대부분은 호사량이 피를 토했음에도 아무런 개입을 하지 않았다.

구융과 한배를 탄 게 아니라면.

괜히 개입했다가 불똥이 튈지도 모른단 사실 때문일 것이다.

악운은 눈을 빛냈다.

아무래도 상관없었다.

구융과 그 배후들은 이 여인과 세력을 활용하여 자신과 호사량을 좌지우지할 만한 노예로 만들 생각이었겠지만……

'상대를 잘못 골랐어.'

오히려 칼자루를 확실히 쥔 쪽은 악운 측이 됐다.

"대체 언제……."

여희는 화봉궁의 이십팔환희색공(二十八歡喜色功)이 깨졌다는 사실을 쉽게 받아들이기 힘들었다.

아니 이십팔환희색공이 깨져 버린 것도 모자라 되려 미혼술에 사로잡힌 신세가 된 것이다.

"대답은 본인이 제일 잘 알 거야."

악운의 머릿속은 어느 때보다 맑았다.

그의 영기(靈氣)는 곤륜파의 고고한 옥심귀일강기(玉心歸一康氣)가 지켜 주고 있었고, 반격은 소요파의 공부가 가능케 했다.

'반명경(反銘鏡).'

이름처럼 이 기공은 상대의 미혼술을 돌려보낸다.

'내게 미혼술이 먹히고 있다 생각했겠지만…….'

여희는 되레 본인 스스로에게 미혼술을 거는 것과 다름이 없었던 것이다.

거울처럼!

이를 모르는 여희는 입술을 질끈 깨물었다.

"이제…… 날 어찌할 셈이지?"

"두렵나? 그러니 나서기 전에 잘 생각했어야지. 팽이라도 당하면 어쩌려고. 이번엔 기회를 줄 테니 다음엔 동료가 믿을 수 있는 자인지 잘 확인해 보고 덤벼. 미혼술은 그쪽이 기를 거두면 자연히 풀릴 거야."

악운은 되돌려 줬을 뿐 애초에 색공을 펼친 사람은 여희다.

여희가 기를 거두면 자연히 색공은 사라진다.

자유로워진 여희의 눈에 다시 여유가 감돈 찰나.

그녀의 눈에 이채가 흘렀다.

악운이 스쳐 가듯이 한 말이 머릿속을 복잡하게 한 것이다.

'팽을 당한다고?'

여희의 눈동자가 자연히 저 멀리 앉아 있는 구융에게로 향했다.

이 모든 판은 구융이 짰다.

그리고 최근 구융은 악운과 독대를 했으며 악운은 마치 모든 것을 준비한 것처럼 독과 미혼술에 대처하고 있었다.

'설마……?'

점점 그녀의 의심이 깊어지던 그때.

악운이 자리에서 일어나 호사량에게 다가갔다.

"괜찮습니까?"

"소가주 덕분에. 그보다 나 때문인지는 모르겠지만, 잔치 분위기가 영 별로군."

호사량 말대로 장내 분위기는 이미 되돌릴 수 없이 싸늘해져 있었다.

"정말, 하다하다 미혼술까지……."

뿌득!

자칫 큰 함정에 빠질 뻔했던 호사량은 이까지 갈며 구용이 있는 곳을 노려봤다.

악운이 장내에 있는 모두가 들리도록 입을 열었다.

"문주님! 선물에 감사드립니다."

독과 미혼술을 겪고도 되레 구용에게 감사 인사를 표한 악운은 호사량과 함께 장내를 빠져나갔다.

눈치 보고 있던 귀빈들도 그때서야 악운을 따라 하나둘 장내를 빠져나갔다.

얼마쯤 흘렀을까?

구용과 연관이 있는 인물들만 장내에 남게 되자 그가 조용히 자리에서 일어났다.

"여러모로 소란이 일어 송구하게 생각하오. 이만 행사를 파하겠소. 편히들 쉬시오."

그 말을 끝으로 구융이 총성팔인을 이끌고 장내를 떠났다.

주인인 구융이 자리를 뜨자 눈치를 보던 인파도 빠른 속도로 빠져나갔다.

하지만 대부분의 인파가 빠져나간 후에도 여희는 자리를 뜨지 않고 생각에 잠겨 있었다.

그때 황정이 그녀 곁에 앉았다.

"휘하의 궁녀들도 돌려보내 놓고 뭐 하러 이곳에서 청승을 떨고 있소?"

"황 대협께서 소녀를 크게 신경 쓰시는군요."

"소녀라……. 나이 오십 줄에 든 여사께서 하실 말씀은 아닌 것 같은데 말이오."

사람 좋게 씩 웃어 보인 황정이 그녀에게 넌지시 물었다.

"이상하지 않았소?"

"무엇이 말인가요?"

"생각해 보시오. 소가주는 고작 해야 약관도 안 됐소. 화경에 올라 연전연승하며 굉장한 고수들을 꺾었지. 평생 무공만 쌓아도 이루기 힘든 업적일진대 온갖 협잡에도 능하다? 천재라는 것으로는 말로 설명하기 힘든 무언가가 있소."

"일신의 능력만으로 극복한 게 아니란 뜻인가요?"

"상식적으로 납득이 되지 않는단 뜻이외다. 하지만 누군가 거래를 제안했다면 얘기가 다르겠지."

"그게 무슨……?"

"대충문에만 머물러서 외부의 일은 관심이 없나 본데, 최근 내 정보에 의하면 소문 하나가 돌고 있소. 산동악가 소가주가 옥화산 안에 잠든 보물의 장보도를 갖고 있다 하더군."

그 말을 들은 순간 여희의 눈에 새파란 이채가 흘렀다.

동시에 황정이 말을 이었다.

"그 장보도를 정말로 소가주가 가졌다면 옥화산의 지배자인 구 문주가 어찌 나왔을 거 같소? 회(會)의 속한 이들 중 투자금을 가장 많이 잃은 건 그요."

"그럼 구 문주가 우리의 계획을 소가주에게 알려 주기라도 했다는……?"

"그저 가벼운 추측일 뿐이요."

황정이 별일 아닌 것처럼 손사래를 치기는 했지만, 직접 악운을 마주했던 여희는 이 말을 마냥 흘려들을 수는 없었다.

'구웅의 도움 없이 내 색공을 미리 눈치채기는 힘들었을 터.'

문득 악운이 보인 행동과 말들이 전부 다 의미 있게 느껴졌다.

-팽이라도 당하면 어쩌려고.
-선물에 감사드립니다.

……등등.

악운이 남긴 모든 말은 의미를 곱씹을수록 구융과 거래했을지도 모른다는 의심을 떠올리게 했다.

"어쩌면 황 대협의 말씀이 맞을지도 모르겠군요. 장보도를 가지고, 소가주와 구 문주가 거래를 했다면요."

"그 정도라면 눈 감아 줄 만하지. 하지만, 회의 명부까지 넘긴 거라면?"

"고작 보물을 위해 회의 고수들과 척진다는 건 비약이랍니다."

"글쎄…… 큰 부를 쌓기 위해 회에 참여한 우리에게 부(富)가 '고작'이었소? 난 아니라고 보는데?"

"그렇게까지 해서 얻을 게 뭐가 있지요?"

"차차 알아봐야겠지. 하지만 짚이는 건 하나 있소."

황정이 자리에서 일어나며 말을 이었다.

"본인은 보물을 취하고 우리와 소가주를 싸움 붙인다면 제법 남는 장사이지 않겠소? 하하!"

황정은 엄청난 파장이 가져올 말을 아무렇지도 않게 남기고 그녀의 곁을 떠났다.

❧

"여러 일이 있었지만 무사히 돌아온 셈이군요."

악운은 시비가 내온 차를 마시며 말했다.

호사량이 그 모습에 혀를 내둘렀다.

솔직히 방금 전에는 구융의 아가리까지 들어갔다가 기어 나온 것이나 다름없었다.

악운이 재빠르게 대처하지 않았다면 지금쯤 색공에 취해 그들이 원하는 대로 좌지우지됐을지도 모른다.

더구나…….

"그 차에 독이 들어 있는지 걱정도 안 되시오?"

"예."

이미 만독화인의 첫 번째 단계를 돌입한 악운은 이제 대부분의 독을 흡수할 수 있었다.

웬만큼 절세의 극독이 아니고서야 악운을 위협하기는 힘들다.

그리고 그만한 독은 돈으로 환산하기도 힘들 만큼 비싸고, 희귀했다.

이를 모르는 호사량으로서는 악운이 새삼 대단하게 보일 뿐이었다.

"안 드십니까? 독기는 조금도 없는데요."

"알겠소."

악운 덕분에 독의 유무를 확인한 호사량은 마른입을 차로 적시며 다시 입을 열었다.

"어느 정도 소가주를 위협하기 위한 덫이 있을 거라고는 예상했지만, 이리 대놓고 독이 든 차를 건넬 줄은 예상도 못 했소."

"상황을 좌지우지할 수 있다고 믿은 것이겠지요. 큰 이권 관계로 연결되어 있지 않은 남궁 소가주가 우릴 이리 전적으로 도울 줄은 예상하지 못했을 테니까요."

"나름 임기응변은 잘했지만 대총문은 이 일로 평판이 크게 흔들릴 것이오."

"그럼, 잃은 만큼 다시 채우고자 더욱 혈안이 되겠죠. 석봉을 잃은 지금 극단적인 방법으로 변해 갈 겁니다. 하지만……."

악운의 입가에 짙은 미소가 서렸다.

"구용은 쉽게 움직이기 어려워졌습니다. 등평루에 쳐 두었던 덫은 실패했고, 장보도에 대한 소문은 일파만파 퍼지는 중입니다. 구용의 유일한 패였던 석봉 역시 무사히 탈출하여 난감하게 됐고, 그의 조력자들은 일련의 상황을 의심할 겁니다. 보물뿐 아니라 자신들의 정보까지 넘기지 않았나 하고요."

악운은 일부러 그들이 그렇게 생각할 만한 행동과 단어를 사용했다.

몇몇은 여러 가지 상황을 결부시켜서 상상하기 시작할 것이다.

호사량이 눈을 빛냈다.

"우리가 원한 분열이군."

"예. 맞습니다."

호사량이 씨익 웃으며 의자에 등을 기댔다.

"이제 원했던 결과가 나오는 건 시간문제일 뿐일 것이오. 이제부터는 어찌할 생각이오?"

"사실 크게 고려한 건 없습니다."

"고려한 게 없다?"

"상황에 따라 유동적으로 움직여야 하기 때문이지요. 그래서 앞으로의 필요한 판단은 부각주께 맡길까 합니다."

"흐음, 내 생각엔 저들 중에 누군가가 소가주에게 접근할 가능성도 크다고 보오."

"제게요?"

"그렇소. 저들의 무리에 영입하고 싶어 할 수도 있지. 마냥 적대적으로 두기에 소가주는 실력도, 세력도 무척 강해졌소."

"그럴 수도 있겠군요."

이 부분은 악운 역시 고려하지 못했던 일이었다.

'갈등을 빚기보다는 거래를 원할지도 모른다고 하지만…….'

악운의 눈에 이채가 흘렀다.

"이미 막심한 손해를 입은 구용이 반대할 텐데요?"

이윽고 호사량의 눈빛이 깊게 가라앉았다.

"손익을 따질 것이오. 어느 쪽이 자신들에게 도움이 될지. 그리고 선택한 자에게 힘을 합치자 하겠지. 만약 소가주를 택했다면 구용을 몰아내는 쪽으로 가닥을 잡으리라 보오."

"구웅을 공적으로 몬다면 대총문은 그들에게 있어 투자금을 회수할 최고의 먹잇감으로 전락할지도 모르겠군요."

"다만 그건 소가주가 원하는 방식이 아니지. 그렇지 않소?"

악운이 웃으며 물었다.

"그래서, 좋은 방책이라도 생각해 내셨습니까?"

호사량이 의미심장하게 미소를 지었다.

"화끈한 게 낫겠지."

⁘

행사가 끝난 새벽녘.

대총문의 심처(深處)인 대정전에 원룡회(院龍會)에 속한 고수들이 은밀하게 모여들었다.

모두 모인 듯하자 구웅이 입을 열었다.

"이미 사태의 심각성은 모두가 알고 있다고 생각하오."

아무도 대답이 없는 가운데 구웅 홀로 말을 이어 갔다.

"우선 여러분들께 해야 할 이야기가 있소. 외부의 소식을 들었는지는 모르겠으나 최근 장보도의 관한 소문이 떠돌고 있지. 그건 명백히 사실이오."

구웅은 그 말을 시작으로 악운과 처음 대면했을 때의 일부터 최근의 일까지 덧붙였다.

"……하여 나는 이 사안을 여러분과 심도 깊게 논의해 볼까

하오. 놈이 어떤 자와 조력하고 있는지는 모르나 석봉의 탈출로 결국 보물의 위치를 아는 자는 소가주 그놈밖에 없소."

조용히 있던 여희가 말했다.

"호호, 구 대인, 그 전에 하나 짚고 넘어가실까요?"

"무엇이오?"

"분명히 그자는 제 색공(色功)을 미리 알고 있기라도 한 듯 대비하고 있었어요."

구융이 눈살을 찌푸렸다.

"그럴 리가 있나."

"대인께서 준비한 독주(毒酒)도 간파당했고, 색공에도 대처한 탓에 그다음 대계로 이어지지 못했지요. 어찌 알았을까요? 이해가 안 되더군요."

여희는 평소의 뇌쇄적인 눈빛 대신 의심 가득한 눈빛으로 물었다.

말 속에 담긴 의도는 명백했다.

"지금 나를 의심하는 것인가?"

냉각된 분위기 속에 황정이 거들었다.

"솔직히 최근 회의 투자 실적은 최악 아니었소? 투입된 돈만 많고 회수된 금액은 없었소이다. 여러모로 우려가 되는 판에……."

말을 잇던 황정이 슬며시 눈을 치켜떴다.

"제일 투자금을 많이 잃은 구 문주께서 최근에 산동악가 소가주와 독대를 한 이후에 이런 사달이 벌어진 것이 우연처럼 느껴지지만은 않소만?"

구융은 되레 웃음을 터트렸다.

"으하하! 하면 내가 소가주에게 장보도를 받고, 그 대신 오늘의 일을 미리 대비하라 일러 주었다는 겐가? 글쎄, 회의 존속과 보물을 바꾸기에는 회를 통해 내가 얻을 수 있는 이익이 훨씬 많거늘."

그때 팔짱을 끼고 있던 팽원이 나섰다.

"황군 수송대가 남긴 보물이 어떤 보물이냐에 따라 다를 겁니다. 의심이 쉽게 가실 만큼 완벽한 근거는 아니었습니다."

궁지에 몰린 구융을 도운 건 가불진이었다.

"크흠, 지금은 이런 쓸데없는 의심보다는 놈이 원룡회의 존재를 얼마만큼 알고 있냐는 것에 주목하는 것이 좋겠소. 대자사의 일을 떠들고 다닌다면 어떻게든 정리하는 편이 이롭소."

사강도 고개를 끄덕이며 동조했다.

"같은 생각이외다. 산동악가가 지금의 일을 대외적으로 불거지게 한다면 여럿이 곤란해지오."

구융을 의심하는 무리와 구융을 옹호하며 결속해야 한다는 무리가 팽팽히 대치된 그때였다.

침묵하던 성하칠검 배호가 입을 열었다.

"그런데 뭐 하러 여기까지 왔을까?"

여희가 눈을 빛내며 물었다.

"그게 무슨 말이지요?"

"다들 생각해 보시오. 회의 존재를 알았다면 비무 대회의 초빙을 거절한 후에 우리의 악행을 대외적으로 떠들고 다녔으면 그만일 것을. 굳이 비무 대회에 와서 소란스럽게 하는 연유가 궁금하지 않으시오? 여기는 호랑이 굴이나 다름없는데 말이오."

모두가 입을 다물었다.

악운의 의중을 쉽게 파악하기가 힘들었기 때문이다.

"내가 보기에 놈은 어떤 이유로든 회에 대해 면밀히 알아가고 싶은 것이오. 이를 잘만 이용하면 새로 영입할 인사가 생긴 걸 수도 있지 않겠소? 인식의 전환을 하자는 얘기요."

갑작스런 배호의 제안에 제일 먼저 의견을 꺼낸 인물은 구융이었다.

"배 당주의 의견엔 반대일세. 제대로 검증도 없이 회에 영입할 수는 없는 노릇이지."

황정이 씩 웃었다.

"보물의 위치를 우리에게 공유하는 것이, 곧 한배를 탔다는 것을 검증하는 것 아니겠소? 나는 괜찮은 제안인 듯싶소만?"

"저 역시 찬성이에요."

"동감입니다."

여희와 팽원이 연이어 동의하고 나섰다.

고심하던 사강이 말했다.

"나는 중립을 택하겠소."

한 발을 빼는 사강과 달리 악운에게 원한이 있는 가불진은 여전히 강경했다.

"놈은 회의 적이며, 투자금을 모두 가로채 갔소. 차라리 함께 작심하여 놈을 제거하는 쪽에 무게를 실어야 하오!"

"진정하시오."

구용은 흥분한 가불진을 말린 후 계속 말을 이었다.

"모두가 원하니 그렇게 합시다. 단 여러분들께 새로 제안할 것이 있소."

구용의 입가에 미소가 서리기 시작하며 그의 손끝이 팔걸이를 툭툭 두드리기 시작했다.

그때 팽원이 모두에게 물었다.

"그 전에 다른 분들의 고견을 좀 듣고 싶습니다. 매번 남궁세가 안에서만 두문불출하던 남궁가의 소가주는 이곳에 대체 무슨 이유로 방문한 겁니까? 최근에 남궁세가가 악운과 손을 잡았다는 얘기가 간간히 들리던데, 혹여……."

구용이 조소한 후 단호히 말했다.

"장 국주의 동행으로 참석했네."

"혹여 그가 악운의 숨겨진 조력자인 것은 아닙니까?"

"천하의 남궁세가가 산동악가 소가주의 수족이 되었다? 천하가 비웃을 일이지. 절대 그럴 일은 없네. 남궁진은 그저 장 총관과 동행하여 잠시 무림 출도를 나왔을 뿐, 그 이상도 그 이하도 아닐 것이야. 심지어 그 두 명이 따로 만나 친분을 나누는 것을 본 문도가 한 명도 없네."

대부분이 동의한다는 듯 고개를 끄덕였다.

전야제를 망친 탓일까?

악운 주변을 잔뜩 경계하며 지키고 있던 대총문의 정예 검대(劍隊)가 일제히 물러났다.

악운과 호사량이 의외의 상황이라고 대화를 나눌 때쯤 손님이 하나 찾아왔다.

놀랍게도 호사량의 예측이 맞아떨어졌다.

찾아온 손님은 다름 아닌……

"전야제에서 날 봤을 것이오."

배호가 검병을 탁자 밑에 기대어 두며 입을 열었다.

"배호요."

악운이 고개를 끄덕였다.

"잘 압니다. 강서 칠대 고수 중 한 분이시라고."

"딱히 외부의 명성은 크게 신경 쓰지 않소. 그저 적당히 목숨 줄 이어 가며 살면 그만인 것이지. 그보다……."

배호가 의자에 등을 기대며 말을 이었다.

"갑자기 대충문의 무사들의 경계가 사라진 것은 충분히 느꼈다고 생각하오."

"그것이 배 대협과 관련이 있습니까?"

"어느 정도는 있소. 구 문주의 양보 덕분에 합의점을 도출했고, 그 합의점의 시작이 나였으니."

호사량이 물었다.

"합의점이라면 어떤 것을 이야기하는 것이오?"

"그대가 회회검사(回回劍士)로군."

"나 역시 명성은 크게 신경 쓰지 않소. 하시던 말씀이나 계속해 보시오."

"좋소. 석균평에게 얼마나 들었는지는 모르겠으나, 나 역시 대자사와 연이 닿아 있소. 구 문주를 언급했다면 당연히 나 역시도 얘기했겠지만."

"그래서요?"

"소가주에게 제안을 하나 하고 싶소. 이참에 우리와 손을 잡는 것은 어떻소? 반대도 있기는 하지만, 다들 동의한 일이오."

악운이 그간 언급하지 않던 회의 이름을 꺼냈다.

"원룡회에서 말이지요."

"역시 많은 걸 아는군. 산동성에 군림하기 시작한 산동악가의 후계자인 데다 약관도 안 되어 화경이란 경지에 이른 놀라운 실력의 소유자가 회에 대해 안다는 건 우리 입장에서는 큰 부담으로 작용하오."

호사량이 끼어들었다.

"해서…… 원하는 것이 무엇이오?"

"우린 소가주를 회에 영입하고 싶다고 이야기하는 것이오. 이것이 현재 모두의 의견이고 그중 일부는……."

배호의 눈이 사납게 번뜩였다.

"소가주의 도움을 받아 대총문의 구 문주를 정리하는 게 어떨까 싶소."

악운은 조용히 고개를 끄덕였다.

'부각주의 말대로 됐군.'

어떤 식으로 상황이 전개될지는 모르겠지만 그들은 분열을 시작한 것처럼 보였다.

"나를 영입하여 보물을 나누고, 대총문의 문주를 정리하겠다 이겁니까?"

"그렇소. 말이 잘 통하는군."

"여긴 대총문의 안방입니다. 수많은 눈이 지켜보고 있는데 그게 가능하겠습니까?"

"그래서 소가주의 도움이 필요한 것이오. 소가주가 구 문주에게 이리 설득하시오. 의심스러우니 최소한의 동행만 하여 함께 보물이 있는 위치로 오르자고……."

"그다음엔?"

"회(會)의 대다수가 구 문주를 정리하겠다고 마음먹었소. 그들과 내가 손잡고 구 문주가 데려온 문도들을 정리하겠소.

그 사이에 소가주가 구 문주를 죽이시오. 명분은…… 구 문주와 그의 편에 선 회의 인물들이 보물에 눈이 멀어 다투다 죽은 걸로 처리할 것이오."

악운이 담담히 대답했다.

"하긴……. 죽은 자는 말이 없지요."

"동의하는 것으로 알면 되겠소이까?"

회심의 미소를 짓는 배호를 보며 악운이 대답 대신 호사량을 쳐다봤다.

"부각주는 어찌 생각하십니까."

"나쁘지 않은 제안 같소. 받아들이는 것이 좋겠소."

"동의합니다. 의견이 같으니 큰 이의 없이 받아들이도록 하지요."

의외로 순순히 받아들이는 두 사람을 보며 배호는 조금 놀란 표정을 지었다.

"의외로군. 듣기로 산동악가는 불의를 용납지 않는 가문이라 들었는데 말이요."

호사량이 차갑게 대답했다.

"불의를 용납지 않으려면 그만한 힘이 있어야 하는 법이요."

"그렇다는군요."

악운이 동조하듯 입을 떼자, 배호가 히죽 웃었다.

'결국 네놈들도 우리와 다를 바가 없는 자들이로구나.'

배호는 내심, 그리 생각한 후 자리에서 일어났다.

"그럼 내일 당장 회에 속한 이들과 면을 트고 이 일에 대해 상의해 보는 게 좋겠소. 그 후에 곧장 출발하면 되겠군."

"글쎄요. 협의가 끝나도 나흘 정도는 여유를 두고 움직였으면 합니다. 닷새 후 새벽에 움직이도록 하지요."

"그럴 연유라도 있소?"

"천하사패의 일 인과 목숨을 건 싸움을 해야 합니다. 부족한 연공을 돌아보고, 몸을 최상으로 끌어올리는 데 필요한 시간입니다."

"일리 있는 말이로군. 알겠소. 나와 이 대계를 같이 도모하는 이들에게 그리 말해 두도록 하겠소. 구 문주에게는 장보도에 시선이 빼앗긴 자들을 비무 대회의 화제성으로 분산시켜야 한다는 주장 정도가 좋겠군."

"그리하시지요."

"그럼 이만."

그렇게 악운 일행과 조율을 마친 배호는 빠르게 문 밖으로 사라졌다.

그 뒷모습을 바라보던 호사량은 이윽고 기척이 사라진 것을 확인한 후에야 입을 열었다.

"화끈해질 판이 깔리기 시작하는군. 설레기까지 하는구려."

악운이 헛웃음을 흘렸다.

"그것도 병입니다."

"아오. 누구보다 잘."

악운이 생각하기에 호사량은 뻔뻔한 게 매력이었다.

≈

"문제가 생기는 건 아니겠소?"

장 국주가 창을 닫으며 남궁진에게 물었다.

"어차피 책임지는 건 나요."

남궁진의 단호한 대답에 장 국주가 쭈뼛거렸다.

"뭐, 그렇긴 하오만……."

장 국주가 머쓱하게 대답을 마친 지 얼마쯤 흘렀을까?

밖에서 기척이 느껴지더니 이윽고 나직한 목소리가 들렸다.

"청하신 다과를 가져왔습니다."

남궁진의 눈빛이 날카로워졌다.

"다과를 시켰소?"

장 국주가 슬쩍 튀어나온 배를 매만지며 말했다.

"조금 출출해서……."

"그렇군."

"어서 들게."

장 국주의 허락이 떨어지자 시종 한 사람이 다과상을 가지고 안으로 들어왔다.

남궁진의 눈에 이채가 흘렀다.

"뭔가 할 말이 있는 눈치군. 아니오?"

다과상을 놓은 시종이 고개를 끄덕였다.

"예, 실은 산동악가 소가주께서 보내셨습니다. 전언이 있다고……."

"원한 일은 충분히 했소."

"그렇게 말씀하실 거라고 하셨습니다."

"하면 추가로 내게 뭔가를 원하는 것이오?"

"실은 소가주 때문에 온 것이 아닙니다."

시종의 시선이 천천히 장 국주에게로 향했다.

장 국주가 헛기침을 했다.

"크흠, 나?"

"예. 거래를 청하셨습니다. 큰 이익이 되실 거랍니다."

일전에 악운의 거래를 받아들여 큰 이익을 보았던 장 국주는 귀가 솔깃해졌다.

'위험하긴 하겠지만…….'

장 국주는 이번에도 참지 못하고 대답했다.

"들어 보고 결정하겠네."

"소가주도 들으실 겁니까?"

"왜, 나는 들으면 안 되오?"

"참여한다고 동의하신 후에 들려드리라고 시키셔서……."

남궁진이 와락 인상을 구겼다.

"나를 아주 가지고 노는군."

탁!

탁자에 소왕검을 소리 나게 내려놓은 남궁진은, 말투에 담긴 짜증과 달리 어느새 장 국주 옆에 자리를 잡고 앉았다.

"거참, 어차피 앉을 거면서……."

장 국주가 소심하게 중얼거렸다.

"뭐라 하셨소?"

"아, 아니오. 자, 계속해 보게."

장 국주가 서둘러 화제를 돌렸다.

❧

시간이 흘렀다.

옥화산은 화제의 중심에 섰다.

산동악가의 소가주가 옥화산에 숨겨진 보물의 장보도를 쥐고 있다는 소문이 일파만파 퍼진 것이다.

강서 최대의 비무 대회인 포양 비무 대회로 인해 쏠린 수많은 인파가 장보도를 주목했다.

그동안 비무 대회가 어느 때보다 열띤 분위기 속에 진행됐다.

와아아아!

강서성뿐 아니라 인근 성에서도 모여든 수많은 고수들은 관중들이 보는 곳에서 다양한 검증을 거쳐야 했다.

비무 대회를 신청한 인원만 오백여 명.

그중 칠인(七人)의 고수를 선발하기 위한 과정은 삼 단계였다.

첫 단계는 외나무다리에서 이뤄졌다.

비무장에 외나무다리를 놓고 상대보다 빨리 반대편으로 가는 게 목표인 것이다.

얼마 전 석호 부녀를 도우려 했던 일행의 노인도 선발전을 시작한 청년을 지켜보는 중이었다.

'소주(少主), 힘내시오.'

이윽고, 함성 소리와 함께 선발전이 시작됐다.

와아아!

소주는 빠르게 상대를 외나무에서 떨어트리며, 그 누구보다 매서운 속도로 이동했다.

노인의 입가에 기특한 웃음이 맺혔다.

'보고 계십니까, 주군? 소주가 저리 장성했습니다.'

노인은 비참하게 떠나보낸 주군, 백해검수(百海劍手) 나헌을 떠올리며 회상에 잠겼다.

구융과 의형제를 맺으며 명성을 날렸던 그는, 와룡검문의 사강이 그 자리를 차지하기 전까지만 해도 강서 칠대 고수 중 일 인이었을 만큼 강했고 명망이 높았다.

하지만.

세력이 급격히 불어날수록 구융은 나헌을 견제했고, 나헌을 지지하는 세력을 고깝게 여겼다.

결국 구융은 최악의 선택을 했다.

'쓰레기 같은 놈······!'

노인의 시선에 단상에 앉아 거드름을 피우고 있는 구융의 모습이 보였다.

구융은 의형제이자 벗이었던 나헌을 철저히 망가트렸다.

화봉궁의 궁주와 손을 잡고 나헌의 정신을 파괴했고, 한 마을을 몰살시키게 만들었다.

아직도 나헌이 남긴 유서는 노인의 머릿속에 생생했다.

눈물 자국이 남은 유서 끝줄.

─미안하네, 여립.

그 한마디.

그 후 나헌은 모멸감에 자결을 택했고, 구융은 나헌과 관련된 모든 세력과 가족을 마인이라고 부추겨 모두 죽이거나 추방했다.

비사가 담긴 나헌의 유서는 무사히 회수했으나 당시 그를 믿어 줄 이는 모두 죽었다.

'소주를 지키는 게 최선이었었지.'

나헌의 마지막 자식인 소주는 이 모든 사실을 성장하며 알게 됐고, 오랜 시간 노인과 함께 오늘이 오길 기다리면서 수

련했다.

'이제 때가 온 것이야.'

만인(萬人)들이 보는 앞에서 우승을 하고, 과거의 진실을 밝히는 것이 소주와 오랜 세월 꿈꿔 온 일이었다.

현실은 달라지지 않을 테고 믿는 사람이 없을지도 모른다.

하지만 그럼에도 소주는 공명정대한 방법으로 부딪치고자 결정했다.

복수에 눈이 먼 협잡은 아버지의 뜻을 잇는 게 아니라면 서.

"기대하거라, 구융……!"

여립은 단숨에 첫 번째 선발전을 통과하여 환하게 웃고 있는 소주를 따뜻한 눈으로 응시했다.

어느 때보다 소주가 자랑스러웠다.

＊＊＊

"이제 비무가 코앞이네요."

여립과 마주 앉은 나민이 미소 지었다.

"고생 많으셨소, 소주."

"아니에요. 두 번째, 세 번째 단계도 전부 할 만했어요. 그간 수련한 것에 비하면 아무 것도 아니었습니다."

이틀 동안 진행된 선발전.

그중 나머지 단계는 각자의 성취를 시험해 보는 선발이었다.

화강암 석판을 내공으로 어느 정도 깊이를 남길 수 있는지가 두 번째 시험이었고, 세 번째는 임시로 세워진 종탑을 선착순으로 치는 시험이었다.

그렇게, 칠 인이 선별된 것이다.

"아깝게 부전승은 못 따냈어요."

"다행이오. 정말로⋯⋯."

부전승은 종탑을 가장 빨리 친 사람으로 택해졌다.

나민은 두 번째로 종탑을 치게 되어 부전승을 얻어 내진 못했다.

온몸이 상처투성이였지만, 그녀는 어느 때보다 환하게 웃어보였다.

비로소 목적에 한 발 다가갈 수 있게 됐으니까.

"꼭 아버지의 일을 만인들 앞에 밝힐 겁니다."

"정말⋯⋯. 후회 없으시겠소?"

"네, 없습니다. 절대로요."

"구융이 소주의 삶을 망가트릴지도 모를 텐데?"

"늘 말씀드렸지만 지레 겁먹어 무기력해지고 싶지 않아요. 전 제가 할 수 있는 일을 할 겁니다."

"고집스럽기는⋯⋯."

"전부, 숙부께서 가르쳐 주신 거잖아요."

씩 웃어 보인 나민이 손뼉을 부딪치며 말을 이었다.

"참, 산동악가 소가주에 관한 소문 들으셨어요? 요즘 난리
도 아니던데요."

"들었소. 구융은 아니라고 못 박았고 산동악가 소가주 역
시, 이 부분에 대해 침묵하고 있다고 하오."

"사실일까요?"

"그럴 수도 있겠지. 그리고 만약 그게 사실이라면 구융과
손잡을 수밖에 없을 게요. 옥화산은 구융의 영역이니까……."

"들리는 소문에 의하면 악가의 소가주는 단호함이 칼날 같
아서 그 어떤 세력 앞에서도 고집을 꺾지 않는다던데요?"

"소문은 그저 소문일 뿐이라오."

"그렇겠죠……?"

여립은 대답 대신 조용히 나민의 표정을 살폈다.

"혹시 소주…… 악 소가주에게 흥미라도 있으신 것이오?"

"아니에요. 흥미는 무슨. 당장 넘어야 할 산도 많은데요."

나민을 보는 여립의 눈에는 안쓰러움이 담겼다.

"이쯤에서 포기해도 괜찮소. 정말…… 차라리 소주의 삶
을 사는 것이 나을지도 모르오."

"이걸 택한 것도 제 선택이고, 제 삶입니다. 아버지의 진
실을 규명하는 것도 제 몫이고요."

"알겠소. 더는 말리지 않으리다."

"죄송해요, 고집 부려서."

"오히려 내가 미안하오. 매번 큰 힘이 되어 주지 못해서……."

"늘 곁에 계셔 주신 것만으로도 충분합니다. 남은 건 제게 맡기세요."

나민의 위로에 여립도 웃으면서 고개를 끄덕였다.

내일이 되면, 여립을 떠나 대총문의 대장원으로 향하게 되리라.

࿎

선발전을 통과한 칠 인의 고수들은 외부의 객잔이 아닌 대총문의 장원 안에서 머물 수 있게 됐다.

본선 비무를 치르기 전 하루 정도의 휴식이 주어졌다.

지정된 방에 짐을 푼 나민은 운기를 하고 몸을 회복하는 데에 집중하며 시간을 보냈다.

그렇게 새벽녘이 찾아왔다.

나민은 조용히 객당 밖으로 나섰다.

늘 자신의 곁을 지켜준 여립의 곁을 떠나니 묘한 적적함이 느껴진 것이다.

−세월이 오래 흘렀소. 옥화관에는 나를 알아볼 자들이 전무하다시피 하오. 하지만 장원 내부는 다른 얘기요. 요직

에 있는 자들은 나를 알아볼 자들이 일부 있을 것이오. 외
부에서 계속 지켜보겠소.

나민은 여립과의 대화를 떠올리며, 머물고 있는 하동각(賀
棟閣)의 방을 점차 벗어났다.

정처 없는 걸음이 이어졌다.

'아버지를 짓밟고 세워진 전각들이겠지……'

높고 크게 지어진 전각들은 화려했고 웅장했다.

그래서 더욱 슬펐다.

생각에 잠겨 얼마쯤 걸었을까?

걸음을 옮기던 그녀는 맞은편에서 달을 보며 뒷짐을 지고
서 있는 한 청년을 보았다.

청년도 기척을 느낀 듯 나민이 서 있는 쪽을 천천히 돌아
섰다.

"방해가 되었다면 미안합니다. 정처 없이 걷다 보……."

말을 잇던 나민은 이내, 그 자리에서 잠시 얼어붙었다.

'옥룡불굴……'

여립과 대화를 나누며 언급했던 산동악가의 소가주가 틀
림없었기 때문이다.

"괜찮소."

"예. 그럼……."

잠깐 놀랐었던 나민은 정신을 차리고 아무 일 없던 것처럼

돌아섰다.

그때, 악운의 목소리가 나민의 발목을 붙잡았다.

"선발전 잘 봤소. 나 소협."

"제 이름을 어찌 아시고……?"

나민의 눈이 살짝 커졌다.

"호명될 때 들었소."

"아…….."

"나는 어찌 아시오?"

"최근 이 주변에서 소가주를 모르는 사람이 어디 있겠습니까?"

나민이 미소 지었다.

그의 잘생긴 얼굴은 쉽게 잊을 수 없을 만큼 인상 깊었다.

"그렇구려. 한데……."

뭔가 말을 이으려던 악운은 이내 고개를 저었다.

"아니오. 그보다 이 야심한 시각엔 무슨 일로 나오셨소?"

"밤이 좋아서 나왔습니다. 평온하고, 고즈넉하고 그래서……. 소가주께서는요?"

"마찬가지요. 음— 잠깐만 기다려 보시겠소?"

"예."

악운은 바로 앞에 있는 전각 안으로 들어가서, 얼마 지나지 않아 작은 목갑을 가지고 나왔다.

"실례가 안 된다면, 왼손 좀 내 보시겠소?"

"예. 알겠습니다."

나민이 내민 왼손을 잡은 악운은 그의 손목 주변으로 침을 놓으면서 말했다.

"부러지진 않았지만 왼손이 조금 불편해 보이더군. 맞소?"

"그걸 어떻게 아시고……?"

"선발전 당시 부상 입은 걸 봤소. 제법 의원 흉내는 낼 줄 아니 믿어도 되오."

놀랍게도 악운이 몇 번 놓은 침은 얼마 가지 않아 간간히 거슬리던 통증이 씻은 듯 가라앉았다.

"이제 된 것 같군."

나민의 손목을 잠시 지켜보던 악운은 꽂았던 침을 거두었다.

자연히 악운과 밀착된 나민은 그로 인해 잠시 악운을 가까이서 보게 됐다.

흑요석 같은 그의 눈은 무척 맑았고, 목소리에는 다정함이 느껴졌다.

단언할 수 없지만 구웅 같은 자와 손을 잡을 거란 생각이 이상하게 들지 않았다.

"자, 됐소."

악운의 말이 끝나기 무섭게 나민은 왼손이 날아갈 듯 가벼워진 걸 느꼈다.

"어떻게 하신 겁니까? 정말 놀랍네요."

악운이 희미하게 미소 지었다.

"의원 흉내 정도는 가능하다 했잖소."

"은혜를 입었습니다. 어찌 갚아야 할지……."

"큰일도 아니니 부담 갖지 마시오. 오늘 이리 만난 것은 우연이 인연이 되어서일 테니, 나는 이제부터 나 소협의 우승을 바라겠소."

"고맙습니다."

포권을 취하는 나민에게 악운이 조용히 미소 지었다.

그렇게 서로를 한참 마주보고 서 있던 그때.

악운이 넌지시 나민을 불렀다.

"저, 나 소협."

"예?"

"이 전각이 내가 머무는 곳이라……."

"참, 제가 가야 되는군요. 실례가 많았습니다."

홍시처럼 얼굴이 붉어진 나민이 황급히 자리를 떠났다.

악운이 피식 웃은 후 그런 나민의 뒷모습을 그윽한 눈으로 바라봤다.

그런 악운의 곁으로 호사량이 걸어 나왔다.

"웬 손님이요?"

"우연히 조우했습니다. 사연이 좀 있어 보이더군요."

"사연?"

"네. 아름다운 여인이 남장을 하고 비무 대회에 나왔다면,

뭔가 그럴 만한 사연이 있어서가 아니겠습니까?"

"너무, 마음 쓰지 마시오. 모두의 사연을 소가주가 감당할 수 있는 건 아니라오."

"네, 알고 있습니다."

"대신 우린 우리가 할 수 있는 최선에 집중해야겠지."

"예, 그래야지요."

"난 다시 들어가 보겠소."

"예."

악운은 돌아선 호사량을 따라가려다 문득 그녀가 향한 곳을 다시 돌아봤다.

한데 그녀를 따라다니는 그림자들은 뭐지? 호위인가?

악운의 눈에 의문이 감돌았다.

머물고 있는 전각으로 다시 돌아온 나민의 눈동자가 파르르 떨렸다.

방금 전 악운과의 다정한 대화가 순식간에 머릿속에서 지워질 만큼 소름끼치는 목소리를 들은 것이다.

"늦게 오는군."

구융이었다.

"대충문의 문주께서 이 야심한 시각에 한낱 비무 대회 참가자를 찾아온 연유가 무엇입니까?"

"역적인 나헌의 무공 대신 다른 무공을 익힌 모양이더군. 그러니 내가 전혀 못 알아봤겠지."

그녀는 재빨리 모른 척했다.

"글쎄요. 무슨 말씀을 하시는지 모르겠습니다만……."

"나와 연이 없는 자의 무공을 익히고, 남장까지 하고 나타날 줄이야."

그의 말대로 나민은 들키지 않고자 나헌의 먼 친척인 화운검객의 무공을 익혔고 남장까지 했다.

화운검객은 나헌이 구융에게조차 한 번도 언급하지 않은 유일한 사람이라고 여립이 그랬다.

헌데, 어떻게……?

나민은 애써 침착함을 유지하려 노력했다.

"오해를 하신 것 같습니다. 저는 여립이란 사람을 모릅니다."

"방금 말한 건 어디까지나 너의 관한 얘기다. 하지만 여립은 다르지. 난 여립을 잊지 않았다. 오히려 늘 되새겼고, 옥화관 내에 내 입김이 닿는 모든 곳에 여립의 용모파기를 숙지하도록 했지."

"도통 모를 말씀만 하시는군요."

"계속 부정해 봤자 소용없느니라. 이미 여립은 추적대를 보내 끌고 오고 있다. 조만간 이곳에 도착하겠구나. 그러니 그만하고 조용히 나를 따르겠느냐."

구융은 여립의 상상 이상으로 집요했다.

나민조차 그가 아직도 여립을 기억하고 뒤쫓고 있는지는 예상 못 했다.

쉽게 입을 열지 못하는 나민에게 구융이 싸늘한 미소를 머금었다.

"아, 하나 더 알려 주자면…… 객잔 안의 소란에 네가 나서려는 모습이 포착되었다. 네가 나를 도운 게지."

나민의 얼굴이 하얗게 질렸다.

⚜

"나는 네년과 여립 그놈을 쉽게 죽이지 않을 것이다. 호랑이 굴에 제 발로 들어왔으니, 괴롭히고 가지고 놀다 천천히 죽여 주마."

나민은 눈을 부릅떴다.

처음으로 공포란 감정이 몸을 지배했다.

그건 죽음에 대한 두려움이 아니라, 하나 남은 가족인 여립이 죽을지도 모른다는 두려움이었다.

'나 때문에……!'

검을 쥔 채 부들부들 떨기만 하는 나민을 구융이 조소하며 내려다보았다.

"당신이 내 가족들을 모조리 죽였어."

"그래. 아주 쉬웠지. 내 함정에 걸린 수치심에 모멸감을 느끼다 자결한 네 아버지 덕에 잔당을 처리하는 데 불과 칠 주야밖에 걸리지 않았느니라. 그러니 내가 세운 대총문을 넘보지 말았어야지."

"닥쳐!"

"그리 소리 질러 봐야 아무도 널 도우러 오지 못한다. 내 문도들이 이 주변을 포위하고 그 어떤 외인도 너의 이야기를 들을 수 없게 했지. 그러니 포기해라, 네 아버지처럼."

나민은 쥐고 있던 검을 천천히 놓았다.

그녀는 솟아오르는 눈물을 꾹 눌렀다.

이렇게 끝내고 싶지 않았다.

하지만 모든 상황이 실패라고 말하고 있었다.

'결국…… 끝일까?'

마침내 그녀의 눈이 절망감에 휩싸이려던 그때였다.

장포 자락이 펄럭이는 소리와 함께 누군가 지붕에서 소리도 나지 않게 내려앉았다.

나민의 눈이 천천히 커졌다.

청년의 얼굴이 달빛에 반사되어 드러났기 때문이다.

"소……가주께서 여긴 어떻게……?"

악운이 희미하게 미소 지었다.

"우연히."

우연이 인연이 되는 순간은, 찰나면 충분했다.

구융의 눈썹이 꿈틀거렸다.

"이건 본 문의 개인적인 행사이거늘. 어디까지 오만방자하게 굴 셈이더냐."

악운은 나민의 앞을 가로막듯이 걸음을 옮긴 후 대답했다.

"아직 내게 원하는 게 남아 있지 않습니까? 회에서도 구문주께서 나를 배척하는 것에 대해서는 부정적일 텐데요."

"영악하구나. 하지만 이번에는 순순히 물러나 줄 생각이 없다. 역적의 자식이 남장을 하고 나를 암살하기 위해 예까지 온 것은 알고 지껄이는 것이더냐?"

"남장은 이미 알고 있었고 나머지는 도착하기 전에 들었습니다. 하지만 자비를 베풀고 물러나 주시지요."

"어떤 의도를 갖고 온지도 모르는 저년에게 자비를 베풀라는 것이냐? 그보다……."

구융이 눈을 가늘게 떴다.

"왜 이리 발 벗고 나서는 것이지?"

악운은 크게 고민하지 않고 대답했다.

"마음에 들어서."

"혼인이라도 할 참이더냐?"

"못 할 것도 없지요. 그러니 이쯤 하고 물러나 주시지요. 후학의 연모지정 정도는 감싸 주실 용의가 있지 않겠습니까? 한배까지 탄 마당에."

구융은 잠시 고심하는 듯했지만, 의외로 순순히 악운의 뜻을 받아들여 주었다.

"오냐. 물러나 주마."

"방금 언급했던 나 소저의 동행 역시 제게 보내 주십시오."

"좋다. 단 그자들이 쓸데없는 사달을 벌였을 시 그 모든 책임은 네놈이 감당해야 할 것이다. 알겠느냐?"

"어려울 것 없지요."

결국 구융이 길게 늘어트린 장포를 소리 나게 펄럭이며 돌아섰다.

"머지않아 네 오만방자한 그 얼굴을 짓밟아 주마."

그의 대답이 끝나기 무섭게 야행복을 입은 검대가 포박되어 있는 여립을 데려왔다.

"숙부!"

"소주⋯⋯!"

애타게 부르는 두 사람을 보며 구융이 혀를 찼다.

"도태되고 나약한 것은 예나 지금이나 똑같구나, 여립."

"내가 자결하겠다. 그러니 그만 소주를⋯⋯!"

그의 대답만 보더라도 나민의 걱정에 크게 반항하지 않고 순순히 포박된 게 분명했다.

구융이 조소했다.

"쓸데없는 짓 하지 말거라. 너희 두 놈의 명줄은 저자 덕분에 조금 연장되었으니……. 운이 좋았구나."

그 후 얼마 지나지 않아 구융과 그의 검대(劍隊)는 세 사람을 두고 자리를 떠났다.

나민이 아찔했던 마음을 다잡으며 황급히 여립에게 달려갔다.

"다치신 데는요!"

"괜찮소, 나는. 그보다……."

여립은 포박을 풀어주는 나민의 어깨 너머로 악운을 응시했다.

"귀하는…… 산동악가의 소가주로군……."

나민이 대신 대답했다.

"맞아요."

여립을 부축하며 일어난 나민이 악운에게 다가가서 말했다.

"제가 남장을 했다는 걸 어떻게 알고 계셨죠?"

"설사 내공으로 성대를 변형해 사내 목소리를 낸다고 해도 그 정도 구분은 가능하오. 비공(鼻功)을 통해 목소리를 사내와 흡사하게 냈지 않소."

윤마후토공을 통해 목소리를 언제든 바꿔 낼 수 있는 악운에게 있어, 콧소리를 통해 목소리를 변조한 그녀의 비공은 금세 알아볼 수 있는 수준이었다.

"그렇군요……."

"본래 이름이 나민인 건 맞으시오?"

"아뇨. 제 이름은 나은신이에요."

"그렇군."

"우선은 감사드려요. 저와 숙부의 목숨을 살리셨어요."

"감사 인사는 괜찮소. 그보다 내게 하실 말씀이 많은 것 같은데."

"방금 전에 구융과 한배를 탔다는 이야기를 들었어요. 사실인가요?"

그녀의 나직한 물음에 악운은 고개를 끄덕였다.

"맞소, 당장은."

"그럼, 저는…… 숙부의 목숨을 살리는 대신, 평생을 싸워야 할 원수의 동료에게 구명받은 셈이군요."

옆에 있던 여립이 눈을 부릅떴다.

"그게 무슨……?"

"소문이 사실이었던 거예요. 산동악가 소가주는 장보도를 구융에게 공유하고 이익을 나누기로 손잡은 게 틀림없어요."

악운은 크게 동요하기보다는 그녀에게 다가가서 말했다.

"힘들 것이오. 수치스러울 것이고. 소저의 말대로 나는 구융과 손을 잡았으니까."

"그래서…… 소가주에게 은혜를 입은 만큼 꾹 참고 있어요. 그제 제가 지킬 수 있는 최소한의 예의예요."

악운은 쓰게 웃었다.

그녀의 눈에 자신은 이제, 구융과 크게 다를 바 없는 사람처럼 보일 것이다.

"고맙소. 끝까지 예의를 지켜 줘서. 그리고…… 충고 하나 해도 되겠소?"

대답 없는 그녀에게 악운은 담담히 말을 이었다.

"도착하기 직전, 구융이 한 말을 통해 부친을 억울하게 잃었다는 것을 들었소. 그러니……."

나은신은 보나마나 뻔한 대답일 거라 생각했다.

이미 목숨이 경각에 다할 뻔했고, 구융이 정체를 알아 버렸으니 이쯤에서 그만두라고.

복수든 대의든, 무엇이든 다 접어두고 본인의 삶을 살라고.

'뻔해.'

그녀의 눈이 깊게 가라앉은 그때였다.

악운이 힘주어 말했다.

"비무 대회는 포기하지 마시오. 할 수 있는 한 끝까지 싸우시오. 무사히 원하는 우승을 획득하고, 수많은 관중이 보는 앞에서 과거의 진실을 규명할 때까지 계속."

의외의 얘기에 그녀는 잠시 할 말을 잃어버렸다.

"구융은 제 정체를 알아 버렸고, 저와 숙부는 소가주 덕분에 겨우 구명받았어요. 그런데도 계속 나아가란 건가요?"

"싸움은 안 끝났고, 소저는 아직 살아 있소. 그럼……."

악운의 눈에 잠시 푸른 빛이 휘돌았다.

"계속 싸워야지. 힘이 닿는 한."

나은신은 그 말을 끝으로 돌아서는 악운을 하염없이 바라만 봤다.

도통 그의 의중을 알 수가 없었다.

"대체…… 적일까요, 아군일까요?"

"글쎄. 나 역시 전혀 감이 잡히질 않는다오. 하지만 흘려버리시오. 이미 우리 계획은 끝난 것 같으니……. 이만 돌아갑시다."

나은신은 여립의 지친 눈을 보며 고개를 끄덕였다.

마음이 복잡했다.

꿍

수많은 관중이 대총문 장원에 설치된 대격장(大擊場)에 모였다.

대격장이라 이름 붙은 연무장은 비무 대회의 관중들을 포용할 수 있는 장원 부지 위에 세워진 화강암 비무장이었다.

사각형의 비무장이 내려다보이는 단상 위에는 초빙된 귀빈들과 구용이 앉아 있었고, 비무장과 이격되어 쳐진 금승(禁繩, 통제선)엔 대총문의 무사들이 관중을 통제하고 있었다.

이윽고, 북소리가 울렸다.

두둥! 두둥!

첫 번째 비무가 끝나고, 두 번째 비무가 시작됐다.

비무의 중재를 맡은 총성팔인 중 한 사람인 정웅이 나타났다.

"두 번째 대결을 시작하기 전에, 본래 홍(紅)의 자리에 대기했어야 할 무림 초출 나민 소협의 미참석으로 청(靑)의 자리에 있는 삼호무관의 아청 소협이 부득이하게 부전승으로 오르게 되었소!"

지켜보는 관중 여럿이 웅성거렸다.

무명소졸 나민의 활약을 기대했던 이들이 있었기 때문이다.

"아쉽게 됐는걸."

"생긴 것만 기생오라비같이 생겼지. 기세만큼은 웬만한 절정 고수도 저리 가라 할 만큼 강하던데 말이야!"

"신진 고수로 주목될 줄 알았는데, 김빠지는군!"

곳곳에서 나민에 대한 이야기가 들끓던 그때.

"늦어서 송구합니다!"

금승 사이를 날듯이 뛰어넘은 나은신의 등장에 관중석에서 일제히 환호성이 울려 퍼졌다.

와아아아!

나은신은 수많은 환호성 속에 걸음을 비무장을 향해 걸음을 옮겨 갔다.

한 걸음, 한 걸음 비무장을 향해 다가갈수록 여립과 한 말이 스쳐 지나갔다.

-우리의 의도가 구융에게 들킨 이상 소주의 행동은 그 어떤 의미도 없소. 지금은 그저 도망쳐서 소주의 삶을 사는 것이 가장 현명한 방법이오. 그럼에도 굳이 비무장에 가려는 이유가 무엇이오?

나은신은 잠깐 멈춰 서서 단상 위를 올려다보았다.
눈살을 찌푸린 구융이 보였다.
그리 멀리 떨어지지 않은 곳에 앉아 있는 악운이 들어왔다.
그 순간.
악운의 전음이 그녀의 머릿속을 울렸다.
　-싸울 준비는 되셨소?
나은신은 이내 시선을 돌리고 다시 비무장을 향해 걸어갔다.
　숙부의 말대로 두려웠고, 아무것도 얻을 게 없을는지도 몰랐다.
　의미 없는 비무가 될 수도 있었다.
　하지만 구융의 말이 가슴에 가시처럼 박혔다.
　아버지처럼 포기하란 그 말이…….
　'난 아직 살아남아 있으니, 어떤 방식으로든 싸울 수 있어.'
　결과 따위 알 바 아니다.
　그저 하고자 하는 것을 자유롭게 해 나갈 뿐.
　이미 이곳에 다시 돌아오고자 마음먹은 것부터 그녀는 모든 것을 내던지기로 결정했다.

"준비됐습니다."

검을 뽑아 든 나은신의 비장한 기세에 마주 서 있는 상대가 검을 쥔 손을 잘게 떨었다.

악운의 머릿속에 구융의 전음이 들렸다.

—어찌 책임질 것이냐.

—무엇을 말입니까?

—잡아떼려는 것이냐. 저년이 쓸데없는 사달을 벌일 시에 네가 책임지기로 했지 않으냐.

—그녀는 그저 비무를 우승하고자 정당한 참가자로 나섰을 뿐이고 아직 구 문주께는 어떤 해도 입히지 않았습니다. 제가 어떤 점에 있어서 문주님께 보상을 해야 합니까?

—오냐, 지켜보마.

동시에 구융의 수염이 파르르 떨렸다.

악운은 뒤쪽에 앉아 그 모습을 지켜보며 흡족한 미소를 희미하게 머금었다.

'큰 결심을 했군.'

악운은 상대와 격돌하기 시작한 나은신의 모습을 그윽한 눈길로 내려다보았다.

나은신의 검은 충분히 차분했다.

차분하다는 건 흥분기 없이 스스로의 마음을 잘 제어하고 있다는 뜻일 테고, 그건 그녀가 비무장에 나오는 결정을 충분히 숙고했다는 뜻이 된다.

'그녀는 구융을 무너트릴 또 하나의 축이 될 거야.'

시작은 우연이었지만 그것은 어떻게 정제하느냐에 따라 필연이 된다.

악운은 그녀를 지킴으로써 구융을 무너트릴 또 하나의 명분을 지켰다.

앞으로의 그녀의 존재는 구융을 불편하게 할 뿐만 아니라, 새로운 시대를 열게 할 구성원으로써 자리매김할 것이다.

'그것만으로도 그녀를 구할 가치는 충분했어.'

그때였다.

관중석에서 커다란 환호성이 터져 나왔다.

와아아아!

나은신의 검이 수십 합 만에 상대를 제압하고 검을 겨눈 것이다.

중재하는 정웅의 눈빛이 불편한 기색이 어렸다.

"홍(紅)의 나민, 승리!"

관중석의 한 사람이 소리쳤다.

"엄청난 검초다! 화예검협(花銳劍俠), 다음에도 이기라고!"

어느새 별호까지 붙은 그녀를 연호하는 목소리는 그녀가

검을 늘어트린 순간에도 끊이지 않고 계속 이어졌다.

나은신은 수많은 연호 속에서 다시금 구융을 응시했다.

그러고는 구융을 향해 당당히, 포권지례를 취했다.

"나는! 이 비무 대회에서 반드시 우승해 보일 것입니다!"

그녀의 외침에 수많은 관중들이 대단한 기백이라며 더욱 열광했다.

하지만 이 외침은 구융에게도, 악운에게도 단 한 단어로 들렸다.

멈추지 않겠다는 그녀의 '결의(決意)'로.

나은신의 활약과 함께 비무 대회는 점점 더 열띤 분위기로 흘러갔다.

사람들은 부전승을 포함해 살아남은 마지막 네 명의 참가자에 대한 얘기들로 북적거렸다.

옥화관의 인파는 점점 더 많이 몰렸다.

비무 대회뿐 아니라, 옥화산 보물의 비밀을 산동악가 소가주가 손에 쥐고 있단 소문 역시 수많은 무림인을 자극하고 있었기 때문이다.

그러나 옥화산이 구융의 영역이라는 것을 알기에, 누구도 쉽게 옥화산에 오르고자 하는 움직임을 보이지는 못했다.

그렇게 밤이 깊어갔다.

❧

번쩍!

운기를 마치고 눈을 뜬 악운은 마지막으로 밖으로 나설 채비를 시작했다.

호사량 역시 검대(劍帶)에 검을 차고 악운을 기다리고 있었다.

좌르륵-!

마지막으로 흑룡아를 허리에 찬 악운이 그 위에 장포를 걸쳐 입었다.

"여기 있소."

호사량이 악운 대신 탁자에 기대어 놓았던 주작을 건넸다.

"고맙습니다."

주작을 건네받은 악운이 손끝으로 창신을 가벼이 쓸어내렸다.

"긴장되는구려."

"긴 밤이 될 겁니다."

"알고 있소. 남아 있는 나는 크게 걱정하지 말고, 소가주나 걱정하시오. 나는 소가주가 부탁한 대로 행하겠소."

"예."

악운은 미소를 지어 주고는 주작을 들고 밖으로 나섰다.

머물고 있던 전각에서 조용히 빠져나온 악운은 빠르게 대장원을 벗어나 신형을 날렸다.

북문을 지나면 남쪽의 옥화로(玉化路)와 곧장 연결된 소로(小路)가 있었다.

악운이 소로에 접어든 지 얼마 지나지 않아 산의 초입이 나왔고, 산속 풀벌레 소리와 짐승 소리만 간간이 들릴 때쯤.

"늦었구나."

달빛조차 들지 않은 캄캄한 오솔길 쪽에서 구융을 비롯한 원룡회의 인원들이 모습을 드러냈다.

강서삼강의 가불진과 사강이 적의가 섞인 눈초리를 드러내고 있었고, 차분한 태도의 황정과 하북팽가의 팽원이 경계 섞인 눈빛을 보이는 중이었다.

얼마쯤 흘렀을까?

미혼술로 갈등을 빚었던 여희와 일전에 밀약을 맺은 배호 역시 늦지 않게 합류했다.

'역시 예상대로였군.'

원룡회의 구성원들은 전야제에서 악운이 추측했던 인원들과 조금도 다르지 않았다.

일행들 대부분은 각자의 호위를 두 명 정도로 데려왔고, 구융 역시 악운의 의도대로 총성팔인 중 두 명의 고수만을 데려왔다.

총성팔인 중, 당금 강서칠인고수를 대표하는 이 인(二人).

'참망옹(斬魍翁) 공근.'

'팔월검괴(八刖劍怪) 등범.'

형형한 눈빛이 인상적인 두 노인은 사나운 기세를 누른 채 악운을 노려보고 있었다.

"당장 네놈을 도륙하지 않은 것은 문주님의 선처 때문인 줄 알거라."

"놈도 알게요. 아주 잘 알겠지."

독설을 뱉는 두 사람을 보며 악운은 조금의 주눅 들지 않고 태연하게 대답했다.

"내 옷깃이나 벨 수 있겠습니까."

"이놈이……."

두 노인이 동시에 이를 갈았다.

하지만 그들은 악운에게 쉽게 덤벼들지 못했다.

악운이 강해서만은 아니었다.

구융의 엄중한 하명이 있었기 때문이다.

결국 지켜보던 구융이 나섰다.

"이쯤들 하지."

두 노인이 어쩔 수 없이 물러나자 구융이 악운에게 다가와

서 말했다.

"길을 안내해라. 과연 네놈이 말한 곳에 황군의 유산이 있는지 확인해 봐야겠다."

"그러시지요."

악운은 고개를 끄덕인 후 뒤에 있는 배호와 스치듯 눈이 마주쳤다.

배호의 말대로 원룡회의 분열이 시작됐다면, 구융과 두 명의 총성팔인은 오늘 이곳이 무덤이 되고 말 것이다.

타닥!

악운은 유산이 숨겨진 평은소(平恩沼)로 향했다.

달리기 시작한 악운의 뒤로 열댓 명이 넘는 고수들이 빠르게 뒤따르기 시작했다.

적의와 투기가 뒤섞인 팽팽한 전장(戰場)의 냄새가 났다.

꾸벅

석봉의 구출 소식을 듣던 전야제의 날.

악운은 남궁진으로부터 석봉의 관한 이야기를 듣게 됐다.

─엉망이더군. 입을 제외한 모든 부위를 박살 내었어. 의원이 아닌 나도 그가 앞으로 정상적인 삶을 살아갈 수 없다는 것쯤은 알겠더군. 대체 무엇을 위해 무공도 모르는 생사

람 하나를 이리 만든 거지?

전음을 통해서도 느껴진 남궁진의 노기에 악운은 솔직히 의외라는 생각이 들었다.

원하는 바만 얻으면 된다는 식의 대답을 하리라 예상했었기 때문이다.

하지만 남궁진의 대답으로 악운은 그가 생각했던 것보다는 조금 나은 사내라는 걸 고려하게 됐다.

악운 역시 분노했다.

'무림인도 아닌 자를 고작 황군의 유산 하나를 찾겠다고 망가트렸더라……. 하긴.'

대자사의 일로도 그들의 비천한 심성은 충분히 느꼈다.

그들은 그저 부를 위해 모든 것을 소모시킬 수 있다.

무림인이든 아니든 그것이 옳든 그르든.

화홍단을 제작한 귀약문을 없애고자 얼마나 많은 피를 흘려야 했는지조차 기억하지 못하는 것이다.

그런 자들이 부의 축적을 위해 수단과 방법을 가릴 거라는 생각부터가 모순이다.

야욕(野慾)을 만족시키기 위해 만든 먹이사슬의 최고점에 본인들이 있다고 믿을 테니까.

저벅-!

상념을 접을 때쯤 악운은 평은소에 도착했다.

숲속 은은한 달빛이 반사된 깊은 연못.

작은 배 한 척을 띄울 수 있을 만큼 깊고 넓은 연못 주변으로 악운을 따라온 고수들이 하나둘 도착하기 시작했다.

"평은소였단 말인가……."

구웅이 눈썹을 꿈틀거렸다.

산세 깊숙한 곳에 자리 잡은 못이긴 하지만 설마 황군의 보물이 못 안에 숨겨져 있을 줄은 예상 못 했던 것이다.

"석 공자에 의하면 황군 수송대가 남긴 유산은 못 아래 숨겨져 있습니다. 기관토목술을 통해 못 아래 유산을 숨긴 것일 테지요."

악운의 말이 끝나기 무섭게 장내가 무섭도록 조용해졌다.

원룡회의 고수들이 하나 둘 구웅 주변을 배회하듯 서며 천천히 병장기를 꼬나들었다.

'시작됐어.'

서로의 시선이 날카로운 칼날처럼 저며 들었다.

싸늘한 바람이 고수들 사이에 분 찰나.

검병을 쥔 배호의 실소가 터져 나왔다.

"큭…… 어리석기는."

그의 웃음을 기점으로 분위기가 급변했다.

가불진이 이글거리는 눈으로 말했다.

"오만한 것! 네놈의 뜻대로 본 회가 움직일 것 같았느냐?"

동시에 배호가 구웅이 아닌 악운을 향해 검을 겨눴다.

"산동이군을 무너트리고 천하오절의 일 인에게 인정받은 것까지는 인정하마. 하지만 세상 일이 모두 네놈 뜻대로 되는 것은 아니다. 네놈은 이해관계로 맺은 결속을 간과했다."

애초에 배호가 악운에게 제안한 구융을 쳐 내는 일은 원룡회가 모두 공유한 계획이었었던 것이다.

악운의 눈빛이 가라앉았다.

"그럼……."

구융이 이를 드러내며 득의한 웃음을 지었다.

"이제야 내 결정들이 이해가 가느냐?"

악운은 대답 대신 담담히 고개를 끄덕였다.

"구 문주, 당신 생각이었겠지. 배호 저자를 움직여 내가 원룡회에 속할 거라 믿게 한 것도, 석봉 공자를 빼앗긴 와중에 나 소저를 지켜보기로 결정한 것도…… 전부 다 오늘을 위해서."

"그래, 너의 죽음은 보물을 탐내고자 홀로 뛰어들었다가 황군이 숨겨진 주술과 함정에 죽음을 맞이한 것으로 세간에 알려질 것이야. 그것을 증명하는 건 이들이면 충분하지."

원룡회의 고수들이 악운의 주변으로 하나둘 포위망을 구축했다.

하나같이 명망 있는 자들이었다.

하북팽가의 팽원과 청성파의 황정은 말할 것도 없었고, 배호, 사강, 가불진, 공근과 등범은 강서 칠대 고수에 속해 있었다.

'그들이 입을 모아 구융의 말을 입증한다면?'

판을 뒤집을 증거가 없는 한 그들의 말이 진실이 된다.

나은신의 부친이 구융의 함정에 빠져 오명만 쓰고 자결했듯이, 그렇게.

이제껏 해 온 건 구융의 손아귀 안에서 놀고 있었음에 불과했던 것이다.

악운이 나지막이 읊조렸다.

"역시 그랬나."

그때 구융이 걸치고 있던 장포를 펄럭이며 본격적으로 온몸의 기를 방출하기 시작했다.

콰지짓!

"반항하지 말거라. 혹시 아느냐? 네놈이 순순히 내 손에 죽는다면, 네놈이 그토록 지키고 싶어 했던 자들의 목숨 정도는 살려 줄지……."

구융이 쐐기를 박으며 검을 뽑아 들자 악운을 둘러싼 고수들은 희희낙락 웃음을 터트렸다.

경멸과 조소가 느껴졌다.

하지만 악운은 되레 웃음을 지었다.

피식.

다가오던 구융의 눈썹이 꿈틀거렸다.

"왜 웃는 것이지?"

묘한 위화감이 구용의 발걸음을 멈추게 한 것이다.

그 순간 악운이 주작을 고쳐 쥐면서 말했다.

"배호, 저자가 방금 내게 그랬지. 오만하게도 너희들이 내 뜻대로 움직일 거라고 생각했다고."

"한데?"

"오해야. 난 당신들이 조금도 내 뜻대로 움직여 줄 거라고 생각하지 않았어. 그 반대지."

고요하던 악운의 기운이 점점, 사위를 압도하기 시작했다.

"처음엔 궁금했지. 원룡회란 작자들의 얼굴이."

악운이 주변을 둘러싼 원룡회의 고수들을 한 명씩 눈에 담았다.

그의 시선이 향할 때마다 고수들의 눈빛이 잘게 떨렸다.

고요해진 가운데 악운의 말만이 계속 이어졌다.

"배 대협, 당신 덕분에 원룡회의 모두를 이리 마주하게 됐고."

가불진이 수염을 파르르 떨며 외쳤다.

"그런다고 달라질 건 없느니라! 뭣들 하시오! 당장 저놈의 목을 칩시다!"

"갈!"

악운이 가불진을 향해 노호성을 터트렸다.

일갈에 담긴 가공할 내공이 산천초목을 뒤흔들었다.

"나는 너희가 너희 스스로 모습을 드러내기를 기다렸다.

황군의 유산은 그저 그러기 위한 기회였을 뿐이다!"

구융이 혀를 찼다.

"설사 그렇다 하더라도 가 장문인의 말대로 달라지는 것은 없다. 누가 너를 도울 수 있지? 그저 잠깐의 발악은 네놈의 상황을 반전시키는 데 하등 도움이 안 될 터. 차라리 무릎 꿇고 비는 것이 나을 게다. 조금 있으면, 본 문의 문도들까지 몰려올 것이다."

"걱정 마. 그 전에 모든 일이 끝날 거야."

여희가 앙칼진 목소리로 소리쳤다.

"뭐가 어쩌고 어째?"

그때였다.

누군가 빠른 속도로 다가오는 기척이 느껴졌다.

타닥!

이내 악운의 앞에 도달한 후 멈춰 선 그림자.

"왜 이리 늦어?"

"오자마자 타박은……."

놀랍게도 천천히 고개를 든 사내는 악운을 잠시 떠나 있었던 악가뇌혼대의 백훈이었다.

뒤따라 서태량과 금벽산, 호길까지 도착했다.

"백 대주, 같이 좀 갑시다!"

"소가주, 신 서태량 당도했습니다!"

"호길도 왔습니다!"

하지만 모두에게 느껴지는 기척은 소수가 아니었다.

숲속에서 한 여인이 야행복을 입은 인영들을 이끌고 걸어 나오기 시작한 것이다.

"악가뇌명(岳家雷鳴)!"

"진천패림(振天覇林)!"

이백여 명에 달하는 악가상천대의 쩌렁쩌렁한 외침이 삽시간에 주변 분위기를 바꿨다.

"악가상천대 대주 유예린, 가주님의 밀명을 받아 소가주를 뵙습니다!"

"성균이 소가주를 뵙습니다."

"다흑이 소가주를 뵙습니다!"

유예린을 비롯해 부대주들인 성균과 다흑이 악운의 곁을 지키듯 섰다.

"오랜만입니다."

유 대주가 희미하게 미소 지었다.

"예."

지켜보던 황정이 여유 있게 웃음을 터트렸다.

"하하! 그래 봤자 산동악가의 일개 타격대일 뿐이지 않으냐! 조금 있으면 합류할 나머지 총성팔인 대인들과 대총문의 검대(劍隊)에 의해 희생자만 늘어날 뿐이다!"

"그럴까?"

악운이 나직이 반문한 찰나.

부우우웅!

하늘을 울리는 뿔피리 소리가 울려 퍼졌다.

사강의 수염이 당혹스러움으로 떨렸다.

"대총문의 영역에서 어느 누가 대놓고……!"

그에 답하듯 수십 명의 그림자가 이어서 모습을 드러냈다.

"대영당은 지금 즉시 남궁 소가주를 보위(保衛)하라!"

푸른 검신의 소왕검(小王劍)이 달빛에 반사되어 번쩍였다.

남궁진이 양옆에 장 국주와 종명을 데리고 나타난 것이다.

팽원과 황정이 동시에 눈을 부릅떴다.

"남궁진!"

전혀 예상치 못한 인물의 등장에 혼란해졌다.

남궁진은 악운과 나란히 서면서 말했다.

"처음부터 내가 나설 줄 알았던 것이지. 아닌가?"

악운이 씨익 웃으며 대답했다.

"몰랐습니다."

"행여나."

"그나저나 장 국주께 부탁드린 것은요?"

장 국주가 달려오느라 거칠어진 숨을 차분히 다스리며 대답했다.

"이미 시작됐소."

전혀 예상 못 한 방향으로 흘러가는 상황에 구용이 악운을 향해 일갈을 터트렸다.

"대체 무엇이 시작됐다는 것이냐!"

"차차 알게 될 거야."

오만하게도 상대가 뜻대로 움직이고 있다고 자신했던 쪽은 악운이 아니라 원룡회였다.

"너희의 오만을 원망해라."

악운이 구용에게 창을 겨누며 미소 지었다.

만족해할 호사량의 얼굴이 눈에 선했다.

경우의 수

새벽녘.

나은신은 옥화관 건물들의 지붕을 타고 내려가 호사량과 여립과 등을 맞댔다.

"사면초가예요."

그녀의 말이 끝나기 무섭게 이백은 족히 넘는 검대(劍隊)가 빠른 속도로 주변 건물을 기어오르거나 착지하고 있었다.

"알고 있다오."

상황과 어울리지 않게 태연한 호사량의 대답에 여립이 차분하게 물었다.

"다른 수라도 있으신 게요?"

"예. 여 대인, 저는 기다리고 있습니다."

나은신은 호사량의 대답에 문득 여기까지 따라 나오기 직전 그가 했었던 이야기들이 스쳐 지나갔다.

　-오해하고 계신 것이오. 소가주는 구 문주와 같은 배를 타고 있지 않소.

　-그게 무슨……?

　-소가주는 그간 원룡회라는 곳을 추적해 왔소. 혈교가 남긴 악독한 극독을 통해 돈을 벌어들이려는 자들이 속한 집단이지. 구 문주는 원룡회라는 곳의 회주로 추정되오. 소가주는 그들을 함정에 빠트리고자 손을 잡았소.

　-그럼, 그날은…….

　-설사 나 소저에게 악인으로 보였어도 어쩔 수 없었을 것이오. 그러니 지금은 소가주의 뜻대로 나를 따라와 주시오. 이곳은 위험하오.

호사량의 말에 담긴 진의 여부를 판별하기는 결코 쉽지 않았다.

그러나 악운이 자신을 살리던 그날 밤은 그녀가 생각하기에도 악운에게는 굳이 이익이 되는 행동이 아니었다.

그럼에도 악운은 개입을 자처하여 여립을 구해 주었다.

복잡했던 머릿속이 호사량의 부연 설명에 순식간에 맑아진 기분이었다.

그녀가 오해를 풀고 호사량과 동행한 이유였다.

그런데…….

총성팔인 역시 그녀의 움직임을 예의 주시하고 있었던 모양이다.

타닥, 타닥.

총성팔인 중 두 명이 모습을 드러냈다.

군문 출신의 일첨과 정웅이었다.

"어딜 그리 급하게 가시는가?"

일첨의 얇은 입술이 위로 삐죽 올라갔다.

정웅이 기세등등하게 목소리를 보탰다.

"으하하! 산동악가의 가솔들은 도망치는 데에 능한가 보군! 얼마나 두려웠으면 역적의 자식과도 손을 잡았을까!"

나은신이 살기를 드러냈다.

"저자가……!"

"단독 행동은 금물이오. 지금은 함께 움직여야 하오. 내가 선봉을 서겠소. 따르시오."

호사량이 늘어트렸던 검을 그들에게 겨눴다.

'할 수 있다.'

일첨과 정웅은 절정을 상회하는 노회한 고수들이긴 하나 그간의 공부는 결코 헛되지 않았다.

더구나 나은신과 여립은 지켜야 할 동료가 아니다.

'오히려 나와 동수 혹은 그 이상.'

나은신과 여립이 호사량의 날개처럼 양옆에 자리 잡았다.

동시에 일첨이 소리쳤다.

"네놈들을 너희 주인을 잡기 위한 패로 써 주마! 쳐라!"

일첨이 이끄는 성혼대(星魂隊)와 정웅이 이끄는 백혼당(伯魂黨)이 땅을 박찼다.

선봉에 선 일첨이 지붕을 밟고 호사량에게 튀어 올랐다.

쐐액!

내려찍는 일첨의 도를, 호사량은 검을 당기듯 휘둘러 쳐 냈다.

'강해!'

도에서 느껴지는 반탄력이 굉장했다.

다행인 건 남궁가의 소가주에 비해서는 한참 모자라다는 사실이다.

촤라라라락!

일방적인 일첨의 압도가 시작됐다.

탄탄한 내공력을 바탕으로 실전적인 도가 호사량을 압박했다.

펑! 펑! 펑!

두 사람이 흘려 내는 내공만으로 밟고 있는 지붕 파편들이 산산조각 나며 튀어 올랐다.

"제법이로구나!"

일첨이 도풍으로 파편들을 날려 보내고는 다시 연달아 도를 휘두르며 전진했다.

그 옆에서 여립과 정웅이 충돌했다.

채채채채챙!

여립의 검이 빠르게 주요 요혈을 찌르자 정웅의 검이 한 발짝 느리게 방어했다.

정웅이 여립의 검을 연이어 튕겨 내며 도발했다.

"이빨 빠진 노인네 따위가 내 상대가 될 것 같으냐!"

"보이지 않으냐! 물러나고 있는 건 네놈이니라!"

여립의 혼첨검법(魂尖劍法)이 잉어가 물에서 튀어 오르듯 기습적으로 상단을 쓸어 올렸다.

"이크!"

정웅이 흩어지려는 자세를 다시 다잡으며 황급히 뒤로 물러났다.

'놀고만 있지는 않았다는 것인가.'

여립의 기세는 대총문을 쫓겨나던 과거보다 훨씬 강해지면 강해졌지, 결코 약해지지 않았다.

하지만……

"총성팔인은 우리뿐만이 아니다!"

정웅이 검에 무게를 싣듯 몸을 물구나무 서듯 세우며 여립의 검을 내리찍었다.

쿠아앙!

여립의 날카롭던 검초가 순간적으로 정웅의 검에 짓눌린

찰나.

쐐애애액!

가공할 속도의 검이 날아왔다.

"이런!"

검을 회수할 시기를 놓친 여립이 임기응변으로 검과 함께 빠르게 회전했다.

콰콰콰!

회전하는 여립의 코 끝에 검이 빠르게 스쳐 지나갔다.

그와 동시에 정웅의 검이 강한 회전력에 떠밀렸고, 여립은 다시 검을 회수할 수 있었다.

'자칫하면 치명상이 됐을 게야.'

그러나 모두 피할 수는 없었는지 어깨와 허벅지 위쪽으로 화끈한 검흔이 느껴졌다.

"옹종성, 네놈도 왔구나."

"운이 좋았다, 늙은이."

화혼대의 대주인 옹종성 역시 호사량 일행을 쫓기 위해 도착한 것이다. 여립을 가운데 둔 정웅이 검을 고쳐 쥐며 득의양양한 웃음을 흘렸다.

"이제 그만 포기하거라, 저년의 목숨이라도 살리고 싶으면."

여립은 바로 옆에서 격돌하고 있는 나은신을 힐끗 쳐다봤다.

나은신은 화혼대까지 합류한 수많은 검대원(劍隊員)에게 둘러싸인 채 밀려드는 합공을 힘겹게 막아 내고 있었다.

외로운 싸움이고, 끝이 보이지 않는 적의 파도였다. 그럼에도 나은신의 눈에는 조금의 패배감도 보이지 않았다.

소주는 매순간 그랬다.

늘 먼저 포기하라고 권했던 사람은…….

'나였을 뿐이니.'

여립은 이상하게 '끝'이 다가왔다는 생각이 들었다.

어느 쪽으로든 끝날 것이다.

그럼 해야 할 일은 하나뿐이다.

"소주가 이 싸움을 끝내지 않는다면, 나 역시 이 노구를 이끌고서라도 싸워야 하지 않겠느냐."

옹종성이 여립을 비웃었다.

"어리석긴."

"그런 어리석은 자들에게 총성팔인 중 세 명이나 몰려왔구나. 무엇이 그리 두려웠느냐?"

"닥쳐라!"

옹종성의 일갈이 신호탄이 된 듯 정웅과 옹종성 두 사람이 여립에게 쇄도했다.

꿍

'안 돼!'

여립이 고립되었음을 확인한 나은신은 그를 향해 나아가려고 했다.

그러나 계속 그랬던 것처럼 수많은 검대원이 죽일 듯이 그녀를 향해 쇄도했다.

"역적의 목을 베어 오는 자! 포상금을 거머쥘 것이다!"

"저년을 죽여라!"

대총문의 각 검대는 완벽히 진로를 방해하며 지저분하게 싸웠다.

목숨을 걸어서라도 시간을 끌려는 수작이었다.

'총성팔인이 여립 숙부와 부각주를 쓰러트리는 동안 나를 여기 붙잡아 둘 셈인 거야!'

나은신은 화천십검(花川十劍)을 구사하며 호사량을 쳐다봤다.

호사량을 믿고 여기까지 왔다.

그러나 상황은 점점 악화되고만 있었다.

'그가 기다리고 있는 무언가가 이제는 나타나 줘야 해. 대체 그게 뭐지?'

점점 조급해지는 마음이 검에 깃들자마자 그녀가 튕겨 낸 수십 개의 검 중 하나의 검이 그녀의 팔목을 베고 지나갔다.

"내가 저년을 베었다!"

의기양양한 문도를 보며 나은신의 눈에 불똥이 튀었다.

그래, 어디 한번 갈 때까지 가 보자.

으득!

나은신이 이를 악다물며 땅을 박찼다.

일 검에 가로막는 두 명의 허리를 좌우로 베고, 이 검에 보폭을 늘려 앞에 서 있던 자의 목을 꿰뚫었다.

"커헉!"

피를 토하는 적의 목에서 검을 빼자마자 놈의 어깨를 밟고 위로 몸을 날렸다.

검날이 달빛에 반사된 찰나.

서걱!

어느새 그녀의 검은 팔목을 베었던 문도의 정수리를 내리갈랐다.

하지만 벤 자들보다 더 많은 검대원들이 또다시 검을 휘둘러 왔다.

수십 자루의 검이 그녀의 어깨, 허리, 목을 노리고 쇄도했다.

그녀의 사방이 적의 그림자로 다시 새까맣게 어두워졌다.

끝이 보이지 않았다.

❧

"그렇게 지쳐 가겠지. 네놈도, 저 역적들도!"

일첨이 호사량을 강하게 쳐 낸 후 밀쳐 내자 그 틈으로 다섯 명의 성혼대 대원들이 쇄도했다.

호사량은 쉴 틈도 없이 초식을 구사했다.

회회반천(回回反踐)에 이은 풍형검로(風形劍路)가 적의 검을 쳐 내고, 목덜미를 베었다.

검을 회수하려던 찰나.

콰지짓!

일첨의 도가 그 틈을 노리고 쓰러지는 시체를 관통하며 쇄도해 갔다.

호사량의 시야가 가려진 찰나를 이용해 기습한 것이다.

"지독하구나!"

미처 대비할 틈도 없이 무리하게 검기를 일으킨 호사량은 기가 역류하는 것을 느꼈다.

"무슨 방법이든 네놈의 목만 가져가면 될 일이니라!"

또 다시 일첨이 사납게 달려들었다.

잔발을 치며 물러난 호사량은 호흡을 정돈할 새도 없이 다시 검초를 펼쳐 내야 했다.

'계속 이런 식으로 가다가는 버틸 수 없어! 더 나은 검초를 펼쳐 내야 한다.'

호사량은 눈을 어지럽게 하는 일첨의 도영을 비껴 내듯 부딪치며 호흡을 다스렸다.

이제껏 머릿속으로만 펼쳐 오던 검식을 꺼낼 때가 온 거 같았다.

"그깟 검에 담긴 인력을 사용해 봤자 그 전에 네놈의 목이 날아갈 것이다!"

"그래, 네놈 말이 옳다."

차력미기를 통해 증속시킨 파괴력으로도 일첨의 도가 가진 파괴력을 깨지 못한다면 방법은 하나였다.

　－웬만한 일은 두세 수씩 앞서 보면서, 어째서 검을 휘두를 때면 눈앞만 보는 소처럼 구는 거야? 방금 논검에서도 네 초식은 다음, 그다음 초식들을 펼치기 위한 사전 준비처럼만 느껴졌어.

인정하기는 싫어도 백훈의 무리는 분명 호사량이 걸어가야 할 길이었다.

또 한 번 호사량의 검초를 튕겨 낸 일첨은 성원도법(星猿刀法)을 사납게 펼쳐 내며 그의 온몸을 찢어발기려 했다.

"죽어라!"

호사량이 서 있는 지붕이 짓이겨지며 강렬한 도풍이 그의 전신을 뒤덮었다.

그 순간.

밀려드는 놈의 도역(刀域)을 노려보던 호사량의 검이 미풍을 일으키기 시작했다.

'정형화된 길이 아닌 내 검이 가야 할 길. 더 자유롭고, 더

광활한……!'

더 빨라질 필요도, 더 거세질 필요도 없다.

그저 호흡에 담긴 검초들이 모여 자유로운 검로를 일으키길 원했다.

펑! 펑! 펑!

밀려든 도법 속에 호사량의 몸이 당장이라도 휘말릴 것처럼 위태롭게 흔들렸다.

일첨의 일 초, 일 초를 받아 내는 호사량의 검이 좌우로 낭창이며 손아귀를 빠져나갈 것 같았다.

그런데 이상한 일이 일어났다.

'어째서! 어째서 닿지 않는 것이냐!'

시간이 갈수록 식은땀을 흘리는 쪽은 일첨이었다.

호사량은 오히려 밀려드는 일첨의 도법 안에서 춤을 추듯 부드러이 움직였다.

시행착오 속에 온몸에 자잘한 상처가 늘어 갔다.

그러나 이와 반대로 점점 호흡은 안정되어 갔다.

'알 것 같아, 소가주와 백훈이 내게 하고자 했던 말이 무엇이었는지!'

남궁진과의 일전을 통해 배운 것은 차력미기를 통한 증속으로는 단단한 철옹성 같은 검에 버틸 수 없다는 것이었다.

그래서 생각했다.

그럼…….

'버티지 않으면 돼.'

호사량은 일첨의 도법을 이겨 내려 하지 않았다.

일첨의 도법에 순응하듯 검초를 그에 따라 움직였다.

그럴수록 점점 새로운 검로가 보였다.

'바람이 성을 넘어갈 땐 성을 부수는 게 아니라 그저 흐르듯 넘어간다.'

어차피 바람이 지나는 모든 곳이 바람의 영역이니까.

칠현풍원검(七絃風遠劍) 풍성로(風城路).

그 순간 호사량의 검기가 닿는 영역이 폭발적으로 넓어졌다.

일첨의 눈에 당혹스러움이 실렸다.

"이노오옴! 그만 죽으란 말이다!"

흥분한 일첨은 이제껏 쏟아부었던 도격보다 더 강력한 도격으로 호사량의 전신을 내리눌렀다.

콰콰콰콰!

하나 호사량은 태연했다.

마치 익숙한 일을 하듯 일첨의 도격을 모두 쳐 내고 비껴내며 점점 전진했다.

'말도 안 돼. 어찌 내 도격을 모조리⋯⋯!'

일첨의 당혹스러움은 그가 휘두른 도에 모두 느껴졌다.

호사량은 이 기회를 놓치지 않았다.

단숨에 거리를 좁히며 다가간 호사량의 검은 발악하는 일첨의 도를 쳐 냄과 동시에 철판교를 구사하며 미끄러지듯 전진했다.

좌르르륵!

그러고는 다시 상체를 일으키며 활처럼 튀어 오른 호사량은 돌개바람처럼 회전했다.

"커헉!"

검은 일첨이 도를 회수하기도 전에 순식간에 그의 전신을 찢어발겼다.

차력미기의 깨달음을 지나 마침내……

'이화접목(移花接木)'의 묘리가 호사량의 검초에 깃들게 된 순간이었다.

ᕲᕲ

찰나였다.

수백의 검흔(劍痕)이 일첨의 전신을 베고 지나가자 일첨의 온몸에 피가 흘렀다.

쿵!

일첨이 쥐고 있던 검을 놓고, 지붕에서 무릎을 꿇었다.

마지막 회광반조일까?

일첨의 형형해진 눈동자가 호사량을 원한 가득한 눈으로 노려봤다.

"크흐흐. 이미 네놈은 제대로 싸우기도 힘든 몸이지. 쿨 럭. 여기가 네놈의…… 무덤이 될 것이다."

"그래, 네 말이 맞다."

호사량은 피가 뚝뚝 떨어지는 손을 내려다봤다.

일첨이 남긴 도흔은 곳곳에 남았고, 아직 완성되지 않은 초식을 사용하느라 내상까지 깊게 입었다.

최악의 몸 상태였다.

이대로는 합공을 당하고 있는 여립조차 구하기는커녕 오 히려 방해만 될 것이다.

"어디까지나 상황이 지금과 같다면 말이야."

호사량의 담담한 대답에 일첨의 눈이 번쩍 뜨였다.

"그게 무슨……."

"여긴 내 무덤이 아니라 네놈들 무덤이라는 소리다."

그 순간 일첨의 등 뒤에서 나타난 그림자가 순식간에 일첨 의 목을 댕강 베어 버렸다.

투투툭.

일첨의 목이 지붕 아래로 떨어진 그때.

놀랍게도 초빙되었던 귀빈 중 하나였었던 화융검객(火烱劍 客) 현비가 모습을 드러냈다.

호사량은 크게 놀라지도 않고 담담하게 그녀에게 물었다.

"오셨소?"

그녀는 대답 대신 입 안의 음식만 오물거렸다.

"대체 뭘 드시고 계신 거요?"

호사량의 이어진 반문에 그녀가 스쳐 지나가며 대답했다.

"당과요."

"맙소사."

살다 살다 전장에서 당과를 먹는 여인이라니.

"약속은 지켜요. 이번 일을 도우면 산동악가의 몫으로 돌아갈 이익의 절반을 떼어 주겠단 약속. 물론 황제가 아끼던 명주(名酒)가 나올 시에도 나와 숙부 거예요."

"물론이오."

호사량은 고개를 끄덕이며 주변을 돌아보았다.

펑! 펑! 펑!

오래 기다려 온 신호탄이 곳곳에서 터져 나왔다.

동시에 땟국물이 줄줄 흐르는 반백의 중년인이 검은 지팡이를 흔들며 일갈을 터트렸다.

"고얀 놈들! 개방의 사자(使者)가 오셨다! 으하하!"

호사량의 입가에 비로소 안도의 미소가 맺혔다.

개방에는 무수히 많은 지부가 있다.

그중 하나가 남창 지부.

한데 그곳의 분타주는 칠결(장로)로의 승급도 거절하고, 개방의 일이 귀찮다며 삼결 제자들이나 맡는 분타주에만 머무르는 괴인이었다.

'천하사패 중 일 인, 와룡흑괴(臥龍黑怪) 건봉효.'

여간해서는 움직이지 않는 고수가 장내에 등장한 것이다.

그런 그를 움직일 수 있는 이유는 단 하나.

'의리.'

술과 먹거리에 광적으로 집착하는 화용검객 현비의 사부가 건봉효의 의제였으니.

'명분'만 있으면 현비의 요청으로 언제든 개방 남창 지부의 걸개들을 이끌고 올 수 있었던 것이다.

'화끈하군.'

호사량은 눈앞에서 펼쳐지는 개방의 유명한 진법을 감상했다.

개방이 자랑하는 명진(名陣).

황룡타구봉진(黃龍打狗棒陣)이 전 방위로 펼쳐지고 있었다.

"걸개들아, 천라지망을 펼쳐라!"

"분타주님을 따르라!"

지붕을 타고 오른 수백의 개방 고수들이 마치 하늘로 승천하는 용처럼 돌격진을 펼쳤다.

"황룡난렬(黃龍亂烈)!"

한 명이 쓰러지면, 두 명이 달려들었고, 두 명이 쓰러지면 다시 다섯 명이 달려들었다.

그 움직임이 하나둘 모여 격렬한 용의 모습이 되었다.

"격도지세(格道之勢)!"

갑작스런 병력의 출몰도 모자라 밀물처럼 밀려드는 기세

에 압도당한 대총문 소속의 검대원(劍隊員)들은 그야말로 추풍낙엽처럼 허물어졌다.

"으아아악!"

"커헉!"

"개, 개방이 어째서!"

난전 속 수많은 비명 속에서 궁지에 몰렸던 여립은 현비와 건봉효의 가세로 인해 승기를 잡았다.

나은신은 자신을 둘러싸던 적에게서 빠져나와 여립에게로 달려갔다.

'이제 됐어.'

호사량은 제대로 쥐기도 힘든 검을 다시 꽉 고쳐 쥐었다.

이것으로 모든 진실은 제자리로 돌아가게 될 것이며 대총문은 멸문의 길을 향하게 될 것이다.

호사량이 있는 힘껏 일갈을 터트렸다.

"산동악가는 죽은 나 대인의 억울함을 풀고, 화홍단의 배후에 있었던 대총문을 처단하고자 분연히 칼을 빼 들었다! 위선자의 껍데기를 쓴 대총문을 향해 모든 협객들은 일말의 자비도 베풀지 말라!"

호사량이 있는 곳을 바라보던 나은신의 눈동자가 세차게 떨렸다.

이제야 마주하고 있던 것이 무엇인지 확실히 깨달은 것이다.

'기적.'

꾹 참고 있던 그녀의 눈에서 눈물이 봇물처럼 터져나왔다.

❧

"……나 소저를 통해 대총문을 처단할 명분을 확보했고, 화홍단에 투자한 자들의 명부(名簿)까지 알게 됐지. 더구나 황군의 보물 앞에서 나를 처단하고자 더러운 협잡을 부린 건 천하사패 중 하나인 당신 아닌가?"

구융을 비롯한 원룡회는 고요해졌다.

그 와중에 구융이 부른 총 다섯 명의 총성팔인과 대총문의 검대(劍隊)가 원룡회의 신호탄을 쫓아 장내에 도착했다.

그러자 구융이 갑자기 광소를 터트렸다.

"으하하하하! 그래, 영리하게 개방까지 불렀다 이 말이로구나. 개방과 남궁세가라……. 하나, 그럼에도 너희의 불리한 형세는 여전히 달라지지 않았다."

구융은 늘어선 검대원을 응시했다.

일견 봐도 오백여 명.

악가상천대와 대영당이 합류했으나 여긴 대총문의 영역이었다.

전력은 악운 일행이 약세였다.

구융이 머뭇거리는 원룡회의 고수들에게 으름장을 놨다.

"더 이상 대의명분 따위는 고려하지 마시게들. 이곳에서 이자들을 쓸어버리지 않는다면 나와 한배를 탄 그대들 역시 최악의 상황으로 치달을 테니."

구융의 뜻을 이해한 가불진과 사강이 앞으로 나섰다.

"항산파의 가불진은 구 문주와 함께할 것이외다!"

"와룡검문도 동행하겠소."

"빌어먹을…… 별수 없겠지."

성하당(星河黨)의 합류에 배호 역시 구융과 함께하기로 결정했다.

여희는 표독스러운 외침으로 구융의 뜻에 따르는 것을 표명했다.

"화봉궁은 화봉절색진을 펼쳐라!"

대총문의 검대와 함께 합류한 화봉궁의 궁녀들이 그녀의 뜻에 따라 빠르게 도열했다.

"어쩔 텐가?"

청성파의 황정이 팽원에게 넌지시 물었다.

팽원이 고개를 저으며 살광을 냈다.

"타개할 방법이 뚜렷이 생각나지 않는군요, 살인멸구밖에는. 문주님은 제 외조부님과 연이 닿아 있으니 말이지요."

"나 역시 청성파의 속가제자인 일 대인을 봐서라도 함께해야겠군. 그게 여러모로 나아 보이니 말이오. 승리하여 짓밟으면, 그것이 곧 명분이 될 터이니."

"그렇다는구나. 이젠 어찌할 테냐."

구융이 양옆으로 늘어선 수많은 고수들을 뒤에 두고 악운을 향해 한 걸음 옮겼다.

콰지지짓!

그가 흘려내는 강렬한 기파가 악운이 흘려내는 기파와 충돌하기 시작했다.

악운은 조소했다.

처음 마주했을 때부터 강렬한 확신이 들었다.

"더러운 개들이 모인다고 맹수가 되진 않지. 약조해 주마. 오늘 나는 대총문과 원룡회를 반드시 멸할 것이고, 구융 당신의 목을 가져가는 것으로 그 시작을 알릴 것이다."

"오냐!"

구융이 마침내 땅을 박차려던 그때였다.

악운과 구융이 충돌하기 직전 한가운데.

푸른 매가 새겨진 비단 장포를 펄럭이는 한 노인이 두 사람 사이로 한 줄기 검흔을 그었다.

콰릉!

그 검흔을 따라 마른하늘에 뇌성벽력(雷聲霹靂)이 울려 퍼졌다.

강력한 검격에 구융과 악운이 한 발 뒤로 물러나며, 자연히 어둠 속에서 걸어 나온 노인을 응시하게 됐다.

"껄껄! 구 문주, 오랜만이로구먼."

노인의 맑은 웃음소리를 들은 종명이 일제히 제자리에 부복했다.

"창천군림(蒼天君臨), 가주님을 뵙사옵니다!"

"가주님을 뵙사옵니다!"

대영당의 외침에 구융과 원룡회의 고수들의 얼굴에 경악이 실렸다.

그중 팽원은 악운에게서 조금도 시선을 떼지 못했다.

'천하사패 중 하나인 개방의 분타주가 움직인 것도 모자라, 남궁세가의 가주까지 움직이게 했다고?'

제아무리 화경의 고수라고는 하나 약관도 되지 않은 애송이일 뿐이라 생각했었다.

그런데 한 번 움직이면 하늘이 쪼개진다는 팔우(八宇) 중의 한 사람을 이 자리에 부른 것이다.

꿀꺽.

원룡회는 이번 사태를 세력을 키우기 위한 밑천 정도라고 생각했었다.

하지만 이젠 아니다.

남궁 가주까지 나선 이상 이건 결코 분쟁 정도로 끝날 일이 아니게 됐다.

'천하가…… 준동할 거야. 네가 무슨 짓을 한 건지는 알고 있는 거냐?'

팽원은 핏발 선 눈으로 악운을 노려봤다.

아니, 팽원뿐 아니라 원룡회의 모든 고수들이 악운과 남궁문을 번갈아 보며 잠시 동안 할 말을 잃었다.

"오……랜만이오. 남궁 선배."

"그렇군. 왜 그리 불편한 기색을 띠고 있는가? 난 내 아들을 잠시 만나러 왔을 뿐인데."

잔잔한 남궁문의 미소와 함께 남궁문의 친위대인 창천귀로(蒼天鬼路)가 나타났다.

사사사사삭.

하나하나가 예리한 칼날 같은 창천귀로는 순식간에 어두운 밤을 밀어내듯 푸른 검을 드러냈다.

눈 깜짝할 새 장내를 압도한 남궁문은 눈을 돌려 악운과 남궁진을 쳐다봤다.

"종 당주에게 연통을 받고 오랜만에 바깥바람이나 쐬러 나왔느니라."

그 말에 남궁진이 와락 인상을 구겼다.

"종 당주는 뭐 하러 가주께……."

부복한 종명이 반항 하려는 남궁진을 서둘러 잡아당겼다.

"소가주, 얼른 부복 안 하고 뭐 하시오."

"됐네. 종 당주, 진이 놈이 천둥벌거숭이처럼 날뛰는 게 하루 이틀이던가."

"송구합니다."

"그래, 그건 그렇고……."

남궁문의 푸른 눈빛이 천천히 악운을 향하기 시작했다.

"산동악가의 소가주라 했나?"

"예, 가주님."

"크게 놀라지 않는군. 마치 예상이라도 했듯이."

"아닙니다. 많이 놀랐습니다."

악운의 말에 가장 놀란 측은 원룡회였다.

악운의 말에 따르면, 지금 남궁문의 등장은 악운이 대비한 게 아니란 뜻이 되었기 때문이다.

"왜, 그대가 안배한 일이 아니라서?"

"예. 제가 안배한 것은 본 가의 타격대들과 남궁 대협이었을 뿐입니다. 가주님께서 이리 나타나실 줄은 꿈에도 몰랐습니다."

"그래서…… 어떤가, 내가 자네에게 득이 될 것 같은가. 아닐 것 같은가?"

"어느 쪽이든 상관없습니다."

"의외의 대답이로군. 그 의중을 물어도 될까?"

"가주께서 어떻게 결정하시든 그건 제 역할이 아닙니다. 저는 이미 정한 대로 제 길을 갈 생각이고, 그건 어떤 변수가 있어도 계속 행한다는 뜻입니다."

"내가 이 분란을 막아선다 하더라도?"

상황이 묘하게 흘러갔다.

악운의 당당한 태도에 남궁문의 눈살이 조금씩 찌푸려지

기 시작했다.

콰지지짓!

강렬한 기파가 불기 시작하며 팔우(八宇)에 이른 고수의 기세가 악운을 압도하기 시작했다.

하지만, 악운은 웃었다.

"왜 웃는 것이지?"

"새삼 체감했기 때문입니다."

"무엇을?"

"저는 이제 가주님…… 아니, 팔우(八宇) 선배들의 경지에 가까워졌습니다."

동시에 악운의 눈에서 청염이 피어올랐다.

남궁문은 내심 놀랐다.

지금 악운의 눈에서 느껴지는 건 분명…….

'호승심.'

남궁문의 표정이 미묘해졌다.

"내게 호승심을 느끼고 있단 말인가?"

악운은 주작을 고쳐 쥐는 것으로 그 물음의 대답을 대신했다.

"저는 오늘 반드시 구융을 벨 것입니다."

"강서성의 혼란이 천하로 번지면 물러났던 혈교가 다시 강호의 전란을 틈타 모습을 드러낼 수도 있네. 명분이 어쨌건 혼란을 자초하는 것은 오랜 무림의 어른으로서 묵과할 수 없지. 되도록 합의하게."

악운은 푸른 광망을 지닌 남궁문을 응시했다.

한가운데 선 남궁문은 어느새 구융에 기울어진 듯 그를 등지고 있었다.

남궁문, 구융 두 사람이 돕는다면 이 싸움은 당연히 필패일 것이다.

남궁문이 구융과 적당한 선에서 합의하고 물러나라 말한다면, 당장은 물러나는 게 현실적인 판단이다.

문득 천휘성의 기억이 머릿속을 스쳤다.

'남궁문…….'

그와는 제법 좋은 기억이 많았다.

게다가 그의 형이었던 남궁상은 천휘성이 아꼈던 동료 중하나였다.

게다가 천휘성은 종종 열정 가득했던 남궁문에게 조언도 많이 해 주기도 했다.

문득 남궁상의 장례에서 남궁문에게 해 줬던 이야기가 떠올랐다.

　-문아, 울어도 된다. 슬픔은 참는 것이 아니라 받아들이는 것이다. 그러고 나면 비로소 무엇을 해야 할지 알게 될게야.

남궁문에게 해 주었던 이야기는 거짓말이 아니었다.

천휘성은 충분히 슬퍼했고 감내했으며 이제 악운의 삶을 통해 앞으로 나아간다.

"아뇨."

"기어코……."

"예, 저는 모든 것을 감내하고 받아들일 것입니다. 저는 제가 무엇을 해야 하는지 너무 잘 알고 있습니다."

그리 말하자, 악운을 막아서고 있던 남궁문의 눈빛이 세차게 떨렸다.

'천 맹주께서도 내게 비슷한 말을 하셨지.'

남궁문은 악운의 결연함을 마주하자 내심 마음이 크게 흔들렸다.

고작 약관도 되지 않은 나이다.

그런 나이에 이른 젊은이가, 맹주님이 죽음을 마주했을 당시 언급했던 현언(玄言)을 떠올리게 하다니…….

'맹주님…….'

남궁문은 문주의 사후 이후로 수많은 분란 속에 남궁세가 걸어온 길이 스쳐 지나갔다.

남궁세가는 분란에서 살아남고 안휘성의 패자로 남기 위해 시류에 편승했다.

혼란한 시기를 겪으며 구파일방, 오대세가와 뜻을 함께하여 태양무신의 유산을 넘보려는 중소 문파들과 세가들을 수 없이 많이 죽여야 했다.

가문을 지키기 위한 선택이었다고 자위했지만, 실은 그저 천휘성의 유지를 저버린 '권력'을 위한 사투일 뿐이었다.

'……하지만 이미 엎질러진 물.'

세월은 덧없이 흘렀고 태양무신의 유산은 뿔뿔이 흩어졌다.

남은 건 기존의 질서를 흔들지 않는 일이다.

더 이상의 혼란은 안 된다.

"물러나게. 아끼는 후학이 될 것 같아 하는 말일세."

그때였다.

지켜보던 남궁진이 소왕검을 고쳐 쥐며 외쳤다.

"아니, 물러나지 마라."

"이놈이……!"

남궁진의 노한 눈빛에도 남궁진은 굴하지 않고 말을 이었다.

"언제까지 무림의 안위를 지킨다는 말로 물러나실 겁니까! 아버님은 평생을 존경했던 태양무신의 유지를 저버렸고, 그깟 유산 쪼가리를 지키기 위해 많은 가솔을 사지로 몰았습니다! 더는 싫습니다. 이대로 가문을 내버려 두지 않을 것입니다! 필요하면 그 의기로 창천을 벨 듯이 검을 드는 남궁세가가……."

소왕검이 어느 때보다 예리하게 빛났다.

"제가 머물 남궁세가입니다."

남궁진의 합류로 상황은 점점 악화됐다.

원룡회 입장에서는 기세가 오를 법했다.

구용이 남궁문을 대신하듯 목소리를 높였다.

"가주의 뜻을 저버리는 소가주와 가솔이 어디 있는가! 당장 검을 버리게!"

"화의를 제안한 것이지, 싸우자고 제안하는 것은 아니네만."

"크흠……!"

남궁문은 구용의 경거망동을 꾸짖고는 악운을 응시했다.

"내 아들은 내 선에서 설득하지. 단 자네가 물러나 주어야하네. 굽히는 것은 꺾이는 것이 아닐세. 다음에 바로 서기 위한 잠깐의 인내일 뿐."

"저는 남궁 소가주의 말에 동의합니다."

"혈기일 뿐이야."

"아뇨. 이미 많은 굽힘을 보았습니다만, 그 굽힘의 다음은 제가 우려하던 미래로 귀결됐습니다."

악운은 남궁문의 기세에 지지 않고 기운을 끌어 올렸다.

얼핏 느껴도 남궁문의 기운은 강대했다.

하지만 파생을 깨달은 악운이 충분히 맞설 수 있는 수준이었다.

'심연편의 성취가 깊어졌으니 충분히 할 수 있어.'

팔방(八方)의 확장은 유기적으로 연결된 일계 안의 무공들을 한층 더 성장시켰다.

더구나 '진총검결(震總劍結)'은 남궁세가의 무공 본의와 닿아 있다.

넘어서고자 한다면 못 넘어설 것도 없었다.

두 사람이 합공하게 되면 분명 이길 확률은 극히 적겠지만, 악운은 물러설 생각이 없었다.

불가능한 것을 가능한 것으로 바꾸기 위해 돌아온 것이니까.

"구 문주 따위가 제 미래를 결정한다면 그런 미래는……."

악운의 눈이 그 어느 때보다 강렬하게 번뜩였다.

"필요 없습니다."

동시에 악운이 모든 기운을 방출했다.

화아아아악!

"허업!"

"마, 맙소사……!"

남궁문을 비롯해 악운과 마주한 수많은 적들이 두려움에 사로잡혔다.

악운이 방출한 위압감이 순식간에 장내를 짓누르며 장악한 것이다.

픽, 픽─!

그 강렬한 기세에 내공이 약한 이들은 피를 토하며 주저앉았다.

남궁문 역시 본능적으로 검병으로 향한 자신의 손을 보고는 흠칫 놀랐다.

'내가 검을⋯⋯?'

남궁문은 새삼 악운의 실력이 허명이 아님을 알게 되자 미묘한 감정의 변화를 느꼈다.

목숨을 건 아들의 표정에 놀란 것이다.

'뜨거워 보이는구나.'

남궁진은 당장 목숨이 오갈 싸움을 앞두고 있음에도 그 어느 때보다 비장한 눈빛을 보이고 있었고, 즐거워 보이기까지 했다.

그 모든 변화를 가져온 것은 아마도.

'산동악가의 소가주겠지.'

새삼 남궁문은 격세지감을 느꼈다.

천휘성의 사후 중원 무림은 재편됐고 수많은 정사는 흩어져서 각축전을 벌였다.

무림의 뜨겁던 시절은 사라진 지 오래.

그런데⋯⋯.

약관도 채 되지 않았음에도, 악운의 굳건한 신념은 남궁문의 가슴까지 뜨겁게 했다.

이미 종명을 통해 전후 사정은 충분히 들었고, 앞뒤 가리지 않고 악운의 따르는 아들의 움직임에 흥미를 느꼈다.

'이제 장강의 뒤 물결이 앞 물결을 밀어내는가?'

어쩌면 무림 명숙의 탐심으로 시작된 분열과 잘못된 길을 바로잡을, 신진 고수의 시대가 열리려는지도 모른다는 생각이 들었다.

"흐음……."

남궁문은 침음을 삼켰다.

하지만 아무리 그래도 그 결정으로 인한 향후 무림과 세가에 일 여파를 고려해야 했다.

'새로운 혼란의 시작일지도 모르지.'

하지만 이번에는 아들의 편에 서는 것이 나을 것 같았다.

과거의 선택이 틀렸다고는 생각하지 않으나, 옳았다고도 생각하지 않으니까.

일신의 안위를 위한 핑계는 지금까지면 충분했다.

'맹주님, 너무 늦었으나 이제라도 자라날 동량들을 위한 길을 걸어 보려고 합니다.'

과거의 천휘성이 그랬듯.

추후의 여파는 어른들의 몫이 아니겠나.

남궁문이 무겁게 입을 열었다.

"본 가의 결정이 가져올 무림의 여파는 자네가 생각하는 것보다 클 것이야. 그래도 기어코 날 넘어서야겠는가."

악운은 조금도 지체 없이 고개를 끄덕였다.

"예."

"이 일이 강호의 전화(戰禍)를 불러올 것을 각오해야 할 것일세. 자네의 가문 역시도."

악운은 대답하기 전 가라앉은 눈으로 남궁문을 응시했다.

사실 남궁문이 등장한 순간부터 그에게 물어보고 싶은 것이 있었다.

"각오는 충분합니다. 그보다 하나 여쭙고 싶은 게 있습니다."

"뭔가."

"혈교의 전란이 끝난 후, 태양무신의 유산 각축전에서 남궁세가의 대답은 무엇이었습니까?"

남궁문의 심복인 유철호가 살의를 드러냈다.

"선을 넘는 질문이오!"

"유 대주는 잠시 물러나라."

"예, 가주님."

친위대를 물린 남궁문이 다시 입을 열었다.

"관망하기보다는 적극적으로 상황을 주도하기로 했네. 새로운 질서를 재편하는 데에 큰 목소리를 내려면 반드시 그래야 했으니……."

"변명입니다."

"지금의 평화는 그때의 반석으로 이뤄진 것이네."

"정녕 작금의 무림이 평화로워 보이십니까?"

"……."

"저는 이곳까지 오는 동안 숱한 싸움을 거쳤습니다. 휘경문, 동진검가, 황보세가, 독야문, 호원무관…… 그 외에도 무수히 많은 고수들과 충돌했지요. 그들의 공통점이 무엇이었는지 아십니까?"

"무엇인가?"

"바꿀 생각이 없다는 것이었습니다. 지금의 질서를 누리고, 탐하며, 더 큰 힘으로 방해되는 자들을 짓누르는 데에 혈안이 되어 있었지요. 인정하십시오. 가주께서 지키고자 했던 질서는!"

악운이 사자처럼 사납게 으르렁거렸다.

"썩다 못해 도려내야 할 환부가 되었습니다."

"자네라고 다를까?"

"예, 다를 겁니다. 저들에게 맞서지 않기 위해 변명 따위 늘어놓을 생각은 없으니까요."

"저자가……!"

다시 한 번 나서려는 유철호를 남궁문은 고개를 젓는 것으로 말린 후, 악운을 위해 길을 비켜서 주었다.

악운이 어깨 옆을 스쳐 가기 직전.

남궁문은 마지막으로 물었다.

"자네의 목적이 뭔가? 가문의 부흥인가?"

악운이 조용히 남궁문의 눈을 응시하며 말했다.

"제 동생들이, 가솔들이 매순간 저를 자랑스러워했으면

합니다. 그게 제 소신이자 소망입니다. 그게 부흥이라면…… 예, 맞는 것 같습니다."

그 대답을 듣는 순간 남궁문은 악운의 곁을 좇는 남궁진의 눈을 바라봤다.

한 가지 무거운 질문이 머릿속을 스쳤다.

'나는 과연 내 아들에게 자랑스러운 아비였나.'

남궁문은 쓰게 웃었다.

악운의 대답은 단순했지만 그에게 있어 큰 울림을 주는 대답이었다.

"됐네, 그것이면."

남궁문은 처음으로 악운과 같은 시선으로 돌아섰다.

마침내 난중팔대야장(亂中八大冶匠) 중 일인인 방혼야장(□魂冶匠)의 최고 걸작.

남궁문의 창왕검(蒼王劍)이 검집에서 뽑혀 나온 것이다.

"현 시간부로 남궁가는 원룡회라는 이름으로 혈교의 유산을 부활시킨 대총문과 그 일당을 괴멸할 것이며, 사사로이는 황군의 유산을 얻기 위해 내 후계자를 죽이고자 한 자들을 쓰러트릴 것이다! 알겠느냐!"

창천귀로의 창천귀들이 제일 먼저 검을 뽑자, 뒤를 이어 대영당 역시 일제히 검을 곧추 세웠다.

"창천군림(蒼天君臨)! 가주님의 명을 받잡나이다!"

부친의 선택에 남궁진은 처음으로 가슴이 뜨거워지는 것

을 느꼈다.

매순간 부끄러운 가문의 과거로부터 도망쳐 왔던 지난날.

오랫동안 바라던 일이었다.

남궁진이 악운을 향해 말했다.

"악 소가주, 그대를 도울 전력은 갖춰졌어. 이제……."

남궁진이 소왕검을 원룡회에게 겨눴다.

"싸우자."

악운이 대답 대신 구융을 향해 땅을 박찼다.

쾅!

"커헉!"

옹종성은 검은 지팡이를 얻어맞고 비틀거렸다.

내장이 진탕된 듯한 게, 가슴뼈가 부러진 것 같았다.

'대체 본 문이 어, 어쩌다 이런…….'

아찔한 고통을 느끼면서도, 옹종성은 지금의 상황이 조금
도 믿기지 않았다.

방금 전까지 승기를 잡았다고 생각했던 전황은 뒤집힌 지
오래.

정웅은 현비의 기습적인 합류로 인해 여립에 의해 목이 베
였다.

그뿐인가?

수장을 잃은 대총문의 검대원들은 결속력 강한 개방의 진법 앞에 속수무책이었다.

순식간에 지붕에 걸린 시신과 추락하는 시신 모두 대총문의 검대원들로 가득해졌다.

"개, 개방이 어찌하여…… 우리에게 이러는 것이오!"

위기에 몰린 옹종성은 검은 각혈을 토해 내면서도 발악했다.

그러자 걸어오던 건봉효가 싸우고 있는 현비를 가리켰다.

"저기, 저기서 싸우고 있는 내 조카가 도와 달라더구나. 네놈들만 정리해 주면, 한몫 단단히 떼어준다던데? 크흘흘!"

"얼만큼을 떼어 준다더이까! 내가 문주님께 고해 저들이 부른 것보다 훨씬 많은 보물을 드리겠소. 아니, 저놈들은 결코 황군의 보물을 취할 수 없소이다!"

"그게 무슨 말이냐?"

"산동악가 소가주가 보물의 위치를 털어놓고 나면 본 문을 돕는 조력자들과 문주께서 놈을 제거한다고 하셨소이다! 당연히 저놈의 말은 다 거짓이 된단 뜻이지!"

옹종성의 외침에 건봉효가 히죽 웃었다.

"오호, 그래?"

"그렇소! 건 대인께서는 속히 마음을 돌리신다는……!"

"네놈은 내가 뭘로 보이느냐?"

"그게 무슨 말씀이시오?"

웃고 있던 건봉효의 표정이 점점, 딱딱하게 굳어지기 시작했다.

"이 몸이 분타주직을 전전한 건, 옳은 말은 반드시 해야겠어서였고 더러운 협잡에는 발도 담그기 싫어서였다. 그런데 네놈은 네 입으로 네놈들의 협잡을 운운하는구나. 고맙게도."

"황군의 유산을 탐하는 당신들과 본 문이 대체 무엇이 다르단 것이요!"

"크흘흘, 엄연히 다르지. 나야 내 조카가 정당하게 얻을 황군의 유산을 내 휘하 걸개들의 몫으로 조금 적선받는 것이지만 네놈이 따르는 구용은 혈교의 화홍단을 제조했다면서?"

"무……슨 말씀이신지 모르겠소이다!"

"이 몸은 천하의 귀가 열려 있는 개방의 분타주이니라. 속일 생각은 말거라. 대자사, 독야문, 석균평, 원룡회…… 어디더 언급해 주랴?"

웅종성은 이를 악물었다.

그 어떤 세력보다 천하의 정보에 밝다는 개방의 걸개들을 속인다는 건 불가능에 가까웠다.

애초부터 건봉효는 이 일에 끼어들 명분을 가지고 나선 것이다.

으드득!

웅종성은 결국 다시 검을 고쳐 쥐었다.

"크아아!"

"크흘흘, 그래. 그리 덤벼야지. 그래야······."

건봉효는 쇄도하는 옹종성의 품속을 순식간에 파고들며 지팡이에 강한 내공을 실었다.

"개 패듯 두드려 패지!"

건봉효는 수십 개의 장영(杖影)이 일어날 만큼 가공할 속도로 옹종성의 전신을 두드렸다.

퍼퍼퍼퍼퍼퍽!

제대로 검을 휘두를 새도 없이 온몸을 격타당한 옹종성은 쥐고 있던 검마저 떨어트린 채 피를 뿜었다.

점점 혼미해지는 의식 속에서 마지막으로 들려온 건 호사량의 한줄기 전음이었다.

─척지려거든 상대를 보고 척졌어야지. 아닌가?

이윽고.

호사량은 지붕 아래로 추락하는 옹종성을 차가운 눈빛으로 바라보다가 검을 회수했다.

"소가주 역시 시작됐겠군."

대총문 혈전의 종식은 이제 소가주의 몫이었다.

꾸

심산(深山)의 어느 연못 앞에서 대격돌이 시작됐다.

창천귀로, 대영당, 악가뇌혼대, 악가상천대의 합류는 그야말로 악운이란 호랑이에게 날개를 단 격이었다.

그리고 그 중심엔……

"감히, 본가의 검을 막아서겠는가?"

팔우(八宇), 창천왕(蒼天王) 남궁문이 있었다.

"가주님을 보필하라!"

창천귀주(蒼天鬼主) 유철호를 필두로 종영과 남궁진이 나란히 돌진하는 모습은, 장내에 있는 그 어떤 고수도 감히 거스를 수 없는 위엄을 보여 주었다.

지켜보던 유예린이 검을 고쳐 쥐었다.

"보고만 있을 건가요?"

"그럴 리가 있소?"

한차례 어깨를 으쓱인 백훈이 씨익 웃음을 지었다.

"악가뇌혼대는 유 대주를 보필하여 악가상천대와 악가혼평진을 펼쳐라! 대장기는 나와 유 대주, 악가상천대의 부대주들이 맡는다!"

최근까지 황보세가와 혈투를 벌였던 악가의 가솔들은 한 명, 한 명이 칼날같이 벼려진 고수들이 되어 있었다.

그 위용에 대총문의 무사들의 눈빛이 크게 흔들렸다.

남궁세가의 기세만 해도 벽찰 지경이었는데 그에 못지않은 산동악가의 기세에 절로 두려움이 인 것이다.

와아아아!

이미, 원룡회와 대총문의 무사들은 압도됐다.

～

전황이 난전으로 치닫고 있을 때.

선봉에 있던 악운과 구융은 딴 세상에 있는 것처럼 서로 격돌하고 있었다.

콰콰콰콰!

초인적인 몸놀림이었다.

두 사람은 충돌하며 자연히 연못가를 따라 이동했다.

콰지지짓!

구융의 절기, 난황환검법(亂凰幻劍法)이 순식간에 수백의 검영을 파도처럼 일게 했다.

검영이 스쳐 간 연못 주변이 용오름처럼 치솟았다.

그러나 악운은 차분하게 창을 뻗었다.

부딪쳐 볼수록 확연히 느껴졌다.

검끝이 흔들리고 있었다.

실력 역시…….

'내가 앞선다.'

악운은 가솔을 믿었기에 전장을 잊고 이 싸움에만 몰두했다.

촤르르륵!

몰입과 집념은 전투에 고스란히 나타났다.

순식간에 검영을 찢어발기고 휘둘린 창.

구융이 황급히 초식을 전환하여 악운의 창을 쳐 냈다.

'어찌 어린놈의 내공이 이토록 심후하고 강인하단 말이냐!'

자칫 검을 놓칠 뻔했던 구융은 경악하며 호흡을 다스렸다.

악운은 튕겨지듯 물러난 구융을 쫓아 계속 전진했다.

콰지지짓! 채채챙!

혼세양천공이 조화의 다리가 되고, 달마경과 옥심귀일강
기가 보태진 영육(靈肉)이 태양신공을 일으켰다.

화륵!

악운의 신병이기인 주작에 호황대력기와 홍염공이 조화롭
게 얽히며 강기로 화했다.

악운은 악가의 창법을 쏟아 내며 간간히 구융의 신음을 들
었다.

'벅차 하고 있어.'

부딪칠 때마다 구융의 균열이 창신을 타고 전해졌다.

악운은 여세를 몰아 더욱 사납게 창을 내뻗었다.

최근에 창안하여 아버지에게 전수한 홍양태염창(紅暘太炎槍).

그것은 태양진경을 모르는 아버지를 위한 안배였다.

그러나……

'나는 아니야. 굳이 바꿀 필요조차 없어. 태홍이려창을 펼
친다.'

화륵!

황보세가의 보관되어 있었던 태홍이려창(太紅離麗槍)은 그저 악운의 손에서 다시 피어날 '때'를 기다렸을 뿐이다.

'지금.'

그 순간 악운의 눈에 사부의 모습이 생생해졌다.

　　-잘 봐. 풍수의 외수와 내수가 풍족해지면, 산세는 우백호, 좌청룡이 물을 끼고 휘돈다. 그것처럼 태양진경의 네 번째 조각이 완성되면 다섯 번째 조각은 이 중 오른쪽 내외산(內外山)을 관장하는 우백호의 영기를 품게 되니⋯⋯

'백호의 신속(神速)함과 예리함을 갖게 되리라.'

사부의 잔상이 사라진 자리엔 어느새 악운이 채워져 있었다.

쥐고 있는 창은 조금의 부족함도 없이 완벽히 태홍이려창을 구사해 냈다.

콰콰콰콰!

백호를 본떠 창안된 태홍이려창은 그 예리함과 속도가 전광석화 같았다.

또한 본의가 닿아 있는 악가겁화창과 함께 펼치면 같은 가문의 무공처럼 완벽히 조화를 이뤘다.

사납게 번지는 겁화가 신속(神速)의 발톱과 어우러지며, 진

(震)에 이어 또 한 번 일계가 요동쳤다.

남쪽의 이(離)가 일계 안에서 조금씩 존재감을 드러내기 시작한 것이다.

구융이 검을 뻗으면 악가겁화창이 용권(龍卷)의 묘리가 그의 검영을 휩쓸어 버렸고, 그 사이로 태홍이려창이 백호의 발톱처럼 번뜩였다.

구융의 눈에 경악이 실렸다.

'어찌 창을 검보다 빠르게 휘두를 수 있단 말이냐!'

구융은 창을 쳐 내는 데 한계에 부딪치자 자신의 신법에 어기충소의 묘리를 보탰다.

쾅!

순간적으로 높이 치솟은 구융.

악운의 권역에서 벗어났다고 생각하던 그때.

구융의 머리 위쪽에서 악운의 음성이 들렸다.

"아직 안 끝났어."

"대체 언제!"

구융은 소름이 쫙 끼쳤다.

'그 찰나의 순간에 내 움직임을 예상하고, 나보다 빨리 움직였다고?'

미처 생각이 끝나기도 전에 악운의 창이 정수리로 내리꽂혔다.

쿠앙!

황급히 검을 치켜들어 막아 낸 구융은 강한 반탄력에 떠밀려 치솟았던 것보다 빠르게 바닥에 추락해야 했다.

'후읍!'

지면에 닿는 충격을 최소화하기 위해 구융은 황급히 몸을 회전했다.

이어서 지상에 발이 닿는 찰나.

몸을 가볍게 하는 '초상비'란 최상승 기예까지 신법에 접목시켰다.

그러나 이번에도 상황은 똑같았다.

그보다 앞서 착지한 악운의 창이 또다시 날아온 것이다.

'빌어먹을. 어찌 이리 빠르다는 말이냐!'

쐐애애액! 콰지지짓!

구융의 머리카락이 기파(氣波)에 잘려 나가며 봉두난발처럼 흩날렸다.

퍼퍼퍼펑!

구융은 밀려드는 창격을 겨우 막으면서도 이 상황을 도저히 믿을 수 없었다.

고작 약관의 애송이다.

그런 애송이에게 모든 계획이 들켜 버렸으며 나아가 실력에서까지 압도되고 있었다.

'처음부터 이럴 셈이었던 것이냐?'

그래, 그랬을 것이다.

호랑이 굴이나 다름없는 이곳에 초빙을 받은 것부터……

여기 옥화산에 오르기까지 모든 것이 다!

'이미 전황은 기울었다.'

남궁세가의 가주가 산동악가의 편을 든 이상 원룡회는 살아남지 못할 것이다.

그러나 알면서도 반발심이 일었다.

'고작 너 따위 애송이에게!'

의형제를 짓밟고 군부를 등진 자들을 포섭하며 오랜 세월 공들여 키운 문파다.

그 모든 세월의 노력이 수포로 돌아간다는 것에 구융은 참담함을 느꼈다.

'오냐, 네놈의 뜻대로 혼신을 다해 맞서 주마.'

구융의 눈에 모든 것을 잃은 광기가 실렸다.

난황환검법(亂凰幻劍法) 암령환(暗靈幻).

더 이상 잃을 게 없는 구융의 눈동자는 이제 오로지 악운에 대한 증오만이 비칠 뿐이었다.

"네놈만은 반드시 갈가리 찢어 주마, 악운!"

쾅!

처음으로 구융의 검이 악운의 창을 멈추게 했다.

구융의 눈에 강렬한 활력이 솟았다.

악운은 그게 무엇을 뜻하는지 금세 눈치챘다.

창과 맞닿은 힘은 구융이 이제껏 보인 그릇 이상의 내공이었다.

'선천진기라니, 목숨을 걸었군.'

악운은 도리어 웃었다.

"그래, 진작 그랬어야지……."

악운은 구융의 검에 밀려나던 창을 다시 다잡았다.

웅, 웅, 웅!

강렬한 공명이 터지며 악운의 눈이 청염으로 물들었다.

"이제 진심을 다해라, 구융. 그게 네가 할 수 있는 유일한
발버둥이야."

"오냐!"

일갈을 터트린 구융이 악운의 창을 밀쳐낸 후, 수십 개의
잔상으로 나뉘었다.

사사사삭!

수십 개의 잔상이 일제히 악운을 쇄도하여 베었다.

서걱! 서걱!

하지만 악운 역시 잔상이었다.

눈 깜짝할 새 사라진 악운은 수십 개의 잔상 중의 한 잔상
에 창을 내뻗었다.

쿠아앙! 콰지지짓!

실체를 정확히 판별한 악운이 사납게 창을 찔렀다.

구융도 지지 않고 검을 휘둘렀다.

키이이이잉!

창과 검의 매서운 충돌에 공기 찢어지는 소리가 귀곡성처럼 퍼져 나갔다.

악운은 쏟아지는 구융의 검법에 맞서며 점점 무아지경이 되어 갔다.

검영을 베고 찌르며, 점점 구융의 권역으로 파고들었다.

쾅! 쾅! 쾅!

구융의 환검(幻劍)은 변화무쌍했다.

권역 아래 허실이 하나처럼 이어졌다.

그러나 수십, 수백의 검영(劍影)도 전부 다…….

'태워 버리면 그만!'

악가겁화창의 묘리, 용권(龍券)의 강렬한 화기가 태홍이려창(太紅離麗槍)으로 이어지는 찰나.

콰콰콰콰!

악운의 창은 구융은 물론 구융이 서 있는 권역을 그대로 가로질러 버렸다.

사하하학!

주작이 지나간 자리의 모든 것은 불살라지듯 소멸됐다.

구융의 검영도, 그의 권역도 전부 다.

쿵!

구융은 꿰뚫린 가슴을 내려다보며 무릎을 꿇었다.

"쿨럭……!"

들고 있던 검은 산산이 조각나 흔적도 없이 부서졌고, 온

몸은 손가락 하나 뗄 힘도 없이 바스러진 듯했다.

꾸역꾸역 내장을 타고 흘러나오는 피가 입 밖으로 뚝뚝 떨어져 내렸다.

당장 죽어도 이상하지 않은 몸 상태이기에 구융은 알고 있었다. 악운이 마지막 절초는 자신의 몸을 정확하게 꿰뚫지 않았다는 것을.

"왜…… 살린 것이냐."

구융은 악운을 올려다볼 생각도 못한 채, 식어 가는 잿빛 눈동자로 말했다.

"마지막으로 물어볼 것이 있어서."

"……."

"대체 석균평은 화홍단의 연단 제조서를 어디서 입수한 것이지?"

"큭큭, 놈이 그리 말하더냐? 그놈이 구했다고?"

"아니라고?"

악운의 반문에 구융이 낮게 웃음을 흘렸다.

"알 거 없느니라."

구융은 동시에 입 안에 미리 넣어 뒀던 영단 한 알을 씹었다.

콰득!

이제 믿을 건 이것밖에 없었다.

-홍조라 불리는 박어(薄漁)의 알로 이뤄진 영단(靈丹)이오. 복용만 하면 그대에게 무한한 재생의 힘을 내줄 것이외다.

-그대는 왜 내게 이런 귀한 것을 내주시는 것이오?

-당연히 구 문주가 만든 원룡회의 미래를 위해서 아니겠소이까? 하하!

그의 말은 옳았다.

"호오……."

온몸을 타고 들끓는 이 힘은 분명 신단(神丹)의 효능이 틀림없었다.

지켜보던 악운의 눈에도 이채가 흘렀다.

'이건……'

흰자위 하나 없이 흑안(黑眼)이 되기 시작한 구융의 눈동자.

악운은 그 눈을 바라보면서 익숙한 기운을 느꼈다.

솜털이 쭈뼛 서는 것을 보니 그 기운이 확실했다.

'마기(魔氣)!'

혈교의 잔재가 또다시 모습을 비춘 것이다.

쉬이이익!

동시에 구융의 너덜거리던 팔다리는 물론 온몸의 상처가 빠른 속도로 회복되기 시작했다.

"다시…… 시작해 보자꾸나."

구융은 가공할 힘이 몸에 휘도는 것을 느꼈다.

이 힘이라면, 놈을 박투술만으로도 잡아 뜯어 버릴 수 있을 거 같은 광기가 머릿속을 잠식했다.

그렇게 구융이 자신만만한 얼굴로 걸음을 내딛는 순간.

저벅저벅.

악운이 입을 열었다.

"움직이지 마."

"두려우냐?"

"움직일수록 더 빨리 터질 거다."

"그게 무슨……?"

구융이 말끝을 흐리며 자신의 팔을 내려다본 순간.

웅, 웅, 웅!

그의 눈에 비춰진 건 점점 팽창하는 몸이었다.

"이…… 무슨, 말도 안 되는……!"

당혹스러워하는 구융의 외침이 터져 나온 찰나.

쾅!

그의 온몸은 더는 팽창을 이겨 내지 못하고 굉음과 함께 터져 버렸다.

동시에 구융이 가진 살점, 뼈, 핏물이 모조리 날카로운 암기가 되어 악운의 전신에 쏟아졌다.

하지만 악운은 미리 예상한 것처럼 주작을 미첨도의 형태로 전환시킨 지 오래였다.

찌르기가 아니라 베기에 최적인 상태.

콰아아악!

주작에서 피어오른 강기가 악운의 권역 내의 모든 존재를 휩쓸어 버렸다.

구구구구……!

대기가 울릴 만큼 어마어마한 위력이었다.

먼지를 뒤집어쓴 악운은 휘몰아치는 기파(氣波) 속에서도 고요하게 창을 늘어트리고 있었다.

'위험했어.'

마치 만천화우와 같은 위력이었다.

화경 고수의 전신에는 모든 곳에 웅혼한 내공이 스며들어 있다.

여기에 선천진기까지 합쳐졌으니, 핏방울 하나하나가 그 어떤 암기보다 강력한 것이다.

'연단술과 결합한 폭혈공(爆血功)의 종류야.'

아마 그가 삼킨 것이 폭혈공이 유도되는 환단이었을 것이다.

정파에서 금공으로 분류된 폭혈공은 극악한 사파 혹은 혈교에서 주로 취급한다.

그리고 화경에 이른 고수의 육신까지 강력하게 통제할 만한 독단의 연단술은 아무 곳에서나 만들 수 있는 게 아니다.

특히 그 검은 동공은 혈교의 마언고(魔言蠱)가 발동했을 때와 흡사했다.

그래서 경계할 수 있었던 것이다.

'게다가 죽는 순간까지 놈은 몰랐어.'

구융이 이를 몰랐다는 것은 놈과 연이 닿아 있는 누군가가 일부러 환단의 독효를 놈에게 속였다는 얘기가 된다.

그리고 그놈은 아마……

"혈교."

악운의 눈빛이 깊게 가라앉았다.

중원의 혼란을 혈교는 곳곳에서 관망하며 즐기고 있는 것이다.

'때'를 기약하며.

❦

무인들의 시선이 악운과 구융이 싸우던 곳으로 향했다.

구융이 갈가리 찢겨 터져 버리는 광경을 목도한 것이다.

"무, 문주님이 돌아가셨다."

누군가의 중얼거림이, 빠르게 대총문 무사들 전부에게로

퍼져 갔다.

"놈이 문주님을 죽였다!"

그것을 들은 참망용 공근이 이를 갈았다.

"어차피 이놈들은 우릴 살려 두지 않을 것이야! 끝까지 싸워라!"

"끌려다니는 개가 될 바엔 저승길에 오르겠다!"

팔월검괴(八刖劍怪) 등범이 기세를 올리며 저항의 의지를 높였다.

광기는 빠르게 옮겨 붙었고, 원룡회와 남은 총성팔인과 대총문의 무사들은 동귀어진을 택했다.

하나 남궁문은 눈 하나 깜짝하지 않았다.

"어리석구나."

천뢰보(天雷步).

일보를 밟는 순간.

번쩍!

빛 무리가 일며 남궁문의 신형은 등범과 공근의 사이를 관통했다.

등범과 공근의 눈동자가 스쳐 가는 그의 잔상을 뒤늦게 쫓으려 했다. 그러나 이미 남궁문은 둘을 상대할 최적의 위치에 안착했다.

"늦었느니라."

콰지짓!

다리를 둘러싸고 있던 천뢰기(天雷氣)가 펄럭이는 장포를 타고 창왕검에 응축되었다.

그 일련의 과정은 마치 하나의 동작처럼 완벽했다.

제왕검형(帝王劍形) 검식(劍式), 오뢰압검(五雷壓劍).

검강이 깃든 오뢰압검이 공근이 일으킨 검격을 베어 버린 것도 모자라 온몸을 찢어발겼다.

"끄아아아!"

공근은 마지막 남은 힘을 짜내 남궁문의 검을 긁어 올리며 그의 권역 안으로 돌진했다.

콰지직!

남궁문은 예상한 듯 공근의 검을 쳐 내 허공으로 날려 버리고는 그의 가슴을 꿰뚫었다.

"커헉!"

동시에 상황과 어울리지 않게 공근의 입가에 회심의 미소가 서렸다.

망혼인(煬魂印).

그의 양손이 회색빛으로 물들더니 가슴을 꿰뚫은 남궁문의 검을 강한 인력(引力)으로 붙잡은 것이다.

피투성이가 된 공근이 일갈을 터트렸다.

"등범!"

등범이 대답 대신 남궁문의 허리에 쇄도하였다.

남궁문의 강함을 상대하기 위해 미리 약조된 움직임이었

던 것이다.

콰지짓! 쾅! 쾅!

혼신을 다한 수백의 검격이 남궁문의 전신을 내리그었다.

하지만 베면 벨수록 등범은 점점 검 끝이 가벼워져 가는 것을 느꼈다.

이건 피육을 베는 느낌이 아니었다.

'설마! 나를 일부러 끌어들인 것인가?'

등범이 눈을 부릅뜬 찰나.

그가 베어 가던 남궁문이 잔상이 되어 흩어지다가 이내 사라졌다.

제왕검형(帝王劍形) 검식(劍式), 칠뢰일섬(七雷一閃).

콰릉!

'뒤늦게 뇌성벽력을 들어 봐야 늦었느니라.'

쩌억!

한 줄기 고요한 검흔이 빛 무리와 함께 등범의 목을 스쳐 지나갔다.

툭.

등범의 머리가 피를 뿜으며 떨어졌다.

"이미 내려친 뒤인 것을."

어느새 양팔과 검까지 천뢰기에 둘린 남궁문의 모습은 그 자체로 뇌성벽력이 된 것 같았다.

가공할 패력(覇力)이었다.

종명이 이때를 놓치지 않고 사기를 높이기 위해 고함쳤다.

"가주께서 우리와 함께하신다! 남궁가의 적의를 드러낸 자, 남김없이 도륙하라!"

눈 깜짝할 새 최절정에 이른 고수 두 명을 베어 버린 남궁 문의 검세(劍勢)에 원룡회 고수들의 눈빛이 크게 흔들렸다.

"빌어먹을."

성하당을 이끌던 배호도 공기에 전해지는 위압감을 떨치려 검을 고쳐 쥐었다.

하지만 이미 되돌릴 수 없는 강을 건넜다.

투항할 시기는 진작 지난 것이다.

싸우는 것 외에는 아무런 방법이 없었다.

쐐액!

딴생각을 한 것도 잠시.

배호는 날아온 유엽비도를 강하게 쳐 내며 잔발을 쳤다.

부웅, 부웅-!

사슬 달린 유엽비도를 회수한 백훈이 물러난 배호를 향해 검을 휘둘렀다.

격렬한 패검(覇劍)이 배호를 사납게 짓눌렀다.

"젠장, 이놈이!"

성하검법(星河劍法), 유유지로(流流之路)!

배호의 성하검법은 백훈의 격렬한 검기를 빠르게 흘려 내며 충돌했다.

밀고 당기는 공수의 연속이었다.

백훈이 쇄도하면 배호가 흘리면서 반격했다.

부딪치던 배호의 눈이 번뜩였다.

유엽비도와 검을 같이 쓰는 상대는 흔하지 않다.

그게, 산동악가의 가솔이라면 인물은 좁혀졌다.

"네놈이 도평검객이로구나!"

"애석하지만 난 사내놈한테는 관심 없다!"

이어서 백훈의 검이 배호의 검을 연달아 쳐 내면서 빠르게 근접했다.

촤라락!

유엽비도를 역수로 취한 백훈은 신들린 듯 배호의 목과 사혈을 노리며 유엽비도로 찌르고 베었다.

사사사사삭!

빠른 난격(亂擊)이 서로를 휘감았다.

백훈은 검을 부딪칠수록 집중도에 따라 승패가 갈릴 것이란 것을 확실하게 느꼈다.

이내 턱을 타고 땀방울이 떨어지려는 찰나.

'지금!'

백훈은 눈을 사납게 부릅떴다.

기회를 잡았다고 판단한 강수검결의 검격이 노도처럼 배호를 집어삼켰다.

하지만.

되레 백훈이 아닌 배호의 입가에 회심의 미소가 걸렸다.

'흐르는 것에는 경계가 없느니라!'

배호는 깊숙이 파고든 백훈의 검을 타고 빠르게 미끄러졌다.

그그그극!

허허실실(虛虛實實).

일부러 빈틈을 보여 백훈을 끌어들인 것.

쇄도한 백훈의 속도를 역이용한 초식이었다.

눈 깜짝할 새 상황이 반전됐다.

백훈의 검을 짓누르듯 긁어내린 배호는 오히려 백훈의 깊숙한 곳까지 삽시간에 파고들었다.

백훈의 눈에 이채가 흘렀다.

'빨라!'

검이 짓눌려 있으니 회수해서 반격할 수도 없었고, 그렇다고 유엽비도를 활용할 수도 없는 최악의 상황이었다.

"되돌리기엔 늦었다!"

배호의 검이 백훈의 목전을 벨 듯 접근한 그때였다.

"늦었잖아, 금 형."

이번에는 백훈의 입가에 득의한 미소가 흘렀다.

'금…… 형?'

의아했던 배호는 순간 도저히 무시할 수 없는 강한 위협을 느꼈다.

쐐애애액!

'화살?'

피하지 않으면 목이 꿰뚫릴 게 분명했다.

'젠장, 놈의 목이 코앞이건만!'

배호는 어쩔 수 없이 백훈의 검을 밀쳐 내며 화살을 쳐 내기 위해 회전하려 했다.

그런데 보법을 펼쳐야 할 발이 제대로 움직이지를 않았다.

"이, 무슨!"

당혹감에 물든 배호의 시선이 향한 곳은 그의 발목 아래였다.

철컹!

유엽비도에 달려 있던 사슬이 어느새 발목을 휘감고 있었던 것이다.

배호는 그제야 깨달았다.

'허허실실을 통해 놈을 끌어들였다 여겼건만! 결국 놈이 짜낸 판 위에서 놀아났다 이건가! 화살도, 사슬도!'

그러나 때는 늦었다.

콰악!

황급히 급소를 피해보려 허리를 틀어봤지만 화살은 정확히, 배호의 가슴을 꿰뚫고 관통했다.

"크아악!"

백훈은 강수검결은 그 틈을 놓치지 않고 배호의 사혈을 그대로 찢어발겼다.

쿵!

무릎 꿇은 배호의 눈이 힘없이 굴러갔다.

"자, 자비를⋯⋯."

"닥쳐."

백훈은 대답 대신 배호의 목을 동강 냈다.

"소가주를 건드린 건 너희야."

백훈은 발치에 굴러온 배호의 수급을 지나치며 문득 전장
에 없는 호사량을 떠올렸다.

　　－나무가 아닌 숲을 봐라, 머저리야.

"문사 놈, 틀린 말은 안 한다니까."

이번 승리는 순전히 호사량의 조언 덕분이었다.

"흩어진 소군은 내게 모여라!"

백훈은 서둘러 난전에 다시 뛰어들었다.

적들의 숫자가 빠른 속도로 줄어드는 게 눈에 확연히 보이
고 있었다.

⟫⟪

팽원은 거친 숨을 내쉬며 고요한 눈으로 전황을 노려봤다.

'배호마저 죽었어!'

그뿐인가?

총성팔인 중 최고수들인 등범과 공근이 남궁 가주에게 찢겨 나갔고, 믿고 있던 구융마저 악운의 창에 쓰러졌다.

남은 총성팔인은 자방, 조충, 예평 이렇게 세 사람이었는데, 이젠 그들마저 창천귀주 유철호에게 도륙당했다.

부지불식간에 대총문의 무사들이 지휘부를 잃은 것이다.

그나마 그들을 규합할 항산파의 가불진과 와룡검문의 사강마저 이미 몰골이 엉망이었다.

상천예검(上踐銳劍) 유예린과 한령검(寒靈劍) 종명의 지휘로 이뤄진 절정 고수들의 합공에 제대로 힘도 쓰지 못했던 것이다.

사면초가였다.

황정이 빠르게 곁으로 다가왔다.

"팽 소협! 이대로는 전부 다 죽을 것이외다!"

팽원은 그의 말이 옳다고 여겼다.

이제 주변에 남은 아군은 지휘관을 잃고 사기가 꺾여 오합지졸이 된 대총문의 무사들이 대부분.

"꺄아악!"

"크윽!"

화봉궁마저도 사람의 이지를 홀린다는 화봉절색진을 제대로 발휘하지 못했다.

웬 젊은 악공 하나가 음공으로 가무(歌舞)가 어우러진 궁인들의 색공(色功)을 방해하고 있었던 것이다.

그러는 동안 남궁진은 진법을 와해시키며 빠른 속도로 궁녀들을 베어 나가고 있었다.

"화봉궁도 오래 버티진 못할 게요."

황정의 단호한 판단에 팽원이 고개를 끄덕였다.

"투항해야 합니다. 그것이 최선입니다."

"나도 같은 생각이외다. 제아무리 죄를 지었어도 우리가 속한 곳은 정파 아니겠소? 적당한 선에서 마무리 지으려면 우리의 협조가 필요할 것이오."

팽원은 황정의 말대로 원룡회를 배신하기로 마음먹었다.

"맞는 말씀입니다. 근본 없는 자들은 이 상황을 되돌릴 수 없겠지만…… 저희는 다르지요. 차라리 살육에 미친 악가 소가주 말고, 남궁 가주에게 의탁하면……!"

팽원이 동의하며 말을 잇던 찰나.

서늘한 음성이 그들의 등 뒤에서 들려왔다.

"달라질까?"

팽원의 눈에 두려움이 실렸다.

분명 이 목소리는……

"악……윽!"

뒤늦게 눈치챈 팽가의 호위들이 달려 나갔다.

"놈을 죽여라!"

"공자를 지켜야 한다!"

그들에 의해 하북팽가의 절학 중 하나인 왕자사도(王字四刀)가 펼쳐졌다.

하지만 단 일 합.

악운은 수십 개의 잔영을 일으키며, 일 합 만에 호위들의 목을 가르고 지나갔다.

"커헉!"

이어지는 단말마의 신음.

호위들은 일제히 도가 반으로 갈라지며 너무 빠른 쾌창에 머리통이 일제히 터져 버렸다.

팽원은 눈을 부릅떴다.

일류고수가 주축이 된 호위 대대(大隊)였다.

'어떻게, 이럴 수가……!'

이미 구융과의 전투로 그의 강함을 느끼고는 있었지만 실제로 호위 대대가 전멸되고 나니 그 두려움은 배가됐다.

황정이 다급히 소리쳤다.

"소가주! 이런다고 모든 일이 해결되지는 않소이다! 이미 학살은 충분하였지 않소!"

주작의 피를 털어 낸 악운이 그들 앞에서 걸음을 멈춰 세웠다.

"나를 죽이고자 여기까지 들인 자들의 입으로 할 말은 아닌 것 같은데, 아닌가?"

"그건 구 문주의 독단적인 행동이었소!"

팽원이 서둘러 황정의 말에 힘을 실었다.

"황 대협 말씀이 맞소! 본 회의 회주였던 구 문주는 독선적이었던 자였소! 이미 같은 배를 탄 우리는 따를 수밖에 없던……."

악운이 창을 쥔 손에 힘을 풀고, 천천히 늘어트렸다.

회유가 효과가 있다고 생각한 황정은 더욱더 소리를 높였다.

"나는 돈이 어디에 투자되는지도 몰랐소! 그저 아는 인연을 통해 어쩌다 보니 같은 배를 타게 됐을 뿐이오!"

듣고 있던 악운이 나지막이 대답했다.

"대자사의 일은 당장 중요한 게 아니야. 이제 내 목적은 방금 구 문주가 보인 폭혈공이 어디서부터 비롯됐는지를 알아내는 거야."

악운이 눈을 빛내며 말을 이었다.

"그는 환단을 먹자마자 스스로도 모르는 폭혈공을 펼쳐 냈어. 그만한 환단을 제조할 수 있는 곳은 단 하나, 혈교뿐이야. 너희의 행보는 혈교에 닿아 있는 셈이지."

"그것은 우리가 혈교의 잔당인지 확신할 수 있는 명확한 증거가 되지 않소! 더구나 그가 그런 무공을 익힌 것조차 몰랐소이다!"

"정말이오!"

황정과 팽원은 동시에 몸을 잘게 떨었다.

정파는 여전히 혈교란 단어에 예민하다.

만약 이 일이 공신력 있는 남궁세가 가주의 말을 통해 본격적으로 명분화된다면……

두 사람의 머릿속에 같은 단어가 스쳐 갔다.

'공적이 된다.'

결국 팽원이 상황을 타개하려는 듯 굳은 표정으로 말했다.

"정말 원룡회가 혈교와 닿아 있었다면 내가 적극 밝혀내고, 아는 바 역시 모두 털어놓겠소이다! 이렇게 우리가 척지게 된다면, 남궁 가주님의 말씀처럼 놈들의 뜻대로 되는 것이오!"

황정이 눈을 번쩍 떴다.

팽원이 무슨 의도로 말을 시작했는지 눈치챈 것이다.

"그, 그래! 이건 어쩌면 무림을 혼란으로 몰아넣으려는 놈들의 이간계일지도 모를 것이외다!"

그러나 이에 대한 대답은 악운이 아닌 다른 사람의 입에서 흘러나왔다.

"상관없다. 혈교든 나발이든."

화봉궁을 전멸시킨 남궁진이 악운 쪽으로 합류한 것이다.

"네놈들을 살리는 건 어느 쪽으로든 도움이 안 돼. 너희들은 정파의 수치이며, 도려내야 할 환부다."

황정이 발악했다.

"우릴 죽인다고 달라지는 건 아무 것도 없다!"

"우습구나."

"뭐라?"

남궁진이 이글거리는 눈으로 그들을 응시했다.

"살린다고 해서 달라질 것도 없지 않으냐."

지켜보고 있던 악운이 혀를 내둘렀다.

황정과 팽원에게는 뼈아플 테지만 남궁진의 말은 정확했
다.

새로운 불씨 (1)

　황정은 말없이 검을 쥐었다. 장문인의 제자가 된다고 한들, 성파의 일대제자 중에서도 청성팔검협(靑城八劍俠)에 속하기 위해 무수히 많은 수련을 거쳐야 했다.

　고아로 태어나 얼마나 안간힘을 썼는가.

　청성산 천사동(天師洞)에서 지옥도나 다름없었던 밀동(密洞) 수련까지 거치면서 올라온 자리다. 그러는 동안 일첨의 제안으로 원룡회에 영입되어 사문의 재산을 불리는 데 앞장섰다.

　그리도 치열하게 살아온 삶이건만!

　'이대로 모든 걸 잃어버리는가.'

　아득바득 살아온 삶이 주마등처럼 스쳐 갔다.

　그럴수록 검을 쥔 손에 힘이 들어갔다.

"큭큭……."

황정은 쓰게 웃었다. 남궁진의 강경한 태도로 보아 구파일방의 이름을 들먹여도 살아 나갈 이유는 없어 보였다.

"팽 소협, 이제 각자도생하는 게 좋겠소. 나는 이곳을 무덤으로 정했으니."

"황 대협!"

팽원이 뭐라 답할 새도 없이 황정은 악운을 향해 돌진했다.

"악운, 모든 것이 네놈 때문이다!"

가속을 극대화시킨 보법, 능명보(凌冥步)가 황정의 발끝에서 펼쳐졌다.

쐐액!

순식간에 간극을 좁힌 황정은 조금의 지체 없이 찌르기 위주의 초식들을 펼쳐갔다.

능비검법(凌飛劍法) 능라비첩(凌羅匕疊)!

목숨을 도외시한 동귀어진의 살초가 악운의 전신을 꿰뚫을 듯이 연달아 이어졌다.

콰콰콰콰!

제자리에 선 악운이 오히려 위태로워 보일 지경이었다.

그러나 실상은 달랐다.

'뭐, 이런 괴물이!'

부딪칠수록 황정은 박탈감마저 느껴야 했다.

마치 고요한 호수에 끊임없이 파문만 일으키는 기분이었다.

진짜 숨이 턱 막히는 건…… 계속해서 찔러 대도 악운은 단 반보조차 물러나지 않았다는 사실이었다.

악운이 튕겨 낸 검기로 인해 주변의 애꿎은 땅만 헤집어졌을 뿐이다.

콰짓!

기어코 악운이 부딪친 검을 창으로 짓눌렀다.

"흐읍!"

황정은 신음이 터져 나올 뻔 한 것을 겨우 참아 냈다.

수만 근의 신력(神力)이 검을 짓누르고 있었던 것이다.

덜덜.

검을 놓치지 않으려 모든 내공과 힘을 쏟아 붓는 황정은 입고 있는 무복이 온 몸의 땀으로 흥건히 젖기 시작했다.

반면 악운은 땀 한 방울 흘리지 않고, 고요한 눈길을 보일 뿐이었다.

'한심하구나.'

부들부들 떨리는 그의 검이 보인다.

"청성의 검이 언제부터 살수의 검이 되어 버린 거지? 형편 없어."

천휘성의 기억에 있는 청성의 검은 이렇지 않았었다.

─이보오, 천 형. 청성의 검은 보다시피 꼿꼿하고 강직하네. 사납지만 중용(中庸)이 있지.

청성팔검협(靑城八劍俠) 온후(溫厚).

과거 청운진뢰검(靑雲震雷劍)을 대하던 그의 마음이 온전히 이어졌다면 일대제자란 작자가 지금과 같이 살초에만 목매는 검법을 펼치진 않았을 것이다.

그 말을 들은 황정은 경악했다.

'놈이 어떻게?'

청성파가 천하 전역에 흩어진 살수 문파들을 하나둘 영입하여 세를 확장하기 시작한 건 이미 오래 전의 일이었다.

태양무신 사후 아니, 그 전부터 준비되었던 사문의 일……!

황정은 그 수혜를 본격적으로 입은 제자들 중 하나였다.

'사문에서조차 쉬쉬한 내부의 일이건만, 그것을 고작 무림의 견문도 없을 열일곱이 어찌…….'

그러나 황정의 의문은 계속되지 못했다.

황정의 검을 짓누르던 악운의 창이 순식간에 힘의 균형을 전환해 가슴을 때린 것이다.

콰악! 펑! 쿠당탕탕!

황정은 가슴뼈가 부러질 정도로 강한 충격을 느끼며 볼썽사납게 굴렀다.

'일어나야 한다!'

핏발 선 황정은 구르던 반동을 활용해 역으로 도약했다.

타닥!

발끝을 타고 전해진 내공이 빠르게 검까지 이어지니 다음

발검을 위한 최적의 움직임이 됐다.

'이번에는 쉽지 않을 것이다!'

이제야 초반부를 터득하기 시작한 청운진뢰검법이 황정의 검 끝에서 피어올랐다.

쿠아앙! 콰콰콰!

황정의 눈에 독기가 가득해졌다.

"네놈의 팔이라도 반드시 베어 가겠다!"

쏟아 붓는 검초들이 악운의 전신을 수백 번 내리치고, 긋고, 베어 갔다.

그런데…….

악운은 마치 고요한 호수 속을 걷는 것처럼 황정의 검로(劍路)를 단 한 번의 실수도 없이 피해 냈다.

창을 휘둘러 검을 막아 내지도, 비껴 치지도 않았다.

그저 한 발 앞서 걷거나 반보 느리게 걸으며, 순식간에 검로를 파훼했다.

악운은 거칠 것이 없었다.

쐐액!

악운은 주작으로 정확히 황정의 단전을 꿰뚫었다.

푸욱!

날카로운 창이 살과 뼈를 가르고는 눈 깜짝할 새 황정의 등을 뚫고 나왔다.

"커헉."

짧은 신음을 토해 낸 황정은 들고 있던 검을 떨어트렸다.

그의 이마 위로 검은 핏줄이 불거졌다.

악운의 내공이 내장을 파괴함은 물론 펼쳐 내던 내공을 역류시킨 것이다.

'방금 그건…… 대체 뭐지?'

흐릿해지는 의식 속에서도 황정은 악운이 보인 놀라운 움직임이 의아했다.

분명 경지의 차이에서 비롯된 것이 아니었다.

놈은 모든 검로를 이해하고 꿰뚫어 보고 있었다.

마치…….

'사부님처럼.'

동시에 악운이 창을 뽑았다.

창에 반쯤 기대어 있던 황정이 털썩 무릎을 꿇고 주저앉았다.

회광반조인 듯 황정의 눈에 잠깐이나마 활력이 감돌았다.

"쿨럭! 대체 어찌한…… 것이냐. 어떻게 본 파의 절학을 그리도 완벽히 파악하고 있는 것이냐는 말이다."

황정은 평생을 노력해 왔기에 절망감마저 느꼈다.

악운은 말없이 난전이었던 호수를 응시했다.

남궁진과 팽원의 전투도 남궁진의 승리로 일단락되어 가는 중이었다.

대총문 문도들은 사분오열되었고 도주하는 자들도 보였다.

황정이 죽어 가면서도 발악했다.

"대답해라! 대답하란 말이다!"

악운은 다시 황정을 내려다보며 그와 눈을 마주했다.

"그게 무엇이 중요하지?"

"뭐?"

"너도 알 텐데? 청성파의 도인도 아닌 내가 청성의 검을 파훼할 만큼 청성의 검을 이해했다는 사실을. 내가 청성의 검을 아는지 모르는지에 대한 것보다……."

악운의 눈이 냉담해졌다.

"외인(外人)보다 청성의 검을 이해하지 못한 것을 한탄해라. 그게 지금 네가 정말로 되새겨야 할 일일 테니까."

악운은 그 말을 끝으로 황정의 곁을 떠났다.

현 세대의 청성팔검협을 보고 나니 확실하게 알겠다.

청성파는 영광을 유지하는 대신에 선인(先人)들이 남긴 과거의 진심을 던져 버렸다.

"내 노력이…… 틀렸……다고?"

황정은 마지막까지 자괴감을 느끼며 쓸쓸히 죽어 갔다.

❧

"으으으…… 사, 살려 주시오, 제발! 남궁 대협!"

팽원은 허벅지에서 뚝뚝, 떨어지는 피를 내려다보고는 벌

벌 떨고 있었다.

남궁진은 그 모습을 보고는 눈살을 찌푸렸다.

그저 허벅지가 베였을 뿐이다.

목숨을 건 혈투(血鬪)라면 당연히 있을 법한 일이다.

심지어 악운을 통해 듣게 된 원룡회의 실체는 혈교의 잔재를 가지고 암거래를 하는 위험한 조직이었다.

당연히 감당했어야 할 일이다.

'이까짓 고통도 못 견디는 놈이……!'

남궁진이 잠시 검을 고쳐쥐며, 눈살을 찌푸린 그때.

"그만하면 됐다. 피는 충분히 봤어."

어느새 다가온 남궁문이 남궁진의 어깨를 두드렸다.

"살려 둬 봐야 정파의 수치나 될 자입니다."

"그래, 네 말이 옳다. 그래서?"

남궁문의 담담한 반문에 남궁진이 이윽고 고개를 끄덕였다.

이번에는 부친의 말이 옳았다.

싸울 의지도, 가치도 없는 자를 죽여 봐야 소왕검이 아까웠다.

어느새 다가온 종명이 말했다.

"소가주, 가주님의 말씀이 옳소. 팽원은 아마 살아 있는 것이 더 고통스럽게 될 게요. 후계자 구도에서 밀리는 마당에 이번 일로 앞으로 하북팽가에 큰 부담을 짊어지게 했을 테니."

남궁문이 고개를 끄덕였다.

"종 당주의 말대로 우리 가문은 네 목숨을 노린 이자들을 가문의 율법으로 벌하고, 관련 세력에게는 정식 항의를 할 것이다."

대총문이 혈교의 잔재를 암거래한 이상, 명분은 남궁세가가 쥐고 있었다. 이번 대총문의 일에 합세한 청성파와 하북팽가는 그들을 견제하는 여러 세력의 지탄을 받게 될 것이다.

"그 일이 무림에 큰 영향을 미치겠지. 또한 하북팽가와 청성파는 이 일로 진이 네게 원한을 품게 될 게다."

"상관없습니다."

"그래. 네 대답이야 뻔하지. 그래도 다행이구나."

"무슨 말씀이신지요."

남궁문의 시선이 걸어오고 있는 악운에게로 향했다.

"너 같은 부나방이 또 하나 있는 듯해서."

그 뜻을 이해한 남궁진이 단호히 고개를 저었다.

"저 정도로 미친 부나방은 아닙니다."

아들의 넉살에 남궁문이 처음으로 피식 웃었다.

"네가 아비에게 농담도 할 줄……."

표정을 보니 아니었다.

마주할 때부터 떡잎을 알아보기는 했지만 남궁문은 새삼 놀랐다.

'이거야 원……. 내 아들 놈도 한 수 접는 녀석이라니.'

동이 트자 개방은 빠르게 새벽에 있었던 일을 정리해 전단
(傳單)을 뿌렸다.

　남궁세가와 산동악가 그리고 개방이 대총문을 필두로 한 원
룡회란 세력을 무너트렸다.
　그들은 혈교의 잔재였던 화홍단을 제작한 전적이 있으며, 황
군의 보물을 차지하려 하고자 남궁세가와 산동악가의 소가주
를 기습했다.

　전단이 퍼진 옥화관은 그야말로 엄청난 소란이 일었다.
　비무 대회와 황제의 유산으로 인해 인파가 몰려 있던 옥화
관은 중원에서 가장 뜨거운 곳이 됐다.
　비무 대회는 잠정 보류됐다.
　더는 비무가 중요한 것이 아니었다.
　수많은 사람들이 천하가 다시 시끄러워질 것이라고 떠들
어 대기 시작했다.

　남궁문은 반나절도 되지 않아 회합을 소집했다.

이 일에 직접적으로 연관 있는 남궁세가, 산동악가, 건봉효와 현비, 장 국주 그리고 나은신 일행이 모였다.

"고생했네, 소가주."

남궁민의 칭찬에 악운이 고개를 저었다. 회합이 빨리 재개될 수 있는 데에 악운의 역할이 컸기 때문이다.

악운은 본인의 안위보다 치료가 필요한 이들에게 의술을 베풀었다. 그는 산동악가가 비무 대회 축하 선물로 가져왔던 비력단을 아낌없이 사용했다. 부상자 수습이 원활히 진행되니 수장들 역시도 상황을 빠르게 모일 수 있었던 것이다.

건봉효도 운을 뗐다.

"사실 남궁가의 가주께서 이 일로 행차하실 거라고는 조금도 고려 못했소이다."

"나 역시 건 대인이 움직일 거라고는 예상 못 했소."

겉으로는 고요했던 천하에서 팔우(八宇)와 천하사패의 속해 있는 고수들의 조우는 결코 흔히 있는 일이 아니었던 것이다.

"허허, 나같이 비루한 자가 움직여 봐야 천하가 요동이나 치겠소? 하지만 가주께서는……."

"그 점은 이미 고려하고 행동한 일이오."

"오대세가의 연맹 존립 자체가 흔들릴 수도 있을 터인데도 이 일을 묵과한 이유가 있으시오?"

"그러는 건 대인은?"

"겉으로야 내 조카가 명주(名酒)를 구해 준다기에 나선 것이지만, 실은 전부터 구용의 원룡회를 독립적으로 추적하고 있었소. 그런데 나보다 발 빠르고 과감히 움직이는 이가 있을 줄은 몰랐지."

건봉효의 시선이 잠시 악운에게로 머물렀다가 다시 남궁문에게 향했다.

"가주께서도 이제 말씀해 보시오."

"나 역시 처음에는 본 가의 소가주가 벌인 일을 수습하려고 왔으나 무림의 허물을 묵과하고 쉬쉬해 주는 것만이 자라날 동량에게 옳은 일이 아니라고 판단했소. 그것이 전부요."

"결국 이 판을 짠 건 악가의 소가주로구먼."

건봉효가 다시 악운을 쳐다봤다. 자연히 모든 좌중의 시선이 모이자 악운이 그제야 입을 열었다.

"모든 것을 계획하고 움직인 것은 아닙니다. 저 역시 원룡회의 배후를 알고 싶어서 대처하다 보니 이 지경까지 오게 된 것이지요. 그래서 드리는 말씀인데……."

악운의 눈빛이 깊게 가라앉았다.

"구 문주의 죽음에는 석연찮은 점이 많았습니다. 자의로 폭혈공을 발동시킨 게 아니라 환약의 효과로 이뤄졌다는 것입니다. 게다가 그 찰나에 동공의 흰자위가 사라지고 거멓게 물들었다는 점도 의문스럽습니다."

전장에 함께 했던 남궁문을 제외하고 건봉효의 표정이 와락, 일그러졌다.

"타의로 폭혈공이 펼쳐졌는데, 그때 동공도 까맣게 물들 었다고?"

"예. 폭혈공이 발동될 때 구융은 당혹스러운 표정을 지었습니다."

"설마……?"

눈살을 찌푸린 건봉효가 악운에게 이어서 물었다.

"원룡회가 끝이 아니라 시작이란 겐가?"

악운이 잠시 침묵했다.

꿎

마언고는 한때 일부 정파 명숙들을 죽음으로 몰아넣었던 최악의 고독이며, 천휘성이 쉬쉬하며 감춘 진실이다.

하지만 마언고의 위험성에 대한 경고는 당시 천휘성과 함께했던 소수의 명숙들을 통해 각 파의 대제자나 후계자들에게 전해졌다.

남궁문과 건봉효가 '검은 동공'이란 얘기를 듣자마자, 마언고를 떠올릴 수 있었던 이유였다.

"가주께서도 나와 같은 생각을 하고 계시오?"

"그런 것 같소."

워낙 무거운 진실이 담겨 있기에 두 사람은 섣불리 '마언고'라는 단어를 언급하지는 않았다.

하지만.

여러 가지 상황을 보면 구융이 삼킨 환약이 마언고와 연관이 있을 수도 있는 일이었다.

악운은 두 사람이 마언고를 의심한다는 사실을 눈치챘지만, 당장 그 얘기는 언급하지 않고 하던 이야기를 계속했다.

"무엇이 됐건 아직 섣부른 판단은 하고 싶지 않습니다. 하지만 혈교가 남긴 잔재들이 천하 곳곳에서 발견되고 있습니다. 선배님들께서도 마냥 무시할 일은 아니라고 봅니다."

남궁문이 건봉효에게 물었다.

"어찌 생각하시오?"

"터질 게 터지고 있다고 보오. 혼란 속에 약육강식만이 최고의 덕목이 되고 있지. 그런 시대 속에서 강해질 수 있다면 수단과 덕목을 가리지 않는 집단이 늘어나는 건 당연한 이치요."

고개를 끄덕인 남궁문은 잠시 좌중을 둘러보았다.

"우선 그 이야기는 사안에 심각성이 있으니 천천히 진행하도록 하고, 이번 대총문의 관한 일부터 합의하는 것이 좋겠소."

"알겠소."

"대총문의 재산 분할은 공헌에 따라 배분하는 것이 옳다고 보았소. 비율은 본 가와 산동악가 그리고 개방이 장부 조사를 통해 공평하게 나눌 것이고, 여 대인과 나 소저, 장 국주에 대한 보상도 순서대로 지급할 것이오. 그 외에 대총문으로부터 억울하게 억압받거나 피해를 입은 이들의 조사 역시도 장례와 함께 합동으로 진행하는 게 맞다고 보오."

"강서성은 내 손바닥 안에 있소. 필요한 조사야 본 분타의 제자들이 처리해 줄 것이오."

"잘되었군. 자, 그럼 다른 의견 있소?"

조용히 있던 현비가 나직이 물었다.

"탐색하게 될 보물의 수익 배분은 어찌 됩니까? 저는 산동악가가 받아야 할 재물의 절반을 받기로 했는데요."

"보물의 취득 문제는 산동악가와 개방이 알아서 정리하도록 하시게. 본 가는 개입할 생각이 없네. 하지만 문제가 생길 소지가 있는 것이 나온다면 즉시 알려 주게. 어떤가."

"좋습니다."

현비가 그제야 만족스럽게 웃었다.

꽤나 단순한 여인이었다.

보물의 관련된 이야기가 끝나자 대화는 순풍을 맞는 돛처럼 빠르게 진행됐다.

나은신 부친의 억울한 죽음에 대한 소명은 악운을 비롯한 산동악가가 보증하기로 했고, 봉 분타주의 도움으로 옥화관과 인근 지역까지 벽보를 붙여 주기로 했다.

"고맙습니다."

여립은 조용히 눈을 감았고, 나은신도 눈물을 감추기 힘들어 고개를 떨궜다.

잠시 숙연해진 분위기 속에 남궁문이 위로하듯 말문을 열었다.

"내 자네의 심정을 말로 다 헤아릴 수는 없겠으나 나 소저의 부친께서도 크게 자랑스러워하실 것일세."

"흑……."

기어코 눈물을 보이는 나은신을 보며, 모두가 잠시 그녀가 마음을 추스르기를 기다려 주었다.

회합은 정리된 안건을 처리할 실무자들까지 선별하며 일단락되었다.

그 후 남궁문의 요청으로 일부가 장내에 남게 됐다.

건봉효와 남궁진 그리고 악운과 호사량 정도였다.

"어찌하여 자리에 남으라 했는지 알 것일세."

운을 뗀 남궁문이 계속 말을 이었다.

"아까 하던 이야기를 계속하면, 구융이 보였다는 검은 동공은 그냥 넘어갈 일은 아니네. 이유는 지금부터 얘기해 주겠지만…… 다들 가슴에만 품도록 하게. 널리 알려져 좋을 것이 없는 일이니……."

마언고를 통해 벌어졌던 일련의 사건들이 남궁문의 입을 통해 장내에 전해졌다.

남궁진은 눈을 부릅떴고, 호사량의 무표정도 단숨에 깨져 버렸다.

그래서일까? 건봉효는 이 순간에도 침착한 악운의 반응을 보며 흥미로움을 보였다.

"소가주는 안 놀라운 겐가?"

"혈교는 황궁을 무너트리고 중원의 근간을 흔들 만큼 강한 존재였다고 배우고 들었습니다. 그만한 일은 충분히 있을 수 있었다고 생각합니다."

"마치 당시를 경험한 듯한 모습이로구먼. 내 조카사위로 딱 좋을 것 같은데……."

그 와중에 호사량이 단호하게 선을 그었다.

"나이 차이가 너무 납니다."

"껄껄! 그깟 나이 차이가 뭐라고. 안 그런가?"

"네, 맞습니다."

악운이 희미하게 미소 지었다.

"오호, 그렇지!"

"하지만 지금은 혼담이 오갈 만한 시기가 아닌 듯합니다."

악운은 에둘러 거절한 뒤에 남궁문을 쳐다봤다.

"가주님께서 말씀하신 것처럼 마언고의 가능성까지 고려한다면 오대세가의 회합에서 공표하는 것이 맞다고 봅니다. 하지만 많은 분들이 과연 합심하실까요?"

남궁문이 넌지시 물었다.

"그렇지 않을 거라 전망하는가?"

"예. 이를 인정하는 순간 서로 결집해야 하고, 일정 부분 헌신을 해야 할지도 모릅니다. 그간 각자의 이익만 취해 왔던 강호가 과연 그 현실을 받아들이기 쉬울까요."

"과연…… 어린 친구가 통찰력이 있구먼. 나 역시 그리 생각하고 있네. 태양무신의 유산도 껍데기에 불과할진대 모두 손에 쥔 채 놓지를 않고 있지 않나? 본 방은 물론이고 모두가 그렇지."

비판적인 건봉효의 태도에도 남궁문은 크게 기분 나빠하지 않았다.

오히려 조용히 고개를 끄덕였다.

"건 대인의 말이 맞네. 태양무신의 유산은 그간 중원 권력의 상징처럼 이용되어왔지."

남궁문의 솔직한 반응은 악운마저 예상하지 못한 일이었다.

"나는 그간 강호의 수호가 우선적인 안정에 있다고 보았었네. 하지만 이번 일을 마주하고 나니…… 이젠 그 안정 역시도…… 머지않아 무너지리라는 생각이 드는군."

남궁문은 천하가 망가지고 있음을 목도했다.

화홍단이 다시 나타난 것도 모자라 명문 정파의 자제와 후계자들이 이를 이용할 계획을 세웠다.

그건 있어서는 아니 될 일이었다.

더군다나 아직 혈교는 아무 준동도 일으키지 않았다.

평화가 십 년 넘게 흘렀다.

종전을 겪으면서 자랐거나 혹은 전쟁을 보지 못하고 자란 세대들이 자라나고 있다.

그들은 위기에 쉽게 꺾여 나갈 것이다.

남궁문이 나지막이 입을 뗐다.

"폭풍전야. 난 지금이 그때라고 전망하고 있네. 평화가 모두를 무감각하게 만들 시점에 혈교는 다시 움직일 것이야. 이미 그런 수순에 와 왔는지도 모르지."

건봉효의 표정이 굳어졌다.

"아시겠지만 나는 이미 십 년 전부터 그 말을 떠들고 다녔소. 하지만 본 방은 내 말에 크게 관심이 없소. 방주님의 병마가 깊어지신 후로 오결제자들이 후개(後丐)가 되기 위한 투쟁을 벌이느라 시끄러우니."

"오대세가 역시 마찬가지요. 자주 열리던 회합은 어느 순간부터 매해 한 번 정도로 축소되었고, 그저 가벼운 말이나 나눌 뿐이오. 공통의 목적은 소실된 지 오래라오."

이야기를 나눌수록 남궁문과 건봉효는 말수를 잃어 갔다.

대부분 현 중원의 틀을 깨고 싶어 하지 않는다는 사실을 체감할 뿐이었기에…….

하지만 남궁문은 적어도 여기 모인 이들은 그런 자들이 아니라고 믿었다.

"이제 누군가는 변화의 불씨가 되어야 하오. 혈교의 위협

이 있다는 것을 알리고, 모두의 협조를 이끌어야 할 일이
지."

그때 악운이 무겁게 입을 열었다.

"그러려면 다시 시작해야 합니다."

남궁문이 악운에게 발언 기회를 줬다.

"어떻게?"

"비틀어진 권력의 상징이 된 태양무신의 유산을 모두 정리
해야 한다는 뜻입니다. 이미 황보세가가 갖고 있던 유산은
본 가에서 불태웠습니다. 그 후 황보세가와 우리 악가는 공
생을 위해 협력하기로 했습니다."

"이미 들어서 알고 있네. 모두가 놀라워했지. 사실 아직도
믿기지는 않네. 산동악가가 재건된 지 일 년 만에 황보세가
를 이기고, 산동성에 재편을 가져온 것이……."

남궁문의 말대로 오대세가는 한순간에도 사대 세가가 됐다.

이 일로도 각 세가들은 말이 많았다.

조만간 열릴 오대세가 회합에서 다룰 안건 중 하나가 된
것이다.

황보세가를 오대세가 연맹에서 제외할지, 아니면 그대로
유지할지를.

"이야기가 조금 다른 곳으로 샜군. 계속해 보게."

"어차피 태양무신의 유산은 태양무신 말고는 익히지도,
개량하지도 못한다고 들었습니다. 계륵 같은 것이지요. 그러

니 가주님께서 먼저 나서 주십시오."

남궁문의 눈빛이 깊게 가라앉았다.

"계륵을 소멸하고, 기존의 질서를 바꾼다라……."

악운이 힘주어 말했다.

"장담컨대 본 가와 황보세가는 가주님의 뜻을 도울 것입니다."

"그리되면 더욱 혼란해질 걸세."

"어차피 무너질 모래성이라면 타의가 아닌 자의로 하는 것이 낫습니다."

남궁문은 오래 고민 하지 않고 동조했다.

"나 역시 그 뜻을 이해하기에 대총문의 일을 도운 것일세. 하지만 방법이 과격하다고 해서 모든 일이 능사는 아닐세."

듣고 있던 남궁진이 그제야 입을 열었다.

"다른 방법이 있습니까?"

"그 방법을 찾고자 이리 모인 것이 아니더냐."

"가문을 지키고, 후일을 대비하기 위하여 비겁함을 참으셨다고 하셨습니다."

"해서?"

"저는 지금이 바로 그때라고 봅니다. 누군가 나서야 한다면 우리 남궁세가가 그 일에 앞장서길 바랍니다."

"그래. 네 뜻은 안다. 하지만 우리 가문이 솔선수범한다고 하여 타 가문을 강제할 수 있는 권리는 없다."

잠자코 있던 호사량이 입을 열었다.

"이건 어떻습니까?"

"말해 보게."

"이번 일로 하북팽가는 공적이 될 위험에 처할 겁니다. 가주님께서 회합에서 하북팽가의 혈손이 일으킨 일을 책임지는 명분으로 태양무신의 유산을 포기하라고 제안하시는 것은 어떻습니까?"

"본 가와 하북팽가가 참여하고 황보세가와 산동악가가 돕는 그림이 되겠군."

"과반수의 가문이 동의한 일이니 다른 가문 역시도 무조건 거절하기는 힘들 것입니다."

"그럼에도 거절한다면?"

"그저 두십시오. 강요하고 설득한다고 될 일은 아닙니다. 대신 자의적으로 그런 선택을 하게 될 계기가 생기길 바라는 수밖에요."

건봉효의 눈에 이채가 흘렀다.

"계기라……? 젊어서 그런지 머리가 잘 돌아가는군. 탐나는 인재야. 탐나는 사위와 인재라. 산동악가가 점점 마음에 드는구먼. 자, 그래서 그 계기란 것에 대한 계획은 따로 있나?"

호사량이 남궁문과 건봉효를 한 눈에 담으며 말했다.

"무림맹을 재건하시지요."

동시에 건봉효가 무릎을 소리 나게 탁 쳤다.

호사량이 무엇을 의도한 말인지 눈치챈 것이다.

"옳거니!"

악운도 내심 흡족했다.

'유명무실해진 무림맹을 부활시키고 이번 화홍단 사건을 공론화시키겠다는 계산이야. 맹의 조사단이 세워지면 혈교가 남겼던 흔적들을 공개적으로 추적할 수 있고, 오늘과 같은 일이 반복하여 벌어질 경우…… 정파가 분열하고 있다는 사실도 입증되겠지. 그리고 그 이유는 아주 명확해.'

악운의 생각처럼 호사량의 의도는 명확했다.

"태양무신의 유산을 차지하기 위한 각축전으로 정파를 병들게 했다는 이야기가 나올 수밖에 없을 겁니다. 태양무신께서 남긴 선의(善意)를 망가트린 건 모두이니 말이지요."

남궁진은 호사량의 제안이 만족스러웠는지 히죽 웃었다.

"재미있어지네. 무림맹이라……."

각 파의 경쟁으로 인해 이제는 그저 껍데기밖에 남지 않은 무림맹을 재건하자는 주장은 분명 틀을 깨는 제안이었기 때문이다.

그래서일까? 남궁문의 입가에도 조금씩 희미한 미소가 감돌기 시작했다.

"이제야 최적의 방안을 찾은 것 같군그래."

건봉효 역시 흡족한 눈치였다.

"본 방을 비롯해 각 파의 나와 연이 닿아 있는 벗들에게도 이 사실을 전파하겠소. 이제야 어찌 처리할지 깜깜하던 일들이 조금 밝아지는 것 같군. 이게 다 자네들 덕일세."

건봉효의 치하에 남궁진과 호사량이 동시에 고개를 저었다.

"제 덕이 아닙니다."

"제가 한 건 없습니다."

"다들 아니라고 그러면 대체 이 장한 일을 누가 한 겐가?"

건봉효가 어깨를 으쓱이며 묻자 두 사람의 시선이 자연히 악운에게로 향했다.

"역시 내 조카사위야."

호사량이 뭐라 하든 이미 건봉효는 악운이 마음에 쏙 든 눈치였다.

꿍

회합을 마친 악운은 호사량과 함께 처소로 걸음을 옮겼다.

때마침 밖에서 기다리고 있던 백훈이 악가뇌혼대를 이끌고 걸어왔다.

"일은 잘 끝났고?"

악운이 고개를 끄덕였다.

"어느 정도는 마무리됐어. 유 대주님은?"

"바빠. 부상 입은 가솔들의 상세도 살피고, 며칠 안으로 떠날 채비를 한다나 봐."

호사량이 수염을 쓸어내리며 대화에 참여했다.

"그렇군. 하긴 여기 일도 끝났으니 남창에 있을 산동상회를 호위하러 떠날 모양이오. 그나저나 거래는 잘 끝났나 모르겠군."

"해온상단이라지요?"

"그렇소. 목선(木船) 건조에 능한 상단이라고 하여 접선한 곳이오. 듣자 하니 조 총관님과 유 총경리가 제녕과 안휘, 포양호까지 잇는 교역을 고심하고 있다던데……."

악운은 문득 호원무관의 일을 정리하기 위해 파견 나왔던 유준의 얼굴이 떠올랐다.

－일이 끝나면 제녕을 찾아 주십시오, 소가주. 해 줘야 할 일이 많을 겁니다, 하하!

아마 예상하건대 유준은 지금 언급한 교역로 개척이 험난할 것임을 예상한 게 분명해 보인다.

'수적이라…….'

악운은 문득 천휘성의 기억이 떠올랐다. 백해용왕과 연합을 맺어 혈교와 결탁한 백해용왕의 아들들과 수전(水戰)을 벌였던 당시의 기억이었다.

수천 척의 배가 침몰했고 백해용왕과 그 아들들 모두 전사했다. 아마 지금의 수적들은 그 전투를 경험했던 자들이 이

합집산 하다가 만든 무리일 것이다.

'언젠가는 부딪칠 일이었어.'

수적 토벌은 중소 규모 상회들의 염원이다.

최근 가세가 성장하고 있는 가문은 이제 수로의 확장으로 눈을 돌리고 있는 것이다.

"이곳의 일이 끝나면 제녕으로 이동해야겠군요. 맹(盟)의 일이야 당장 저희가 정할 수 있는 문제가 아니니까요."

"그래야 할 것 같소."

호사량의 말이 끝날 때쯤 일행의 푸른 무복의 사내가 뒤따라와 앞을 가로막았다.

악운이 상대를 확인하며 물었다.

"무슨 일이십니까?"

"모른 척 시치미 떼지 말지. 당장 처리해야 할 일들도 끝난 마당 아닌가? 이제 약조를 지켜야 할 시기 같은데 말이야."

남궁진이 무엇을 원하는지 정확히 알고 있는 호사량이 곤란한 표정을 지었다.

"하지만 괜히 곤란한 일이 빚어질지도……."

그때였다.

남궁진을 뒤따라 남궁문의 목소리가 들려왔다.

"내가 허락했네."

여유 있게 걸음을 옮긴 남궁문은 악운과 남궁진을 번갈아 보며 흥미로운 눈빛을 보였다.

"내 허락하에 이뤄진 정당한 비무이니 호 부각주는 크게 걱정하지 않아도 된다네."

"가주께서 그리 말씀하신다면야……."

사실 호사량은 악운을 걱정하는 게 아니었다.

당연히 악운과의 비무에서 남궁진이 다치게 되면 서로 힘을 합해야 하는 상황에 갈등이 빚어질지도 모른다는 걱정을 한 것이다.

"자네, 자네의 소가주를 걱정한 것이 아니라 진이 놈을 걱정한 게로구먼?"

남궁문이 껄껄 웃었다.

하지만 남궁진은 크게 기분 나빠하기보다는, 오히려 열정 가득한 눈으로 악운에게 다가갔다.

"지금 당장 하지. 오늘 이 순간만을 기다렸으니."

"그러시지요."

악운은 내심 기꺼웠다.

남궁진과 같이 순수한 열의와 호승심의 소유자와 무론을 논하는 일은 과거 천휘성의 삶을 살 때에나 악운으로 살아가는 지금이나 즐거운 일이었으니까.

"좋습니다. 대신 가솔들이 볼 수 있도록 했으면 좋겠습니다. 남궁가든 산동악가든 상관없이요."

"이유는?"

"우리가 서로에게 공부가 되듯이, 우리를 지켜볼 많은 가솔들에게도 이 비무는 많은 공부가 될 겁니다."

남궁진은 이 제안을 흔쾌히 수락했다.

"그러지."

남궁문은 내심 악운의 배포에 놀랐다.

많은 고수들은 자신의 연무나 비무를 공개하고 싶어 하지 않는다.

제 실력의 밑천이 드러나거나 비기 등이 공개되는 것에 부담감을 느끼기 때문이다.

그러나 악운은 달랐다.

'과연 그릇이 다르구나.'

처음 마주한 순간부터 소문이 결코 허명이 아니라는 것을 느낀 범상치 않은 청년이건만……

남궁문은 새삼 악운의 그릇에 감탄하면서 그와 연을 이어가고 있는 남궁진을 바라보았다.

'참으로 잘 만났구나.'

오랜 세월 비틀어진 마음으로 가문을 마주하던 남궁진이었지만 분명 악운을 통해 긍정적으로 바뀌어 가고 있었다.

아니 남궁진뿐이 아니었다.

'나의 결심 역시도.'

남궁문은 악운과 남궁진이 이끌어 갈 새로운 무림이 갈수록 기대가 되었다.

남궁진이 든 소왕검의 검신에 달빛이 반사됐다.

이미 여러 차례 공수를 주고받으며 남궁진의 온몸은 땀에 흠뻑 젖어 있었다.

번쩍!

빠르게 검을 둘러싼 천뢰기가 악운에게 작렬했다.

츠츳.

잔영이 검을 피해 이동하고 남궁문이 그 뒤를 바짝 쫓았다.

제왕검형(帝王劍形) 검식(劍式), 오뢰압검(五雷壓劍).

콰쾅!

일정 공간을 장악한 검초들이 악운을 베고 또 베었다.

남궁진은 닿을 듯 닿지 않는 악운에게 절망하지 않았다.

오히려 악운의 말을 되새겼다.

'가볍다고 했다. 가볍다고…….'

그날의 패배 이후 수없이 고민했다.

아버지에게 패배한 것과는 느낌도, 기분도 달랐다.

열등감과는 차원이 다른 기분이었다.

신선한 자극이었다.

호승심이 들끓을수록 즐겁기까지 했다.

그래서 악운의 조언에 더욱 집중하고 고심할 수 있었다.

'이것이, 내 답이다!'

뒤쫓기만 하던 남궁진의 검이 방향을 틀었다.

그 방향은 악운의 잔상이 이동한 방향이 아닌 전혀 다른 방향이었다.

그런데!

펑!

놀랍게도 남궁진의 검이 악운의 창을 처음으로 따라잡았다.

파지짓!

불꽃이 튀며 악운의 입가에 희미한 미소가 감돌았다.

창을 맞댄 남궁진도 열띤 목소리로 입을 열었다.

"상대를 쫓기 위해 검을 휘둘러 대는 게 아니라, 상대의 영역마저도 내 검으로 이해해야 했어. 그래야 공간 장악을 넓힐 수 있고, 상대가 느낄 내 검의 중압감도 늘어나. 맞나?"

"이제야……."

악운이 눈을 빛내며 천천히 그의 검을 밀어냈다.

"검이 좀 무거워졌군요."

방금 전과 같은 움직임이 한순간에 가능해질 리 없다.

이건 남궁진이 기울인 노력의 결실이다.

'내가 던진 물음의 답을 찾으려 끊임없이 수련해 온 거야.'

악운은 남궁진의 열정에 동화되듯 이 할의 힘을 더 풀어 냈다.

남궁진은 화경의 경지에 첫발을 내디뎠다.

악운은 그에게 도움을 주고 싶어졌다.

"상대를 이해한다는 건 권역(勸域)의 확장을 의미합니다. 내 검역(劍域)뿐 아니라 상대까지 포함하는 영역으로의 확장이죠. 그걸 체득하려면 하나밖에 없어요."

"뭐지?"

"초식의 연계에 경계가 없어져야 합니다. 호흡, 흐름······ 모든 것이 하나의 흐름으로 이뤄져야 해요. 그건······."

악운의 창은 남궁진의 검을 밀쳐내고는 창신으로 그의 하단을 쓸어 버렸다.

남궁진이 천뢰보로 피하려 했지만 악운의 움직임은 마치 그의 이동 반경을 예상한 듯했다.

쾅당탕!

결국 바닥을 볼썽사납게 구른 남궁진을 보며 악운이 다시 한 발 물러났다.

"될 때까지 해 봐야 압니다."

"좋아!"

남궁진이 이를 악물며 다시 일어났다.

남궁진과 비슷한 수련을 경험했던 악가뇌혼대 일원들이 일제히 몸을 파르르 떨었다.

"희생자가 또 늘었구먼."

백훈이 나지막이 중얼거리자, 옆에 있던 일행들이 조용히 고개를 끄덕였다.

호사량에게 배움을 받고 있는 호길만 고개를 갸웃거릴 뿐이었다.

"걱정 마. 곧 알게 될 테니까, 크흐흐!"

백훈이 호길의 어깨를 두드리며 사이하게 웃었다.

얼마쯤 흘렀을까?

"한 번…… 더……!"

남궁진은 비 오듯 흐르던 땀이 들어갔는지 눈을 깜빡였다.

서 있는 것조차 이미 한계.

"이제 그만……."

보다 못한 남궁문이 나서려던 그때.

쿵!

남궁진은 검을 쥔 채 제자리에 풀썩 쓰러졌다.

모든 정신력과 체력을 모조리 써 버린 탓에 한 걸음 내딛기도 전에 쓰러진 것이다.

고요해진 장내 속에서 호길이 반사적으로 입을 크게 벌렸다.

"와……."

호길뿐만이 아니었다.

허락을 받아 참관한 남궁가와 산동악가의 가솔들이 모두 감탄했다.

그만큼 두 사람의 비무가 강렬했던 것이다.

수천 번의 공방은 시간이 흐르는지도 모를 정도로 가솔들을 집중시켰고, 그들의 가슴을 뜨겁게 했으며, 새로운 지향점을 제시해 주었다.

악운이 창을 거두며, 좌중을 둘러봤다.

"여러분들에게 드리고 싶은 말씀이 하나 있습니다. 지금의 이 비무는 승패가 중요한 것이 아닙니다. 제가 이겼든 남궁 소가주가 이겼든, 우리의 비무는 여러분에게 말로 하는 것보다 많은 공부로 남을 겁니다. 하나도 잊지 말고 기억하십시오. 호흡, 움직임을 끊임없이 복기하세요. 아셨습니까?"

대영당의 당주 종명이 제일 먼저 포권을 취했다.

"소가주, 좋은 공부가 되었소이다!"

뒤따라 남궁가의 수많은 고수들이 악운에게 고마움을 표했다.

"큰 공부가 되었소!"

"좋은 공부가 되었습니다!"

함께 자리했던 유 대주가 목소리를 높였다.

"본 가 역시 감사하고 뜻깊은 시간이었습니다! 어려운 자리를 허락해 주신 가주님과 소가주에게 감사드립니다."

유 대주를 따라 산동악가의 가솔들이 일제히 외쳤다.

"감사드립니다!"

"별말씀을."

남궁문이 인자한 웃음을 보이며 고개를 끄덕였다.

사실 남궁문은 오히려 악운에게 고마웠다.

정식 후계자인 남궁진이 가문에 대한 비난을 멈추고 다시 열정을 되찾는 계기를 주었을 뿐 아니라, 높은 수준의 검법을 펼칠 수 있게 길잡이 역할까지 해 줬기 때문이다.

그러니 이젠……

'내 차례겠지.'

남궁문의 입가에 잔잔한 미소가 맺혔다.

"자 이제 대영당은 진이를 방으로 옮기게. 그리고 악 소가주는 한 번 더 비무를 할 수 있는 여력이 있겠나?"

남궁문의 말에 악운의 눈이 조금 커졌다.

"그 말씀은…… ."

"맞네. 자네가 진이와 내 가솔들에게 큰 가르침을 베풀었으니, 나 역시 후학인 자네에게 그만큼의 기회를 베풀어야 하지 않겠나?"

정리되어 가던 장내에 경악이 감돌았다.

"가주께서 직접 나서신다고?"

"남궁가 가주님이 소가주님과?"

사실 남궁문의 제안은 남궁문에게 이로울 게 하나도 없는 일이었다.

남궁문은 명실상부한 팔우(八宇) 중 일인.

만약 약관도 되지 않은 악운에게 꺾인다면 그 여파는 남궁가가 온전히 책임져야 했다.

만약 일이 새어 나간다면 어쩌면 웃음거리가 될지도 모르는 일이었다.

그래서 악운은 미리 이야기했다.

"유 대주님."

"네, 소가주."

"산동악가의 가솔들은 현 시간부로 쥐새끼 한 마리 들어오지 않게 하세요."

"그리하지요. 악가상천대는 소가주의 뜻대로 주변을 철저히 경계하라!"

"명을 받듭니다!"

유 대주의 명에 악가상천대가 멀리 떨어져 주변을 경계했고 악가뇌혼대는 그들을 도와 지근거리에서 호법을 섰다.

악운의 배려를 꿰뚫어 본 남궁문이 입을 열었다.

"배려해 주어 고맙지만 그리하지 않아도 좋네. 이기든 지든 오랜 세월 동안 지켜 온 것은 가문일 뿐, 언젠가 스러질 명성 따위가 아니니……."

"저는 생각이 조금 다릅니다."

"이유가 궁금하군."

"가주님께서는 이곳의 결과와 상관없이 불패로 남으셔야 합니다. 가주님의 위엄이 유지되어야 저희의 계획에도 힘이 실릴 겁니다."

"후학을 위한 기틀이 되기 위해 그리해야 한다면 기꺼이 그리해야겠지. 하나 그렇다고 해서 승부를 양보하지는 않을 것일세. 지쳤다면 다음으로 미뤄도 좋네."

악운은 조용히 고개를 저었다.

일전에 상대했던 구융은 자신의 실력보다 강한 상대가 아니었다.

하지만…….

'그는 달라.'

청명하고 잔잔한 하늘 같은 느낌을 주는 남궁문은 가진 바 모든 전력을 끌어내야 할 거 같았다.

이제 심연편의 다음 장을 바라보는 악운에게 있어 최고의 비무 상대였던 것이다.

"최고의 몸 상태입니다. 한 점의 후회도 남지 않게 혼신을 다해 비무에 임하겠습니다. 기회를 주셔서 감사합니다."

"나야말로 고맙네."

"……."

남궁문이 형형한 안광을 빛냈다.

"실로 오랜만에 내 호승심을 자극해 주어서."

그 순간 악운은 설렘까지 느꼈다.

팔우(八宇) 중 한 사람과의 비무라…….

그건 악운의 삶에 새로운 경험과 공부로 체득되리라.

건봉효와 현비가 마주 앉아 술을 마시고 있었다.

이윽고 무표정하던 현비의 입꼬리가 씰룩댔다.

"이 달콤한 끝 맛, 죽여주네요. 흐음…… 구 문주가 술에 일가견이 있다더니, 남겨 놓은 명주가 이리 많을 줄이야……. 연못가에 있다는 그 보물에도 황제가 마시던 술이 남아있을까요?"

"쯧쯧, 그놈의 술, 술. 아마 네 아비가 알면 이 숙부에게 온갖 욕지거리를 할 게다. 벌써부터 술을 달고 사니……."

"좋은 술 앞에서 잔소리 좀 그만하세요. 어차피 숙부도 드실 거면서."

현비는 투덜대면서 건봉효 앞에 놓인 술잔에 술을 채웠다.

건봉효는 못마땅한 눈을 보이면서도 술잔을 게 눈 감추듯 비웠다.

"너는 너고, 술은 술이지."

"하이고, 선문답만 느시네요."

"껄껄! 예끼, 숙부를 놀려라, 놀려!"

가족 없이 한평생 홀로 살아온 건봉효에게는 사실 현비가 친 딸이나 다름없었다.

현비의 부름에 득달 같이 달려온 데에는 그런 이유도 포함되어 있었던 것이다.

"그건 그렇고…… 소가주 말이다."

"무슨 소가주요? 남궁요? 산동요?"

"둘 다."

"그쪽들은 왜요?"

"나이는 남궁이 맞는데, 이 숙부 마음에 쏙 드는 쪽은 악가 소가주라서 말이다."

현비가 와락 인상을 구겼다.

"또 시집 얘기예요?"

"이 험한 세상, 혼자 살면 외롭다. 숙부처럼 살래?"

"외롭긴 뭐가 외로워요? 그냥 술이나 마시면서 신선놀음이나 하면 되지."

현비가 술병 째로 술을 들이켠 후 씨익 웃었다.

"그냥 이렇게 살래요. 엉겁결에 착한 일도 하고, 좋은 술도 마시고 얼마나 좋아요?"

"에잉, 쇠심줄 같기는……. 그래, 네 마음대로 해라, 이놈아."

"그리 말씀하지 않아도 그럴 건데요? 보물이나 빨리 캐러 갔으면 좋겠네. 다들 뭐하느라 이리 늦장을 부린대요?"

"비무 중일 게다."

"누가요?"

"남궁 가주와 악가 소가주."

푸학!

현비가 마시고 있던 술을 토해 냈다.

"예? 그게 가능하긴 해요?"

덕분에 얼굴이 술로 흠뻑 젖은 건봉효가 와락 일그러진 얼굴로 소리쳤다.

"고맙다. 네 덕분에 피부가 촉촉하니 주름살이 사라질 것 같구나."

"하하……."

현비가 서둘러 손수건을 내밀며 어색한 웃음을 지었다.

❧

어느새 그들이 서 있는 자리에 붉은 노을이 졌다.

새벽에 시작된 비무가 노을이 질 때까지 이어졌던 것이다.

남궁세가와 산동악가의 가솔들은 두 사람의 비무를 비밀에 붙이기 위해 연무장 주변의 모든 곳에 천라지망 수준의 경계태세를 섰다.

그로 인해…….

장내에 남은 건 오로지 두 사람뿐이었다.

휘잉!

풀어헤쳐진 남궁문의 반백이 바람에 흩날렸다.

찢겨져 허름해진 천 조각으로 전락한 그의 장포는 두 사람의 비무가 얼마나 치열했는지를 대변했다.

스릉.

남궁문이 검을 내리며 미소 지었다.

"이쯤 해야 할 것 같구만."

"예."

악운은 입안에서 흘러내리는 선혈을 닦았다.

약속한 혼신을 다했지만 여기까지였다.

하지만 우선적으로 도달해야 하는 목표로 옳게 가고 있음을 확인할 수 있는 시간이었다.

"아직 부족하군요."

"부족이라고? 쿨럭……!"

헛웃음을 짓던 남궁문이 짧게 피를 토했다.

'나와 호각지세를 이뤘음에도 부족하다는 말을 하는 것인가?'

고작 약관의 나이다.

절정의 실력을 이뤘어도 오만할 법한 나이건만……. 일가의 가주와 대등한 비무를 펼쳤음에도 악운의 얼굴에는 오만이나 만족보다는 아쉬움만이 가득했다.

남궁문이 수염에 묻은 피를 손등으로 닦아 내며 말했다.

"가끔은 본인의 실력에 만족해야 하는 순간도 있는 거라네. 노력이 집착으로 변질되어서는 아니되는 법이지. 그런 면에서 자네는 정말 놀라웠네."

"그리 말씀해 주시니 영광입니다."

"아닐세. 진심이야. 자네는 내 생애 부딪쳐 본 강자들 중에서도 손꼽히는 이였어. 오랫동안 답보 상태에 머물러 있던 내게도 좋은 자극이 됐네."

남궁문은 아직도 잘게 떨리고 있는 창왕검을 내려다봤다.

구융과의 전투로 인해 악운의 강함은 알고 있었지만 제왕검형(帝王劍形)의 십 식(十式)까지 꺼내게 될 줄은 예상치 못했다.

심지어 악운은 그 검을 놀라운 창법으로 막아 냈다.

"다시 말하지만 자네의 창은 정말 놀라웠다네. 악가의 창법을 비롯해 여러 문파의 무공을 상대하는 기분마저 들었다고나 할까?"

남궁문은 그 말을 끝으로 잠시 눈빛이 흔들렸다.

한 때 악운과 같은 존재감을 풍겼던 사내가 자연히 스쳐 지나간 것이다.

"태양무신에 대해 얼마나 알고 있나?"

"혈교의 침략을 가장 선봉에서 막아 낸 분이라고 알고 있습니다."

"그래, 굉장한 분이었지. 감히 내가 닿을 수 없는……. 아무튼 나는 자네의 창을 보고, 천 맹주님이 떠올랐네. 내 검을 막은 그 마지막 창법은 강렬한 자유로움이 느껴졌지. 어찌한 겐가?"

"발버둥 치며 노력하다 나온 한 수일 뿐입니다."

"어떤 심득이었는지 들려줄 수 있겠나?"

"예."

악운은 고개를 끄덕인 후 말을 이었다.

"화경을 처음 이뤘을 때는 권역의 확장에만 중점을 두었습니다. 상대를 이해하여 장악했지요. 그 후 몇 번의 격돌에서도 제 초식에는 큰 흔들림이 없었습니다. 그런데 의문이 하나 생겼습니다. 고요함에 이른 다음에는?"

남궁문의 눈빛이 찰나간 흔들렸다.

지금 악운의 반문은 남궁문이 오랜 세월 고민해 온 화두였기 때문이다.

"계속……해 보게."

"답은 없었습니다. 그저 창을 수만 번 휘둘러 보는 것이 최선이었지요. 그러다 의문이 하나 생겼습니다. 초식의 모든 심득이 한 번의 휘두름에 담기길 원하면서, 어째서 '초식'의 각 장을 구분하고 있지?"

남궁문의 눈에 조금씩 놀람이 스며들었다.

"한 번의 휘두름……."

나지막이 읊조린 남궁문이 잠시 혼자만의 생각에 잠겨 들었다.

후학에게 조언을 하기 위해 마련한 자리에서 오히려 그가 깨달음의 단초를 얻은 것 같았다.

악운은 그런 그를 말없이 기다렸다.

'남궁 가주는 지금보다 더 나은 검이 되겠지.'

악운이 방금 언급한 심득은 심연편에 이른 이가 조언할 수 있는 단초가 아니었다.

과거의 천휘성이 이룬 현경으로 향하기 위한 마지막 관문인 무한편(無限編)에 대한 심득이었다.

어느새 노을이 지고 다시 전각에 어둠이 내려앉기 시작했다.

악운은 심득의 무아지경에 잠긴 남궁문을 바라보며 어릴 적 남궁문의 모습이 지금의 모습에 투영되었다.

시간이 참 빠르다는 생각이 들었다.

얼마쯤 흘렀을까?

그렇게 한참의 호법을 선 이후, 악운은 남궁문에게 감사 인사를 들었다.

눈에서 전과 다른 강렬한 현기(玄氣)가 느껴진 것으로 보아 남궁문은 답보 상태의 공부를 끝내고, 더 나은 공부로 나아가기 시작한 것처럼 보였다.

남궁문, 남궁진 부자에게 모두 심득을 선물한 셈이었다.

물론 악운에게도 큰 도움이 된 시간이었다.

두 번째 우군이 된 남궁문과 돈독한 시간을 쌓을 수 있었다는 건 접어 두더라도.

남궁문이라는 완벽한 경쟁자를 통해 한계 이상의 힘을 여러번 끌어내며, 또 한 번의 신체 '해금(解禁)'을 이뤄 낸 것이다.

다음 경지를 위한 밑거름이 차근차근 쌓여 가고 있었다.

〰️

"결과가 어찌 됐든 대단하네, 대단해! 팔우(八宇) 중 한 분과의 격돌에서 저리 멀쩡하다니⋯⋯."

밖에서 호법을 서고 있던 금벽산이 나지막이 중얼거렸다.

현재 악가뇌혼대는 남궁문과의 비무 이후 명상에 잠긴 악운의 호법을 서고 있었다.

서태량이 고개를 끄덕였다.

"형님 말씀대로 굉장한 일입니다. 주변을 경계하느라 두 분의 비무에 대해서는 결과를 모르지만⋯⋯ 남궁 가주님과 비무를 했다는 것만으로도 엄청난 일이지요!"

금벽산을 비롯해 함께 모인 일행이 동의하듯 고개를 주억거렸다.

창천왕(蒼天王)과의 비무 후에도 멀쩡히 제 발로 돌아왔다는 소식이 세간에 퍼진다면 무림이 뒤집어지고도 남을 일이었던 것이다.

백훈이 어깨를 으쓱였다.

"그래서 소가주가 이 일을 단단히 함구하라고 하명한 것 아니겠어? 관심받는 거 피곤해 하잖아."

금벽산이 혀를 내둘렀다.

"그게 더 대단한 것 아니겠소? 선배에 대한 존경과 배려, 그리고 겸손까지 포괄한 결정이라니⋯⋯ 난 저 나이 때 저리 못 했소."

"하긴⋯⋯."

일행의 말대로 이 일을 알 법한 이들이 모두 침묵을 지켜주겠다고 약조한 지금, 두 사람의 비무는 없었던 일이 된 셈이 됐다.

잠시 말이 끊겨 침묵이 이어지다가 서태량이 입을 열었다.

"그나저나 길이 녀석은 요즘에 꽤나 바쁜 모양입니다. 음공 수련에 진법 수련은 물론, 검법 수련까지 한다지요?"

금벽산이 수염을 쓸어내리며 대답했다.

"그래. 부각주가 대총문의 대소사를 처리하는 일도 바쁠 텐데, 길이의 수련에도 크게 신경 쓰던걸."

"크게 될 녀석이잖아."

평소에 백훈이 누군가의 칭찬에는 인색한 편이었기에 모두 놀란 표정을 보였다.

"대주가 웬일이시오?"

서태량의 말에 백훈이 피식 웃었다.

"사실이 그렇잖아. 호길이 그 녀석, 그날 연못가에서도 색공을 펼치려던 수십 명의 사파 궁녀들을 완벽히 훼방 놨어.

앞으로도 잠재력이 무궁무진하다고."

금벽산이 껄껄 웃었다.

"다음에는 호길이한테 직접 말해 주지 그러시오."

"됐어. 자주 칭찬하면 게을러져. 그건 그렇고……."

손사래를 친 백훈이 벽에서 등을 뗐다.

"손님이 한 명 오나 본데."

백훈의 말이 끝나기 무섭게 그들의 처소 근처로 익숙한 얼굴의 여인이 걸어오는 모습이 보였다.

❧

"소가주를 만나러 왔어요."

현비가 특유의 딱딱한 말투로 입을 열었다.

"지금은 바쁘시오."

백훈이 대표로 대답했다.

하지만 현비는 물러나지 않고 다시 말했다.

"그럼 지금부터 제가 할 말을 그대로 전해요. 바쁜 건 알겠는데 나도 여기서 어영부영 머물고 있을 생각은 없거든요. 그러니 먼저 보물을 탐색해 볼 생각이라고요."

금벽산이 넌지시 말을 보탰다.

"어떤 기문진식이 있을지 모르는데 괜히 혼자 가셨다가 고생한 보람도 없이 보물만 날려 버리면 어떡하려고 그러시오?"

현비의 귀가 살짝 움직였다.

'그런가?'

생각보다 귀가 얇은 그녀는 자리를 벗어나려다 말고 다시 백훈을 쳐다봤다.

"그렇다고 우리 중에 기문진식에 능한 사람이 있는 것도 아니잖아요? 제갈세가가 있는 것도 아니고…….."

"뭘, 모르시는구려. 피골이 상접하고 매일 무표정으로 다니는 문사 놈이 괜히 우리와 다니는 게 아니오."

"문사…… 놈? 그게 누군데요?"

서태량이 어색한 웃음을 흘리며 부연 설명을 덧붙였다.

"본 가의 부각주를 말하는 것이오."

"아…….."

현비는 대충 고개를 끄덕인 후 악운이 있을 처소를 쳐다봤다.

사실 문사 놈이든 누구든 크게 관심이 없었다.

"그러니까 그냥 계속 기다리라는 소리죠?"

그녀가 나직이 반문한 그때였다.

"그러실 거 없습니다."

어느새 처소 안을 빠져나온 악운이 그녀에게 다가갔다.

"이미 인원은 꾸려 놨습니다. 우선 선발대는 여기 있는 본 가의 악가뇌혼대와 부각주 그리고 현 소저가 될 겁니다. 오늘은 푹 쉬시고 동이 트면 바로 움직이시지요."

"좋아요. 그런데……."

"예."

"뭐, 알려 줄 만한 비법 같은 거 없어요?"

악운은 그녀의 이해 못할 소리에 고개를 갸웃거렸다.

"그게 무슨 말씀이신지……?"

"아니, 납득이 안 가서 그래요. 약관도 안 된 청년이 산동성을 재패한 것도 모자라서 이젠 남궁가 가주님과 무론도 나누고, 천하사패 중 한 사람을 쓰러트렸잖아요?"

"누가 듣습니다."

"주변에 아무도 없으니까 물어보는 거죠. 처음이자 마지막으로 물어볼게요."

악운이 어쩔 수 없이 고개를 끄덕였다.

"네, 그러지요."

"몸에 좋은 걸 어릴 적에 먹었다거나…… 뭐, 그런 거 없어요? 혹시 따라 먹으면 나도 소가주처럼 무재가 될지 누가 알아요?"

악운은 현비를 보며 피식 웃음을 터트렸다.

주귀에 먹보, 거기다 어디로 튈지 모르는 참신한(?) 질문들까지…….

새삼 느끼지만 확실한 개성을 소유한 여인이었다.

"고민해 보겠습니다. 어릴 때 워낙 좋은 걸 많이 먹어서요. 다 떠올리려면 생각을 좀 해 봐야겠군요."

"진짜죠? 만약에 알려 주면, 그 빚은 톡톡히 갚을게요. 내일 봐요."

현비는 씩씩거리며 찾아왔던 것과는 상반된, 해맑은 표정으로 돌아갔다.

그녀의 뒷모습을 지켜보던 백훈이 악운의 곁으로 다가와 말했다.

"혹시 나도 저렇게 단순해 보이냐? 아니지?"

악운은 이내 웃음을 터트렸다.

이런 방식으로 백 대주에게 교훈을 주게 될 줄은 예상 못 했다.

❧

동이 트자마자 악운이 꾸린 일행은 평은소에 도착했다.

호사량이 제일 먼저 입을 열었다.

"고요하군. 아무 일도 없었던 것처럼."

산자락에 남은 치열했던 전투의 흔적들이 아니었다면, 평은소 앞에서 격전이 있었다는 건 조금도 상상할 수가 없었다.

호길이 고개를 끄덕였다.

"그러게요. 사실 이 연못 안에 황군 수송대가 남긴 보물이 있다는 것도 저는 믿기 힘든 것 같습니다. 이미 다 훼손되어 있는 건 아닐까요?"

호사량이 고개를 저었다.

"그건 아닐 게다. 애초에 눈에 띄지 않는 곳에 보물을 숨기려고 한 건 다시 되찾기 위함이 컸을 테니까."

서태량이 고개를 갸웃거렸다.

"위치를 아는 자들이 있지 않았겠소?"

"진즉에 처리했을 것이오. 혹은 충성심 높은 이들을 통해 자결을 종용했겠지. 아무튼 그런 복잡한 일들이 이제와 무슨 소용이 있겠소. 우선 보물의 유무부터 확인하는 게 먼저요."

악운이 고개를 끄덕였다.

"부각주의 말씀이 맞습니다. 당장은 연못 안의 기문진식을 확인하는 게 옳을 것 같네요."

기다렸다는 듯 현비가 나섰다.

"내가 갈게요. 혹시 몰라서 갈아입을 여벌의 옷도 챙겨 왔거든요? 일단 내가 잠수를 해서……."

악운이 그녀를 만류했다.

"제가 나을 겁니다."

"무슨 이유로?"

"전 물속에서도 오랫동안 안 나올 자신이 있습니다. 여기 계신 분들 중에 저보다 오래 잠수를 할 수 있는 분은 없을 겁니다."

잠깐 고민하던 그녀가 아미를 찌푸리며 물었다.

"진짜 궁금해서 그러는데, 화경이 되면 잠수도 잘하게 돼요?"

악운이 피식 웃었다.

"예."

"그놈의 화경…… 내가 언젠가 되고 말지."

아침부터 열정 가득한 그녀를 보며, 나머지 일행이 혀를 내둘렀다.

자연히 악운이 연못 안을 탐색하는 것으로 결정되려던 그때였다.

서태량이 이의를 제기했다.

"외인의 침입을 고려한 설계가 있을 수도 있을 겁니다. 소가주의 안위가 확보된 상황이 아니라면 저희가 가는 것이 낫지 않겠습니까?"

백훈이 귓불을 긁적이며 말했다.

"뭐, 걱정이 되는 건 당연하겠지만 괜히 우리가 끼어 봐야 신경만 쓰일 수도 있어. 서 형, 한서불침이야?"

"어느 정도는……."

"그럼 도검불침은?"

"그건 아니고……."

"만독불침은?"

"천독불침도 아닌데 만독불침은 무슨……."

"소가주는 셋 다야. 만독불침은 되어 가는 중일 거고."

서태량은 할 말을 잃었고, 현비는 경악으로 입을 쩍 벌렸다.

　순식간에 장내의 의견을 정리한 백훈이 다시 악운을 쳐다봤다.

　"얘기 끝났으니 이의는 더 없는 걸로."

　"저 머저리가 오랜만에 머리 좀 쓰나 보군."

　무표정하던 호사량의 입가에 한 줄기 미소가 스쳤다.

　"비리비리한 문사 주제에……."

　호사량은 백훈의 대답은 가뿐히 무시해 주고는 서태량을 위로했다.

　"좌의장은 너무 심려치 마시오. 내가 소가주와 함께 들어갈 것이오. 소가주가 혹시나 모를 변수에 대처하는 사이, 나는 진법의 구조를 살펴보며 해체해 볼 생각이오."

　"그게 좋겠습니다."

　악운도 호사량의 제안이 가장 합리적이라고 판단했고, 현비를 포함한 다른 일행들도 더는 별다른 이의가 없었다.

　연못 안으로 들어가는 것이 두 사람으로 결정된 직후.

　일행들은 가져온 기다란 밧줄을 나무에 매달고, 그 위에 여러 개의 작은 종을 달았다.

　"내가 줄을 흔들면 도움이 필요한 것이니, 물속으로 들어오지는 말고 줄을 빠르게 잡아당겨 주시오."

　혹시나 모를 일에 대비하기 위해 호사량이 고안한 계획이었다.

호길이 들어가기 직전까지 두 사람을 걱정했다.

"조심하셔야 합니다."

"걱정 말거라."

"그래요. 호 소협, 걱정 말고 기다리도록 해요."

악운이 생긋 웃어 준 후 호사량과 함께 연못 안쪽으로 헤엄쳐 들어가기 시작했다.

이윽고……

숨을 뱉으며 생긴 기포만이 남으며 두 사람의 모습이 사라졌다.

지켜보던 백훈이 씹고 있던 풀잎을 퉤 뱉으며 말했다.

"서 형은 줄을 지켜보시오. 금 형과 나는 혹시나 주변으로 접근하는 자는 없는지 살펴보는 걸로 하지. 길이는 서 형을 돕도록 하고."

가만히 듣고 있던 현비가 넌지시 물었다.

"나는요?"

"현 소저도 여기 남아서 남은 일행을 도와주시오. 급한 일이 있으면 흩어져 있는 우리를 불러주시고."

"그러죠."

백훈이 손뼉을 쳤다.

"자, 움직입시다."

'이런!'

안으로 깊숙이 잠수한 지 얼마 되지 않아 호사량은 깜짝 놀랄 수밖에 없었다.

'맙소사.'

악운의 헤엄 속도가 경이로웠던 것이다.

'지상과 물속은 헤치고 나아가야 하는 압력부터가 다르건만!'

악운에게는 예외였던 모양.

쏴아악!

악운은 마치 지상에서 경공을 시전한 것처럼 순식간에 거리를 벌렸다.

호사량은 감히 따라잡을 생각도 못한 채 한동안 멍하니 지켜보기만 했다.

그러는 사이 두 사람은 점점 연못의 깊은 바닥으로 내려앉기 시작했다.

그렇게 얼마쯤 흘렀을까?

악운을 쫓아 연못 안을 헤집고 다니던 호사량은 조금씩 호흡이 가빠지기 시작했다.

앞서 갔던 악운이 언제 왔는지 어깨를 잡으며 전음을 사용했다.

-숨을 들이마신 후 다시 돌아오시는 것이 낫겠습니다.

-그러는 것이 좋겠소.

호사량은 고개를 끄덕이며 악운의 안색을 쳐다봤다.

악운은 마치 지상처럼 평온한 얼굴이었다.

믿기지 않는 폐활량이다.

'하긴…… 내가 누굴 걱정하겠나.'

그 생각에 이른 호사량은 조금의 주저도 없이 손에 쥔 밧줄을 악운에게 건네고, 다시 물 밖으로 유영했다.

한동안 물으로 나서는 호사량을 바라보고 있던 악운은 다시 시선을 돌려 연못 안을 둘러보았다.

마침 지나가는 잉어가 눈에 띄었다.

쐐애액! 탁!

악운은 날쌔게 지나치는 물고기 한 마리를 재빨리 낚아챘다.

물고기에서 강한 열기가 느껴졌다.

'화리?'

일전에 조양섬에서 마주했던 십년화리와 비슷한 종이었다.

'특별할 게 없는 연못인데도 화리가 돌아다닌다니…….'

단순한 잉어였다면 그냥 넘어갔겠지만, 손안에서 파닥거리고 있는 이 잉어는 점점 비늘이 붉어지고 있었다.

이런 특징의 잉어를 악운은 잘 알고 있었다.

'한소지양화리(寒沼至陽火鯉).'

일전에 조양섬에서 마주했었던 십년화리와는 같은 잉어라는 것만 같을 뿐 전혀 다른 특징을 가진 잉어였다.

지금과 같이 위험을 느끼면 강렬한 붉은색을 띠는 건 물론이고, 화상을 입힐 만큼 강렬한 열을 발산한다.

지금처럼.

백해용왕의 한마디가 악운의 머릿속을 스쳐 지나갔다.

-지닌 양기가 강해서 안에 서식지에 강한 음기를 가진 물체가 없다면 제 열에 말라 죽는 놈이지. 만약 그 귀한 놈을 본다면 물속을 잘 파헤쳐 봐라. 먹잇감인 백음토룡(白陰土龍)이 있을 가능성이 농후하다.

백음토룡은 품고 있는 한기로 인해 음한지기를 근간으로 하는 무공을 익히는 고수들에게 최고의 영약으로 손꼽히는 지렁이였다.

한소지양화리가 있다면 백음토룡의 서식지가 분명했다.

악운은 연못의 바닥까지 내려가서 손발로 흙을 뒤적이기 시작했다.

솨아아.

그사이 호사량이 숨을 다시 들이마시고 돌아왔다.

-소가주, 뭐 하는 것이오?

-한소지양화리란 영묘한 어류가 나타났습니다. 수송대가 남겼다는 보물과 연관이 없진 않은 것 같아 우선 바닥을 수색해 보는 중입니다.

　악운의 전음이 끝나자마자 그의 손에 잡힌 건 파란 지렁이였다.

　지렁이를 알아본 호사량의 눈이 부릅떴다.

　-이건 백음토룡이 아니오? 엄청나군. 한소지양화리와 백음토룡의 서식지라니……! 대체 이 유명하지도 않은 연못에 이런 것들을 풀어놓은 이유가…….

　-어쩌면 기문진식이 필요 없었을지도 모릅니다. 여기를 통째로 은닉처라고 생각했다면요.

　-그럼 이 연못에 있는 생물체가 전부……?

　-예. 황제가 남긴 보물은 비단이나 금과 같은 것들이 아닌 이곳에 사는 모든 영물이었을지도 몰라요.

　-그건 말이 안 되오. 누군가 이곳에 우연히 진입하거나 낚시를 했다면, 영물들이 있다는 사실이 들켰을 텐데.

　-잊으셨습니까? 여긴 심산(深山)입니다. 굳이 누군가 낚시를 할 이유도, 잠수를 할 필요도 없지요. 설사 부각주의 말씀대로 만약 그런 자가 있었다면…….

　-있었다면?

　-나가기 전에…….

　악운의 전음은 계속 이어지지 못했다.

마주 보고 있던 두 사람 사이로 파랗고 미세한 것이 꽃가루처럼 흩어지고 있었기 때문이다.

　악운은 재빨리 밑을 내려다봤다.

　방금 전 백음토롱을 파 냈던 땅 아래쪽에서 푸른 입자가 빠른 속도로 새어 나오고 있었다.

　악운은 그것을 보자마자 푸른 입자가 나오고 있는 넝쿨을 들춰냈다.

　콰드득!

　악운이 넝쿨을 잡아당기자 그 끝에 달린 푸른 꽃들이 모습을 드러냈다.

　'청옥잠(靑簪花)인가.'

　호흡기를 통해 들어오면 촉각과 인지 능력을 일시적으로 둔하게 하는, 마비 독에 쓰이는 주재료 중 하나였다.

　'백음토롱을 파헤치자 청옥잠이 나타났다? 덫이다!'

　위화감을 느낀 악운이 서둘러 전음을 시전한 그때였다.

　―부각주, 올라가십시오!

　갑자기 두 사람이 디디고 있던 바닥이 빠른 속도로 들춰지기 시작했다.

　콰콰콰콰!

　이어서 동굴이 울리듯 음습하면서도 깊은 소리가 났다.

　넝쿨의 움직임을 느낀 생물체가 잠에서 깬 것이 틀림없었다.

그으으으!

쿠아앙! 쿠아앙!

그 소리가 끝나기 무섭게 바닥 아래 숨죽이고 있던 수십 마리의 푸른 구렁이들이 두 사람을 향해 튀어 올랐다.

호사량은 그 순간 깨달았다.

'소가주의 말이 맞았다. 이곳은 기관진식 따위가 필요 없었어!'

방금 전의 걱정들은 애초에 할 필요가 없었던 것이다.

범부라면 그 자리에서 삼켜졌을 테니까.

쿠아아악!

이무기를 연상케 하는 구렁이들이 일제히 입을 벌렸다.

❧

"흐아암······!"

밖에 있던 현비는 지루함에 하품을 했다.

'그냥 내가 들어갈 걸 그랬나?'

잠깐 그런 생각을 하던 찰나, 현비는 내려다보고 있던 밧줄이 미세하게 떨리는 걸 느꼈다.

"어?"

서태량과 호길이 함께 반응했다.

"길아, 느꼈느냐?"

"예, 분명히 떨렸습니다!"

미세하던 밧줄이 격렬하게 흔들리는 걸 불과 찰나였다.

찌르르르릉!

달려 있던 작은 종들이 빠른 속도로 떨리기 시작했다.

"다들 와 봐요!"

일이 생긴 것을 직감한 그녀가 기를 실어 산천초목이 떠나
갈 만큼 쩌렁쩌렁하게 소리쳤다.

동시에 서태량과 호길이 기를 실어 밧줄을 잡아당겼다.

"길아, 당기거라!"

"예!"

현비도 두 사람을 도와 그들의 뒤쪽에서 밧줄을 당겼다.

빠른 속도로 말려 올라오는 밧줄.

그녀의 부름을 듣고 달려온 백훈과 금벽산도 빠르게 일행
을 도왔다.

이윽고.

촤하하학!

흠뻑 젖은 호사량이 밧줄에 묶여 지상으로 올라왔다.

백훈이 쓰러져 있는 호사량에게 황급히 달려갔다.

넝마가 된 무복만 보더라도 변고가 생긴 것이 틀림없었다.

"문사! 야!"

"콜록……."

한차례 물을 토해 낸 호사량은 빠르게 모인 일행을 응시

했다.

"소가주!"

백훈이 호사량의 멱살을 잡고 외쳤다.

"소가주는 어디 있어?"

"밑에……."

"빌어먹을!"

백훈이 더 묻지도 않고 물속으로 뛰어들려던 찰나.

콰악!

호사량이 백훈의 소매를 있는 힘껏 쥐었다.

"들어가지…… 마라."

현비가 뾰족하게 물었다.

"그게 무슨 말이에요?"

호사량의 대답이 이어지기도 전에 연못 안쪽에서 물기둥이 솟아올랐다.

쾅!

깜짝 놀란 일행들에게 호사량의 말이 이어졌다.

"기관진식 같은 건 없었다. 수송대는 연못을 보물 그 자체로 만든 거야. 금은보화가 아니라 이 안에 백음토룡 같은 영물들을 실어다 옮긴 거지."

백훈이 와락 인상을 구겼다.

"그런데 지금 네 몰골은 뭐야? 저 물기둥은 뭐고?"

"흑공파사(黑孔巴蛇)들이 나타났어. 움직이면서 극독을 뿌리는 것들이라 소가주는 놈들이 나타나자마자 나를 물 밖으로 내보냈다. 오히려 난 방해만 될 뿐이었어. 상처들은 빠져나오면서 놈에게 물릴 뻔한 흔적이고."

쾅! 쾅! 펑!

그 순간에도 물속에서는 엄청난 높이의 물기둥이 연이어 치솟는 중이었다.

"도와야겠어."

"가지 마라."

"왜!"

"나올 때 봤어."

굳어 있던 호사량의 입가에 희미한 미소가 감돌았다.

"소가주는 오히려 즐거워했다."

그 말을 듣자마자 백훈은 온몸의 솜털이 곤두섰다.

다음 권으로 이어집니다